ヤンデレ騎士の執着愛に捕らわれそうです

★

犬咲

Inusaki

Noche BUNKO

目次

ヤンデレ騎士の執着愛に捕らわれそうです

プロローグ　怯える子猫とニセモノ姉弟のはじまり

崩れた商家《しょうか》の柱に挟まれたその子を見つけたとき、クロエが迷わなかったと言えば嘘になる。

城下町の方々《ほうぼう》では火の手があがり、逃げまどう人々の悲鳴と怒号が遠く聞こえていた。

穏やかな春の宵《よい》、クロエが十八年間生まれ育ったアンソレイユ王国は滅亡の危機に瀕《ひん》していた。

偉大なる創造主を称《たた》える創世教会《そうせいきょうかい》の修道女であり、王都の南通りに建つ、今にも崩れおちそうな小さな教会で暮らすクロエにとって、王侯貴族というものは遥か遠くの存在であった。だが、どれだけ彼らとの関係が遠かろうと、彼らがしでかした行いの報いは容赦なくその国の民へと降りかかってくる。

噂によれば少し前、王太子オスカーが北に位置するシエルカルム王国へ外遊に行った際、シエルカルムの姫君に仕える侍女の一人を口説《くど》いて結ばれ、あろうことか帰国の際に捨ててしまったという。

娘を弄《もてあそ》ばれたことに憤慨して、侍女の母であるサンティエ侯爵夫人は王太子の謝罪を求めたが、アンソレイユ王家は拒んだ。

件《くだん》の侍女が亜人の血の入った「歪《いびつ》な混ざりもの」だから――という理由で。

サンティエ侯爵夫人は純粋な人間だが、その夫である侯爵は人間ではない。蜘蛛《くも》の亜人だ。

侍女は人間だけでなく亜人の血を引いていたのだ。

亜人とは、この世界に人間が生まれたときに、手違いで鳥獣や虫の血が混じって生じた『人間の亜種』だといわれている。

純粋な人間に比べて数が少なく、鳥獣や虫の形質を持ちながらも野生では生きられない。それゆえ人間社会に寄生して生きるほかない一段劣った存在として、彼らは長く虐《しいた》げられ、蔑《さげす》まれてきた。

現在も多くの国で、亜人に対する蔑視や嫌悪の感情が根強く残っているという。

アンソレイユもまた、そういった国の一つだった。

その上、アンソレイユの王族は気位が高く、自国に住む人間ですら、ときに虫けらのように扱うほど傲慢《ごうまん》なことで知られていた。

サンティエ侯爵夫人からの書状を受けとった彼らは、王家の総意として、「虫けら以下の存在である亜人に下げる頭などない」と返事をしたのだ。

謝るどころか「人間に似ているだけの醜《みにく》く歪《いびつ》な存在である亜人風情《ふぜい》が、我ら高貴なる者の一時の慰《なぐさ》めになれただけでもありがたく思え」と冷たく突き放した。

娘を侮辱されたサンティエ侯爵夫妻の怒りと嘆きは如何《いか》ほどのものだったか。

話を伝え聞いたクロエですら憤りを覚えたのだ。実の親ともなれば尚更だろう。

そして、王家の書状が出された、わずか三日後のことだった。

サンティエ侯爵率いる異形の兵団が、日没後の宵闇《よいやみ》に包まれたアンソレイユ王国を襲ったのは。

かねてより噂はあった。

シエルカルムには、亜人のみで構成された異形の軍隊があるらしい——と。

アンソレイユと異なり、シエルカルムでは十年ほど前から亜人の市民権が認められている。ゆえにシエルカルムだけでなく他国で迫害された亜人たちが、尊厳を求めてシエルカルムへと集まっているという。

その亜人の中から戦闘に優れた者が選《え》りすぐられて、表には出せない暗部の仕事を担っているのだと、まことしやかに囁《ささや》かれていた。

アンソレイユの民は、その噂の真偽を身をもって知ることとなった。

彼らは足音を立てず、松明《たいまつ》さえ灯さず、王都を囲む石壁を軽々と乗りこえて城下町の石畳を進み、王城へと潜《もぐ》りこんだという。

そして彼らの侵入を許して半時も経たぬうちに、事の発端となった王太子オスカーただ一人を除いて、アンソレイユ王家は根絶やしにされた。

使用人や城を警護する兵士は、悪夢の舞台と化した城を捨てて町へなだれこんだ。

誰かが松明《たいまつ》を倒したか、それとも騒ぎに乗じて逃げようと故意に火をつけたか。

方々《ほうぼう》に火の手があがりはじめれば、町はもう、狂乱の地獄だった。

「亜人が来る！　殺される！」

「逃げろ！　生きたまま食われるぞ！」

飛び交う悲鳴に混じって、教会堂の前で立ちすくむクロエの耳に恐ろしい警告が届く。

次々に人々が目の前を通りすぎていき、慌てながらも彼女に気付いた何人かの信徒が、一緒に逃げようと声をかけてきた。

けれど、クロエは「このような足手まといがいては、御迷惑になります」と首を横に振った。

クロエの右足は幼いころの怪我がもとで上手く動かないのだ。

歩くだけならば問題はないが、走ることはできない。

逃げきれず一人で死ぬのならまだしも、自分のせいで誰かを危険に晒すようなことはしたくなかった。

声をかけられるたびに、クロエは恐怖で震えそうになる手をギュッと組んで「主の御加護がありますように」と祈り、微笑んでみせた。

「どうか御無事で」と涙ぐむ人々を見送って、やがて人影が途絶えたところでようやく、クロエは歩きはじめた。

おそらく逃げきれないだろうと、覚悟はしていた。

けれど、もしかすると、運がよければ、偉大なる主の御加護があれば。

ひとすじの望みに縋《すが》るように歩きつづけて、しばらくしたころ、ふとクロエの耳に誰かがすすり泣く声が届いた。

いったいどこから、と足をとめて振りむき、目にした光景にクロエは天を仰いだ。

——主よ、どこまで私をお試しになるのですか……！

崩れかけた一軒の商家。

細く立ちのぼる黒い煙に、むせかえるような香水の匂い、地面にはキラキラと輝く無数のガラス片。

何よりクロエの目を引いたのは、柱と地面に挟まれ、はらはらと涙をこぼす十歳ほどの少年。

少年の耳は三角に尖り、やわらかそうなビスケット色の被毛に覆われていた。

耳の先には、ちょこんと黒い房毛が伸びて、少年のすすり泣きに合わせて震えている。

――噂は本当だったのね。

かねてから、その店では香水の調合に亜人の奴隷を使っているという噂があった。

――こんな小さな子供だったなんて。

店を営んでいた夫婦は襲来した亜人の追跡を恐れ、少年を置いて逃げたのだろう。

クロエの匂いに気が付いたのか、ふと泣き声がとぎれ、少年が顔を上げた。

――きれいな色。

ぱっちりと大きな瞳は搾《しぼ》りたてのオリーブ油か金緑石《クリソベリル》めいた、澄んだ黄緑色をしていた。

クロエの紅茶色の瞳と、少年の瞳がカチリと見つめあい、彼の瞳に過《よぎ》る怯えと――背すじが冷えるような憎悪に息を呑む。

「……あっち、いけよ」

少年の血の気のない唇が微かに動き、ひどく掠《かす》れた声がこぼれる。

大きな声を出せないように処置したのか、それとも成長によってそうなったのか、少年の首にはめられた鉄の枷《かせ》は、その細い首に食いこんでいた。

美しい少年だけに、いっそう哀れだった。

クロエは皆が逃げていった方向に目をやり、少年へと戻し、香水に混じって鼻に届く焦げくささに小さく息をついた。

——だめよ、行けない。

火にまかれかけている子供を見捨ててしまったら、この先どんな顔をして人々に愛を説《と》けばいいのだろう。

たとえ彼が人間ではなくても、人間と同じように言葉を話し、考え、痛みを感じる存在なのだ。

震える足を一歩、少年のほうへと踏み出せば、彼の瞳に恐怖の色が広がった。

「くるな……こないで……やだっ」

カラスに威嚇《いかく》された子猫のように、奥へとひっこもうともがく少年を見て、クロエは一度立ちどまる。

「……大丈夫、いじめたりなんてしません……助けたいだけ」

ふうふうと唸り上目遣いに睨《にら》みつける少年に、できうる限りやさしく言いきかせ、また足を前に出す。

一歩また一歩と近付くにつれ、少年の視線がクロエの右足へと向かい、唸り声が静まった。

「……ケガ、してるのか？」

「え？　……ああ、これは昔からです。小さいころに骨を折ってそのまま放っておいたら、上手く歩けなくなってしまったんです」

足が折れたのは酔った母が赤ん坊のクロエの足を踏みつけたからだ。泣きわめくクロエにパニックになった母は周囲からの叱責を恐れ、娘を地下に閉じこめて医者にも診せなかったため、こうなってしまった。

そのことを恨んでなどいない。アンソレイユは弱い者に冷たい国だ。女手一つで子供を育てるのは楽ではなかっただろう。主の御許《みもと》へ送られなかっただけありがたい。

「……よいしょ、と」

のろのろと少年のもとへと辿りつき、クロエは膝をついた。

少年の肩に伸《の》しかかる柱に手をかけ、大きく息を吸いこんで、グッと力をこめる。

もちろん、びくともしなかった。

――だめね。わかっていたけれど。

残る方法は一つしかない。

一つ溜め息をついて、クロエは親指と人差し指で輪を作り、唇に近付けた。

そっと息を吸って、ゆっくりと指笛を吹く。

指が震えて、最初は上手く音が出なかったが、何回目かでやっと、ぴゅーぃ、と高く強い音が伸びる。

少年が眉を顰《ひそ》め、三角の耳をぺたりと伏せた。

きっと、クロエが何をしようとしているのか彼にもわかっただろう。

そっと目をつむり、もう一度。大きく息を吸いこむと、高く長く伸びる音が炎に照らされた夜空に響く。

息が途切れて、吸って、鳴らして。

もう一度、と息を吸いこもうとして、ひたりと膝にかかる指の感触にクロエは目蓋《まぶた》をひらいた。

「どうしました？」

「……もういい」

少年の瞳に、先ほどまでの憎悪の色はなかった。

「あいつらがくる前に、にげて」

「……ありがとう」

でも、もう無理ですよ——とは口に出さなかった。

亜人の中には走る馬にさえ追いつける者もいると聞く。結局、はなから希望などなかったのだ。

——せめて、この子の前では殺さないでとお願いしなくては。

そう思いながらクロエは笑みを作って、不安そうに見上げる少年の髪を撫でる。

「きっと大丈夫ですよ」

細い毛は土にまみれ、ろくに手入れもされていないのか、すぐに指がひっかかった。

絡まる髪をやさしくほぐしながら、クロエはゆったりと語りつづける。

「あなたも彼らと同じ亜人なのですから……きっと助けてもらえます。これからは人間に怯えることなく、心穏やかに暮らしていけるはずです」

「そうですね」

突然響いた低い男の声に、クロエは心臓がとまりそうになった。

音も気配もなく、それはクロエの背後に立っていた。

じわりと汗が滲みはじめた手のひらを少年の髪から離し、両の手を合わせて指を組む。

ガクガクと身体に震えが走る。舌がこわばり、喉が干からびたようで、先ほど浮かべた願いを口にすることなど、とてもではないができなかった。

——どうか、せめて一思いに。

浅ましく祈りながら、クロエは目を閉じる。

背後に立つ何かが横を通りすぎ、ギシリ、ガラガラと何か重たいものが持ちあがる音がしたかと思うと「え？　うわっ!?」と少年の声が聞こえた。

ハッと目をあけたところで、ずしん、と少年が挟まれていた柱が落ち、舞いあがる土埃がクロエの視界を奪った。

「っ、けほ、っ、ぅ……っ」

ぽろぽろとこぼれる涙が目を洗い、やがて見えたのは土と煤《すす》に汚れた小さな背中。

クロエを守るように少年が立っていた。

そして、そのシャツの肩越し、蜂蜜色の満ちた月を背に立つ、黒い影が見えた。

奇妙なほどに背の高い男。夕陽に伸びる影のようだ、とクロエは思った。

漆黒のフードとマントに隠され、顔も何もわからなかったが、あの柱を一人で除けたのだ。亜人に違いない。きらりと月光に輝いたのは、男が手に携《たずさ》える槍《やり》の穂先だろうか。

「……亜人の子、名前は？」

奇妙なほど平坦な声で問われ、少年が答えた。

「リンクス、です」

「そうですか。それで、そちらは」

男の口調は丁寧だったが、そこに敬意や温もりなどは感じられなかった。人間であるクロエへの怒りや憎しみさえも。

——まるで、虫のようだわ。

フードの奥から注がれる視線の無機質さに、クロエは目をつむり身を震わせる。

指の関節が白くなるほど強く、祈りの形に握りしめたクロエの手に、痩せた指が重なった。

「……ぁ」

目をひらけば、金緑石《クリソベリル》の瞳がクロエを見つめていた。

大丈夫、というように、一つ頷いて、リンクスは男へと向き直った。

「……おれの姉です」

「え？」

疑問の声を上げたのはクロエだった。影男が首を傾げる。

「姉ですか」

「はい。はらちがいの姉です。ひとに見えますが、父はあじんです」

拙《つたな》い嘘をつく少年に何を思ったのか、それとも特に何も思わなかったのか。

「そうですか」

影男は無造作に頷き、ちゃり、と槍《やり》を反対の手に持ちかえると、リンクスの首根っこに手を伸ばした。

「うわっ」

猫の子を摘まむようにひょいと少年を持ちあげ、次いでクロエの修道衣の腰紐も同じように摘まみあげる。そうなってやっと、クロエは気が付いた。男の腕が六本あることに。

――蜘蛛《くも》だわ。

そうして、影男の正体に思い当たった。

――サンティエ侯爵。

その名を口にするより早く、ちくり、と首に痛みが走り、身体から力が抜ける。

「っ、おい、このひとにっ――姉さんになにをした⁉」

「……叫ばれると面倒なので、しばらく眠っていてください」

「えっ、ちょ――」

小さな悲鳴を遠くに聞きながら、クロエの意識は闇へと落ちた。

それが、クロエとリンクスの出会い、ニセモノ姉弟のはじまりだった。

第一章　こんなに大きくなるなんて！

家々の屋根に積もった雪も融《と》け、春の足音を感じる夜。

教会堂の裏手に建つ小さな家の寝室で、クロエはそっと目をひらき、薄闇の中で吐息をこぼした。

――眠れない。

今夜も。昨夜も。その前から。

ここしばらく、クロエの眠りは安らかとは言いがたい状態だった。

クロエの腰に腕を回し、胸に顔を埋めて、すやすやと健やかな寝息を立てる存在――名目上の弟であるリンクスのせいで。

――もう、限界だわ。

また一つ溜め息をこぼすと、もぞりとクロエの胸元でビスケット色の頭が揺れた。

「……姉さん、どうしたの？」

とろりと眠たげな低い声が胸に響いて、クロエは、うう、と唇を引きむすんだ。

「怖い夢でも見ちゃった？　大丈夫、俺がいるよ」

気遣う言葉と共に、クロエの背をやさしくさする手のひらは大きく、ゴツゴツとした剣だこの存在を感じる。

「……そうじゃないの」

クロエは心を決め、かねてからの悩みを口にした。

「……あのね、あなたも大きくなったし……」

クロエの腰に回された腕は太く、そこから続く肩は分厚い。丸めた広い背中には野生の獣めいたしなやかな筋肉が、薄い寝衣《しんい》越しに浮きあがっている。

「……この寝台《しんだい》、二人で寝るには、狭いんじゃないかと思うの」

線の細い、痩せた少年だったリンクスは、いまや逞《たくま》しい青年へと成長をとげ、夜ごとクロエの心をかき乱していた。

アンソレイユ襲撃から九年、国の名は残ったが統治者は王から女王へと変わった。

女王の名はフェドフルラージュ。かつての王太子オスカーが弄《もてあそ》んで捨てた侍女の母だ。

簒奪者《さんだつしゃ》であるサンティエ侯爵は、自分ではなく、最愛の妻の頭に宝冠を載せたのだ。

九年の間にいくつかの法が定められ、しだいに城下町で亜人の姿を見かけることも増えてきた。

クロエはといえば、相も変わらず今までと同じ小さな教会――リンクスのおかげで補修が進み、住み心地は断然よくなった――で修道女として暮らし、人々に主への信仰と愛を説《と》いている。

日の出と共に起きリンクスと朝食をとって、彼を送りだしてから裏手にある菜園とハーブ園の手入れをして、教会堂の内外を清め、訪れる人々を待つ。

そうして、空が茜色に染まり、夜が落ちてくるころ、帰ってきたリンクスと夕食をとって身を清め、床に就く。日々の暮らしは、その繰りかえしだ。

だが、クロエはその暮らしを退屈だとは思っていない。

クロエの生活は変わらずとも、宮廷に出仕するリンクスが外の世界のお土産を持ってきてくれる。

飴玉やドラジェといった、コロンと丸く可愛いお菓子。

春になればタンポポの綿毛、夏にはオレンジ、秋には艶々《つやつや》のリンゴ、冬のある日には、溶けないように大急ぎで走ってきたと笑いながら、小さな雪だるまを見せてくれた。

ときには褒美でもらったという水晶や真珠などの高価な品や、ダンゴムシ、冬眠中のヤマネをポケットに入れて帰ってきたこともある。

リンクスが毎日のように持って帰ってくるお土産を、二人で食べたり吹いたり磨いたり、世話の仕方を知っている者の心当たりを話しあったりしながら、温かなミルクを片手に暖炉の前で過ごす家族の時間。

そのひとときを、クロエは何よりも愛しく思っていた。

『騎士見習い』から見習いが取れてリンクスが一人前の騎士になってからも、その気持ちは変わらない。

あの夜、リンクスがクロエを姉と呼んだ日からずっと、クロエはリンクスを本当の弟と思って大切にしてきたつもりだ。

——そのつもり、だったのだけれど……どうしてこうなったのかしら。

騎士となったリンクスに、クロエの心の平穏は少しずつ乱されつつある。

出会ったころは痩せて小さく、小柄なクロエの肩ほどしかなかったリンクスの背は、パンと野菜スープがメインの質素な食生活にもかかわらずグングンと伸び、二年目にはクロエと並んだ。

騎士見習いとなった三年目からは伸びがゆるやかになり、出会って六年目、十六歳になったリンクスは同年代の人間の青年と変わらない背格好になった。

肩のあたりにまだ遊びがあった騎士見習いのお仕着せがしっくり決まるようになり、クロエも「よくぞここまで大きくなって」と微笑ましく思ったものだ。

だがクロエは知らなかった。亜人には、種族の特性が強まる第三の成長期があることを。

さらにどうやら、リンクスはただのイエネコではなく、より大型のヤマネコの血が混じっていたらしい。

彼の第三の成長期が始まってから、朝起きて隣に並ぶたびに違和感を覚えるほど、日ごとに彼の身体は大きくなっていった。

クロエの目線の高さにあった彼の肩はいつの間にか見上げる場所にあり、ゆったりとしていたシャツの背や二の腕から皺《しわ》が消え、そのうちにボタンが閉まらなくなった。

シャツを仕立てなおしたころ、リンクスは女王から正式に騎士に叙された。

真新しい騎士服に袖を通してすぐ、国境の紛争を鎮めるために、彼はクロエのもとを離れることになって――一ケ月ほどして戻ってきたときには、完全に亜人の雄の成体へと変わっていた。

ネコ科らしいしなやかな印象を残しながらも、並みの人間の青年より頭一つ分ほど高くなった背に、ひどく驚いたことを覚えている。

今ではクロエの頭はリンクスの胸にも届かない。

昔は腕の中にすっぽりと抱きしめて眠れていたのに、今の彼はクロエの腕からも寝台《しんだい》からもはみだし気味だった。

「……そう？　狭いかな……」

もぞりと身じろいだリンクスが顔を上げる。その拍子に形の良い鼻先が胸を掠《かす》めて、クロエは小さく息を呑んだ。

「俺は別に気にならないけど……」

「っ、リンクス……っ」

眠そうに呟きながら、かり、と鎖骨に歯を立てられて、妙な吐息がこぼれそうになる。

――本当に、こんなに大きくなるなんて！

愛情表現は昔のまま、身体だけ当時の倍近くに育った大きな弟をクロエは悩ましげに見つめた。

まったくもって修道女にあるまじきことだが、クロエはリンクスを、愛しい弟を、一人の男として意識してしまっていた。

――あぁ、主よ。浅ましき女をお赦《ゆる》しください！

クロエは主に祈った。

リンクスに胸の高鳴りを覚えるたびに、こうしていつも主に祈り、心の中でリンクスに詫びる。

――私は、姉さんなのに。

姉ぶって接しておきながら、彼が魅力的な青年になった途端に不埒《ふらち》な想いを抱くなど、まるで孤児の少女を親切ぶって引きとり、年頃になったところで手を出す悪党のようではないか。

うう、とクロエがこぼした呻きをどう受けとったのか、するりとリンクスは身を起こし、ほう、と溜め息をついた。

「……わかった。ごめん、姉さん。いつも無駄にデカい図体が寝台《しんだい》の真ん中を陣取って、寝にくかったよな。今日から俺、長椅子で寝るよ」

「えっ」

ぺしゃりと三角の耳を下げ、ぎしりと寝台《しんだい》から足を下ろしたリンクスの腕に、クロエは慌てて手をかけた。

「だめよ、あんな狭いところ！　身体を傷めてしまうわ。私があちらで寝ます！」

「だめだよ。こんなやわふわな姉さんをあんな硬いところで寝かせて、俺だけ寝台《しんだい》で寝られるわけないだろう！」

「でもっ」

「……絶対に嫌だ。どうしても姉さんが長椅子に寝るって言うのなら、俺は床に寝るからな」

澄んだ金緑石《クリソベリル》の瞳の奥、縦長の瞳孔がスッと細まる。クロエは彼の決意を感じ、うう、と肩を落とした。

「……わかったわ。やっぱり一緒に寝ましょう」

それ以外、何と言えるだろう。「狭くてごめんなさいね」と謝るクロエに、リンクスはキュッと目をつむり、ひらいて、ニッと微笑んだ。

「ぜんぜん！　俺、狭いの大好きだよ。姉さんとくっついて寝ると、すごく温かくて幸せな気分になる……もう、ずっと寝てたいくらい」

ふあ、と欠伸《あくび》をしながらリンクスは寝台《しんだい》に横たわり、クロエの腕をグイと引く。きゃっ、と声を上げて寝台《しんだい》に沈みこんだクロエは「もう、リンクスったら」と窘《たしな》めつつ、思わず顔をほころばせた。まったく、いつまで経っても子供のようだ。

「私も温かくて幸せよ。でも、いつまでもこのままというわけにもいかないし……どうするか考えましょうね」

「うん、わかった。考えておく。……ああそうだ。この間女王陛下に献上した姉さんのハーブティー、お気に召していただけたみたいだよ」

「まぁ、本当に？　それは光栄だわ――っ」

言葉を交わしながらリンクスに引きよせられ、分厚い胸にドンと頬がぶつかる。

「ご褒美もらえたら、姉さんにあげるね……おやすみ」

ぐるぐると喉を鳴らしながら、ぬいぐるみを抱えるようにギュッと抱きしめられる。

子供っぽい仕草と高い体温、寝衣《しんい》越しに伝わる逞《たくま》しい身体の感触に、ほのぼのとした気持ちと高鳴る鼓動が入りまじり、クロエは「ああ、本当に、きちんと考えなくては！」とあらためて思ったのだった。


そして、翌日の夕暮れ。

いつものように帰ってきたリンクスは、後ろにお供を連れていた。

組みたて式の大きな寝台《しんだい》を重そうに持った、家具屋を四名。

「ただいま姉さん！　新しい寝台《しんだい》、買ってきたよ！」

リンクスは糸のように目を細め、ぽかんとしているクロエに告げたのだった。

それから一時間後。クロエが慣れ親しんだ小さな寝台《しんだい》は来客用にと仕舞われ、寝室の中央にどんと置かれた寝台《しんだい》が爽やかな木の香りを放っていた。

新しい寝台《しんだい》はシンプルなデザインながら、リンクスが伸び伸びと手足を伸ばせそうなほどに大きく、造りもしっかりとして頑丈そうだ。

「どう、姉さん？　いい感じじゃない？」

リンクスが腰に手を当てて、褒められるのを待つ子供のように騎士服の胸を張る。その拍子に漆黒の布地にあしらわれた金の刺繍と二列の金ボタンがランプの灯りにきらめいた。

「これなら二人で寝ても安心だよね。ねえ、姉さん？」

甘えるようにクロエに呼びかける声は低く、ぐるぐると喉を鳴らす響きは威嚇《いかく》めいている。

「……ええそうね。ありがとう、リンクス」

一緒に寝ること自体が問題なのだ、と言いたかったが「あなたを異性として意識してしまっているのです」などとは、とても言えない。

——どうしましょう。

うう、とクロエは瞳を潤ませた。

きっと今夜も眠れない。

＊＊＊

「頼む！　斬るな！　金ならやる！　何でもするから、殺さないでくれ！」

「陳腐すぎるだろ。もっと個性のある命乞いしろよ」

リンクスは、足元に這いつくばって懇願する男を見下ろしてつまらなそうに吐きすてると、男の背後に視線を向けた。

目の前で平伏する男――グランプラ伯爵家当主が、代々その身を休めてきた豪奢《ごうしゃ》な四柱式寝台《ちゅうしきしんだい》。真っ白で手触りの良さそうな敷き布の片隅で、小さな少女が膝を抱えて震えていた。

でっぷりと栄養をたくわえた男に対して、うっすらとあばらが透けて見えるほどに少女は痩せこけている。

――ウサギか。

少女の瞳はイチゴジャムのように赤い。その耳は白い被毛に覆われて、人間のそれよりも頭頂に近い位置から長々と伸びている。

ウサギの亜人は早熟だといわれているが、それでも少女は繁殖のできる年齢には見えなかった。生まれて十年も経っていないだろう。

調査によればグランプラ伯爵は亜人の奴隷商の上得意《じょうとくい》らしく、扱いやすい種類の雌の幼体を買いつけて遊び、飽きたら売るという行為を繰りかえしていた。

おそらくこの少女も交配相手ではなく、遊び道具として亜人の奴隷商から買いとり、三時のおやつがわりに楽しむつもりだったのだろう。

亜人の奴隷は人間よりも安く、壊れにくい。

人間であれば命を落とすような行為でも、亜人であれば耐えられる。

——気色の悪い、屑《くず》野郎が。

リンクスは心の中で吐きすてた。

亜人の成体は雄であれ雌であれ、幼体に発情することはまずない。まだ早いと本能がとめるのだ。

——それなのに、人間は本能の壊れた欠陥品ばかりだ。

かつての自分に向けられた香水屋夫婦の粘りつくような視線を思い出し、リンクスの心に黒い炎が噴きあがる。

——こいつも、あの下衆《げす》どもと同類だ。

目の前の肥え太った肉塊《にくかい》。その上に乗った金髪頭を見下ろし、リンクスは右手に下げた剣を握りなおした。斬ってしまえと心が囁《ささや》く。

抵抗したのでやむなく——と報告すれば、サンティエ侯爵は咎《とが》めない。

彼は最愛の妻にして女王、フェドフルラージュに関すること以外、ほとんど興味がないのだ。

女王に仇《あだ》なすものが消えさえすれば、それで彼は満足する。

——どうせ反逆罪で、何日後かには断頭台送りだ。

どのみち頭と身体が分かれるのなら、今、リンクスがそうしても許されるだろう。

安っぽい命乞いを繰りかえす男を見下ろしながら、ゆるゆるとリンクスの瞳孔がひらきはじめたところで、凛とした声が響いた。

「リンクス、お待ちなさい。殺してはなりません」

「……はい、ビジュー伯爵」

リンクスは渋々と振りむいた。

寝室の入り口に立っていたのは、明るい青緑色のサテンのドレスをまとった長身の女。

白い頭巾ですっぽりと髪を隠して、小さな顔は華やかに整っている……いささか整いすぎなほどに。

這いつくばる男に視線を落とせば、グランプラ伯爵はぽかんと口をあけ、ビジュー伯爵の美貌に見惚れていた。

——知らないってことは、幸せなことだな。

リンクスは、唇の端を歪《ゆが》める。

「いけませんよ、リンクス。それはあなたの獲物ではありません」

「……わかっていますよ」

「これだから肉食獣は……まったくもって短慮で暴力的で困りますわ。ねぇ、グランプラ伯爵」

「えっ、……あ、ああ、まったくだ！」

真っ黒な目を細めた彼女に笑いかけられて、グランプラ伯爵はたるんだ頬をゆるめた。

「……ああ、あなたは人語が通じる御方のようだ。私はただ、国のためを思って、良かれと――」

こつりこつりと高い踵《ヒール》を鳴らして近付いてくる女が、自分の味方になってくれそうだと思ったのだろう。

勢いよく弁明を始めようとした男の唇に、ビジュー伯爵は、ほっそりと白く長い指を押しあて「しっ、お聞きになって」と制した。

「グランプラ伯爵。女王陛下に献上する茶葉に毒草を仕込むなど、ずいぶんと愚かなことをなさいましたね」

ふふ、とくびれた腰をくねらせてビジュー伯爵は笑う。リンクスもつられて唇の端を歪《ゆが》めた。

――だよな。馬鹿すぎる。

毒《ヴナン》の名を持つ王配――サンティエ侯爵は毒蜘蛛《ぐも》の亜人。毒の識別ならばお手の物だ。どうしてサンティエ侯爵の目をかいくぐれると思ったのだろう。

「今まではその方法で上手くいっていたのですか？　少しずつ体調を崩し、心の臓が弱り、やがては……ああ、怖い！」

わざとらしく身を震わせたと思うと一転、ビジュー伯爵は高らかに笑いはじめた。

「あはは、ああ、おかしい！　あの男が気付かないはずないでしょうが！　女王陛下のためならば彼女の使う化粧水はおろか、旅先で浴びる湯船の湯すら飲んで確かめる、あの粘着質な毒蜘蛛《ぐも》が！」

「ビジュー伯爵、さすがに不敬だと思いますよ」

おざなりに窘《たしな》めたリンクスに、ビジュー伯爵は細い肩をすくめてみせた。

「事実ですもの。それに、あの御方は怒りはしませんよ。自分がどう言われようと興味がないでしょうから。大事なもの以外には無関心。私と一緒です。あなたとは違う。虫は獣よりもシンプルで純粋なのです」

「お、おまえは……いったい……何なんだ」

戸惑うグランプラ伯爵に向きなおり、ビジュー伯爵は細く長い指で白い頭巾を取りさった。

さらりとこぼれでた髪は、ドレスと同じ鮮やかな青緑色。ふるりと頭を振れば、窓からさしこむ陽ざしに金属めいた光沢《こうたく》がきらめいた。

みるみるうちにグランプラ伯爵の顔がこわばる。どうやら亜人通の彼は知っていたようだ。

その髪色を持つ種族の存在を。

「……エ、エメラルド、ゴキブ――」

「宝石蜂《ほうせきばち》です」

グランプラ伯爵の言葉を遮り、ビジュー伯爵は真っ白な歯を見せ捕食者の笑みで彼に告げた。

「サンティエ侯爵に許可をいただきました。あなたを私の繁殖相手に使っていいと」

一瞬の沈黙。

直後、寝室に恐怖の叫びがこだました。

「ひっ、ひいっ、いやだあっ、ゴキブリの苗床になんてなりたくな――ぎゃぁあっ！」

「……良い子が生まれるといいですね。じゃあ、行こうか、ウサギちゃん」

這いずり逃げようとする男の背中にビジュー伯爵が太い針を突きたてるのを見届けて、リンクスは寝台《しんだい》の少女を抱きあげ、部屋を後にした。

少女は抵抗しなかった。小さくても亜人の雌だ。自分にふれている雄が自分に欲情しているかどうか、敵意を抱いているかどうか感じとれるのだろう。

リンクスは点々と転がっている肉塊《にくかい》を跨《また》ぎながら、長い廊下を、ゆっくりと進んでいく。

「……あの、お兄さん」

「どうかした？」

「エメラルド……いえ、宝石蜂って何ですか？」

「南のほうの暑いところに住んでる虫の亜人。好きな人は好きで、ある意味有名な種族」

「あの御方が、そうなんですか？」

「ああ。六年前に噂を聞いてこの国にやってきて、女王の敵を黙らせるためにずいぶんと活躍したとかで、四年前に領地をもらって伯爵になったんだ」

「……怖い人ですか？」

「雌にはやさしい。繁殖相手でない雄にも」

「……繁殖相手の雄には」

「宝石蜂は、繁殖相手の身体に卵を産みつける。そして――」

「あ、もういいです！」

慌てたように言いながら少女はぺたんと耳を垂らし、ぷるぷると震えはじめた。その先を想像してしまったのだろう。

――エグイよな。

宝石蜂は神経毒を持っている。相手の動きをとめる毒、それから、頭が蕩《とろ》けるような幸福感をもたらす毒を。

刺された雄は逃げることができず、トロトロと恍惚《こうこつ》に耽《ふけ》りながら、孵化した幼体に生きたまま貪《むさぼ》り食われるのだ。

それでも、リンクスはグランプラ伯爵に対して同情など覚えなかった。

これまで生きたままの幼体を好き勝手に貪《むさぼ》ってきた屑《くず》には、相応《ふさわ》しい末路だ。

上等なものをたらふく食べてふくれた身体はいささか脂肪分が多めだが、栄養たっぷりの良い餌《えさ》となるだろう。

「……あんなにきれいな人なのに」

「はは、きれいだから怖いんだよ」

虫の亜人は獣の亜人よりも顔の造形が整っている者が多い。

獣よりも鳥、鳥よりも魚、魚より虫――人間から遠い血を引くものほど美しく、心や生態も人間離れしていくのだ。

「……大丈夫だよ。あの人はあれで母性の塊《かたまり》なんだ。幼体にはやさしいから、きっと君が安心して暮らせる場所を見つけてくれる」

「……なら、パパとママも見つけてくれますか?」

リンクスは、ぱちりとまばたきをして、くしゃりと少女の頭を撫でた。

「……頼んでみるといい」

見つけてくれるよ、とは言わなかった。

ウサギの亜人は雌雄《しゆう》共に性奴隷として人気が高い。ウサギの奴隷は返品ゼロの優良品、それが奴隷商の売り文句である。

けれどウサギの亜人は、ひどくもろい。心や身体が大きく傷つけられると、たやすく心の臓がとまってしまう。

一度売られてしまえば、それが最後。ウサギの奴隷は返品ゼロの使い捨て。それが実状だった。

「はい!　頼んでみます!」

顔を輝かせる少女から、リンクスは、そっと視線をそらした。

「……そういえば、腹減ってない?　昼ごはん、食べた?」

「……いいえ。その……上手に御奉仕できたら、餌《えさ》をやるって言われて……」

「……救いようのない屑《くず》だな」

リンクスは舌打ちを一つして足をとめる。それから、少女を片手で抱えなおすと、逆の手を騎士服の上着のポケットにつっこんだ。

ごそごそと探り、目当てのものをつかんで引きだした拍子に、ひらりと白い物体がこぼれでる。

「あ。何か落ちましたよ。……手紙?」

「え?」

「百合《ゆり》の匂いですね」

そう言って、少女が小さな鼻を蠢《うごめ》かすのに、リンクスは視線を床に落とした。

「……ああ」

黒く変色しはじめた飛沫《しぶき》が散る床の上。ぽつんと落ちた白い封筒を一瞥《いちべつ》したリンクスは「大丈夫。もう読んだから、後で拾うよ」と答えて、握ったものを少女の手のひらに押しつけた。

「これ、オレンジと蜂蜜の飴。ないよりましだろ?」

「え? いいんですか?」

「いいよ。もう一つあるから」

「わぁ、ありがとうございます!」

小さなガラス瓶に入った橙色《だいだいいろ》の飴に少女は瞳を輝かせると「いただきます！」と蓋《ふた》をひねって、一粒、いや、二粒取りだし、口に放りこんだ。

「ん！　おいひいです！」

両の頬に入れて、カロカロと鳴らして目を細める姿に、リンクスも思わず頬をゆるめる。

「よし、じゃあ、行こうか」

両手で少女を抱えなおして、歩きはじめる。

廊下に散らばるガラスの破片をひょいと跨《また》いだところで、割れた窓から入ってきた春の香りがリンクスの鼻をくすぐった。ひだまりの花と土と芝生の匂いだ。

少女を見れば、小さな鼻をひくひくと蠢《うごめ》かせている。

「……この屋敷、当主は屑《くず》でも庭はいいよな」

リンクスが微笑むと、少女はしょんぼりと眉尻を下げた。

「そうなんですか？　夜に連れてこられたので、見れてないんです。……というか、奴隷商にいたころからもう何日も、おひさま見てないです」

「……日当たりがよくて、昼寝に最高って感じの庭だったよ」

「私、お昼寝好きです」

「そうか。俺も好きだよ。お昼寝もおひさまも、特におひさまが好きだ」

明るく言いながら、ふとリンクスは、今朝、見送ってくれたクロエの顔を思いだして、へらりと頬をゆるめた。

――姉さん、びっくりしてたなぁ。

どうか気をつけて、と振る手に思わずじゃれつき齧《かじ》りついたら、こぼれ落ちんばかりに目を見ひらいて、それから真っ赤になっていた。

――無垢でやさしい、俺のおひさま。

叱ることなく「他の人にしてはいけませんよ」と、やさしく窘《たしな》めてきたクロエの笑みを思いうかべ、キュッと目を細める。

「……あの、お兄さん？」

腕の中で、もぞりと少女が身じろいで、不審げにリンクスを見上げてきた。

――さすがはウサギ。匂いに敏感だな。

くすくすと笑いながら、リンクスは悪びれずに告げた。

「君のことじゃないよ。家で待っててくれる、大好きな人のことを考えていたんだ」

その言葉に、ホッと少女の身体から力が抜ける。

「……そうですか。本当に、その人のこと大好きなんですね」

「そうだよ。あー、ここの庭もらえないかな？　二人で転げまわったら、絶対に楽しいと思うんだよな」

「ふふ、その人、そんなにおてんばなんですか？」

「ううん。おしとやかな人だよ。抱きついてゴロゴロ転がったら楽しいかなーって。ふふ、落ち葉まみれになった姉さん、可愛いだろうなぁ！」

「……姉さん？　その人、あなたのお姉さんなんですか？」

パチリと目をみはり訝《いぶか》しそうに問う少女に、リンクスは一瞬の間を置いてから頷いた。

「うん。血は繋がってないけどね。この世で一番大切な人だよ！」

そう言って、いまだに首を傾げている少女の頭を撫でて、笑いかける。

「君も、そういう人に出会えるといいね」

「……ええ、まあ、そうですね」

「うん。まぁ、まずはおひさま浴びようか。それでちょっと昼寝して暖まったら、お父さんとお母さん、探す手続きしような？」

「っ、はい！」

元気よく答えた少女を抱えなおすと、リンクスは弾む足取りで廊下を進んでいった。

＊　＊　＊

「あぁ、そういえば姉さん。俺、爵位もらったよ。昨日から男爵」

ぺかりとゆで卵の殻《から》を剥《む》きながら「コイン拾ったよ」と言うように朝食の席でサラリと告げられ、向かいの席でそら豆とベーコンのスープを口に運んでいたクロエはゲホリと噎《む》せた。

「うわ、姉さん、大丈夫⁉」

卵を手にしたまま立ちあがったリンクスが、テーブルを回ってクロエに駆けよる。

「っ、えほ、っ、だ、大丈夫、ですっ」

大きな手に背中をさすられながら、クロエはグラスを取って水を口に運び、コクリと喉を鳴らした。

「……ふぅ」

「姉さん、ゆっくり噛んで食べないと。消化によくないよ」

誰のせいだと思っているのか。思わずクロエはリンクスを恨めしげに見つめるが、「はい、ゆで卵」とニコニコ顔で差しだされて、怒るに怒れなくなってしまう。

「……ありがとう。……それから、おめでとう」

「ありがとう」

「お仕事、頑張っているものね。あなたの努力が報われて、私も嬉しく思います」

クロエはリンクスを労《ねぎら》うように微笑んでから、卵を口にする。

「……姉さんに褒められるのが、一番のご褒美だよ」

リンクスは照れくさそうに目を細め、手にしたオレンジをぐにぐにと揉《も》みはじめた。

「ほらこの間さ、女王陛下に毒を盛った貴族を捕らえに行って、そこでウサギの子を助けたって話をしただろう？　そいつとつるんでいたやつらがイモみたいにゴロゴロ出てきて潰されて、かなりの土地が陛下のものになったから、俺と、一緒に仕事した何人かに下げ渡してくれたんだ」

「……ん。それは、ありがたいことですね」

卵を飲みこみ、クロエは頷いた。

「そうだね。収入も上がるから、楽しみにしてて。はい、オレンジ」

ほどよく揉《も》んで皮を剥《む》いたオレンジを差しだされ、礼を言って受けとりながら、クロエはふと疑問を抱いた。

「……ねえ、リンクス。男爵になったということは、領地をいただいたのよね？」

「うん。まだ見てないけど、日向ぼっこができて花のきれいな野原がある良い土地だって！」

「そう、素敵ね」

クロエはニコリと微笑み、頷いてから問いを重ねる。

「……ということは、あなたは、その土地の御領主になるということよね？」

男爵になった、ということは、一代限りで領地を持たない一介の騎士とは事情が違ってくる。

近いうちに、リンクスは領地で暮らすことになるだろう。

この教会堂を離れてクロエの知らぬ場所で屋敷の当主となり、多くの使用人に傅《かしず》かれ、
そして——いずれは相応《ふさわ》しい妻を娶《めと》って、跡継ぎをもうけるのだ。

「……いつごろ、領地へ移るつもりですか？」

クロエは静かに問いかけた。

いずれ別れの日がくると覚悟していた。

そして、それはさほど遠くない日に訪れるだろうと。

彼の男としての成長を感じるにつれより強く、そう思うようになっていた。

少年だったリンクスも、今では逞《たくま》しい青年となった。いまだに恋人を連れてきたこと

はないが、彼に想いを寄せる女性は、きっとクロエの想像よりもたくさんいるはずだ。

――この間の手紙の送り主も、その一人かもしれない……

リンクスがウサギの子を救ってきた日。

「はい、姉さん！　今日のお土産！」

そう言って彼が上着のポケットに手を入れ、橙《だいだい》の飴玉の入った小瓶を取りだしたときに、はらりと一枚の手紙がポケットからこぼれ落ちた。

「リンクス、落ちましたよ」

何の気なしに拾いあげて、ふわりと鼻に届いたのは甘い百合《ゆり》の香り。

ひらりと裏返して見えたのは、うっすらと何かをこぼしたような赤黒い染みと、愛らしい筆跡で書かれた「あなたのA」というサインだった。

「あっ、姉さん、だめだよ！」

慌てたような声を上げ、リンクスはクロエの手から手紙を取りあげた。

そうして、ポケットにねじこむと、パチリと目をみはる姉に向かって取り繕うように微笑んだ。

「ごめん。でも、ちょっと返り血がついちゃってて……姉さんの手が汚れるから……」

「そうだったの。ありがとう」と微笑みを返しながらも、クロエは、本当にそれだけの理由だったのだろうかと妙に心が騒いだものだ。

――私に見せられない、教えたくないような相手からの手紙だったのかしら……？

リンクスも、もう十九歳。

男の結婚適齢期には少し早いが、恋の一つや二つ、始めてもおかしくない年齢だろう。

恋をして結ばれて、子を生し、温かで幸せな家庭を築く。それは生涯の純潔を誓ったクロエには、決して与えてあげられない幸福だ。

だから、いずれ番《つがい》を求めて巣立つ彼を、この場所から笑って送りださなくてはいけない。

そう心に決めてはいたのだが……

――まさかこんな理由で、これほど突然に別れの日がくるとは思わなかったわ……！

降って湧いた別れの予感に、目の奥がつんと熱くなる。

「……姉さん」

新たなゆで卵を手に取ったリンクスは、まっすぐにクロエを見つめ、表情を引きしめた。

クロエはきゅっと唇を結んで、こぼれそうになる涙を堪《こら》えながら見つめかえす。

やがて、彼は卵の殻《から》をパキリと割ると、フフッと噴きだした。

「まったく姉さんは早とちりだなぁ。何言いだすかと思えば……俺、どこにも行かないよ？　だって、姉さんがここにいるのに」

「……えっ」

ふす、と鼻から息を吐いて、リンクスは肩をすくめた。

「ここから通うんだよ。そのための馬ももらって辻馬車屋に預けてあるんだから。これまでと一緒！　姉さんと一緒に朝ごはんを食べて、お馬に揺られて仕事に行って、カラスが鳴いたら帰ってくるよ」

「……で、でも、いつまでもそうするわけにもいかないでしょう？」

王都のタウンハウスと領地のカントリーハウスを行き来する領主は珍しくないが、結婚して子供が生まれれば、この教会をタウンハウス代わりにするのも無理が出てくるだろう。

「いや、ずっとそうするつもりだけど？　だって、姉さんがいるここが俺の家だし、姉さんがいないと眠れないから」

「つまり……これからもずっと、夜は私と一緒に眠るつもりなの？」

「そうだよ。これからもずっと姉さんのこと、抱っこしたりされたりして寝るつもりだけど？」

当然のことのようにリンクスが答える。

「ずっと、抱っこしたりされたり、だなんて……」

何一つ間違っていないが、あらためて口にされると何とも気恥ずかしい。

ほんの一時間ほど前、姉の胸にぐりぐりと額を押しつけながら、「おによ、姉さん」と甘えた声をかけてきたリンクスの姿を思いだして、クロエは、ポッと頬が熱くなった。

「……で、でも、結婚は？　どうするのですか？」

赤らむ頬を手のひらで隠して、ごまかすように尋ねる。

「結婚？　できたらいいなぁと思っているけど、今のところは難しいよね？」

逞《たくま》しい首を傾げ、ふにゃりとリンクスが笑う。

「難しいよね、って……」

どうして疑問形なのだろう。クロエは眉を顰《ひそ》めて、新たな問いをかけた。

「では、子供は？　領主となるならば、いつかは考えなくてはいけないでしょう？」

「そうかな？　できたらいいなぁと思っているけど、今のところは考えられないよね？」

またしても疑問形だ。まるで姉に答えを委《ゆだ》ねるような、あまりにふわふわとした返答に、もどかしくなったクロエは思わず「いけません！」と声を上げてしまった。

「きちんと考えなさい！　そのような半端な心構えでは、立派な夫や父親にはなれませんよ！」

「えっ⁉」

リンクスが目をみはり、シュンッと三角耳を後ろに倒す。

それを見て、ハッとクロエは我に返った。

「……ごめんなさい、リンクス。急に大きな声を出したりして……」

虐《しいた》げられていた彼は怒鳴られることが苦手だと知っていたのに、ひどいことをしてしまった。

「……いや、気にしないで。確かに俺も今の状態は中途半端というか、このままじゃ嫌だな、とは考えているから」

苦笑を浮かべるリンクスに、クロエは眉尻を下げる。

「そう……考えているのならいいの。ただ、あなたの子供は次の御領主様になるわけでしょう？　小さなうちから領地で色々なことを学ばなければいけないはずです。やりがいはあるでしょうが、気苦労も多いと思うの。泣きたくなる日もあるでしょう。ご両親がそばにいて、支えてあげなくては可哀想よ」

「そうだね。子供は領地で育てたほうがいいだろうし、領地に放置するのは可哀想だと思うよ。……でも、姉さんはこの教会を離れたくないんだよね？」

「え、ええ、そうね……」

リンクスの言葉にクロエは首を傾げる。子供も心配だが、頼りない姉を独りにするのも心配だということだろうか。そのようなこと、気にしなくてもいいのに。

「私は偉大なる主に生涯お仕えすると誓いを立てましたから、死するときまで、誓いを破ることは許されません。生涯をこの教会で過ごすつもりです」

クロエの言葉に、リンクスは首を傾げる。

「……姉さんは、それで幸せなんだよね？」

まっすぐなまなざしで問われ、クロエは言葉に詰まった。

幸せ——なはずだ。主は、寄る辺《よるべ》ない孤児の心の支えとなり、生きる目的となってくれた。

修道女にならなければ、クロエは今日まで生きられなかっただろう。

「……そういえば、どうして姉さんは修道女になったの？」

重ねられた問いに、クロエは顔を俯かせる。

「……母を亡くし、路頭に迷いかけていた私を引きとってくださったのが、こちらの教父様でした」

「そうするしかなかったから、なったってこと？」

「そういうわけではないわ。……主にお仕えし人々の幸福を祈ることで、私の心は救われました。こうして住むところや日々の糧《かて》にも困らず……」

言いかけて、ふと気が付く。確かに、かつては祈りがクロエを支えていた。

けれど、今の暮らしを支えているのは教会本部からの援助や人々の善意などではなく、リンクスではないかと。

アンソレイユの統治者が代わってすぐに、アンソレイユ王国は宗教的な独立を宣言した。

それによって、クロエの教会は他の教会との繋がりが切れ、教会本部からの援助もなくなった。

新たに国からわずかばかりの援助を受けられるようになったが、それと人々の寄進だけでは古びた教会の修繕など、何年経っても叶わなかっただろう。

食事もそうだ。以前は飢えずに済んでいたというだけで、今のように贅沢な献立ではなかった。

好物のオレンジは年に数度、信徒の方からの頂きもので食べられるかどうか。卵やミルクも、毎朝口にする余裕など、到底なかった。

冬の薪《たきぎ》も清潔なリネンもすべて、リンクスが騎士として受けとる報酬でまかなわれている。

「姉さんが食べないなら俺も食べない。姉さんが火に当たらないなら俺も絶対に当たらない」と、彼がやさしい我がままを言ってくれたから、クロエは今の暮らしを甘受できているのだ。

「……あの日、主は、私のもとに御使いを遣わしてくれたのかもしれませんね」

この九年間、彼を育て、共に過ごすことで心身共に支えられてきた。腕の中の温もりと無邪気にまとわりつく彼に、どれほど救われたことだろう。

深まる冬、寒さと孤独に震えた夜は遥か昔、もう思いだせないほど遠くに感じられる。

いつの間にか、彼がいてくれるのが当然のように思っていた。

主が与え給うた出会いの奇跡に甘え、清貧を忘れ、リンクスに頼りすぎていたのかもしれない。クロエはそんな自分を恥じた。

「え？　姉さん、それ、どういう意味？」

「何でもないわ。少し、混乱してしまって。……とにかく、私は誓いを立てた身ですから。この身は偉大なる主のものなのです。修道女である限り、ここを離れられません」

自分自身に言いきかすように、クロエはリンクスへと告げた。

「そっか。なら、仕方ないね」

あっさりと頷かれ、クロエはチクリと胸に痛みを覚える。

仕方ない、置いていくか。そう、見限られたような気がして。

——たとえ、そうだとしても……責める資格などないわ。

今までどれだけ彼に助けられてきただろう。

——大丈夫よ。元に戻るだけだもの。

独りの暮らしに。彼と出会う前に。

いいえ、違うわね——とクロエは首を横に振る。

教会は修繕が進み、隙間風も入らなくなった。裏手の菜園やハーブ園もだいぶ豊かになった。リンクスが去った後も、彼の恵みは残りつづける。

——感謝しかないわ。

クロエは静かに微笑んだ。

「……ねえ、リンクス。この先あなたがどんな選択をしても、決して反対はしないわ。あなたの望みが叶い、あなたの心が満たされるように祈ります。あなたの願いが私の願いよ」

「……姉さん」

まばたきもせず、ジッとクロエを見つめていたリンクスは、やがてニッと目を細めて頷いた。

「ありがとう。俺、真剣に考えてみるよ！　これからのこと！」

晴れ晴れとした笑みで告げられ、またクロエの胸の奥に微かな痛みが走ったが——

「ええ。考えて、幸せになれるように頑張ってちょうだい！」

クロエは精一杯、嬉しそうな顔を作って、旅立つ決意をした弟へと笑いかえした。

第二章　嫌がらせ酒と花嫁候補

暖かな春の昼下がり。

広がる牧草地の緑の中、まっすぐに伸びる田舎道を二頭立ての馬車が進んでいく。

クロエはリンクスと一緒に、彼が賜《たまわ》った男爵領のカントリーハウスを訪れた後、領地の視察へと向かっていた。

「んー、いい匂い。春の匂いだよ、姉さん」

客車の窓から顔を出したリンクスが、すんと風の匂いを吸いこんで笑う。

「そうね。もう春ね。……リンクス、あまり身を乗りだすと落ちてしまうわよ。お座りなさい」

クロエは顔をほころばせながら手を伸ばし、弟の上着の裾を引っぱった。

「はは、大丈夫だって！　落ちたくらいで死にやしないから！　それに落ちてもこれくらいの速度なら追いつけるよ！」

すとんと向かいの座席に腰を下ろして、リンクスが笑う。

「はい。座ったよ！　褒めて、撫でて！」

死ななければいい、という問題ではないのだが、当人が大丈夫だと言うのならば大丈夫なのだろう。クロエは苦笑を浮かべながら、リンクスの頭を撫でた。

「ええ。リンクスは聞き分けのいい、良い子ですね」

やさしく褒めそやせば、彼はグルグルと喉を鳴らしつつクロエの手に頭をすりつけて、上目遣いに微笑んだ。

「……ねえ、姉さん。もう二人きりだし、この上着とか靴とか靴下、脱いじゃだめ？」

「……いけません。誰が見ているかわからないでしょう？」

クロエはやさしくリンクスを窘《たしな》めた。

「あなたは領主様として、ここに来ているのですから。今日は一日、キチンとしていないといけませんよ」

所領を訪れ、男爵家の使用人と領民に領主として顔見せをするように——とサンティエ侯爵から命じられ、リンクスはここにいるのだ。

そのため今日の彼は、家にいるときのような綿のシャツに黒のトラウザーズといったシンプルな装いでも、仕事で身につける漆黒の騎士服でもなく、貴族然とした格好をしていた。

サンティエ侯爵から「最初だけでも貴族らしくするように」と御者《ぎょしゃ》付きの馬車と共に支給されたそうだが、どうやらリンクスはこの装いが好きではないようだ。

金色がかったベージュのウエストコートには金の精緻な植物模様の刺繍が施され、焦げ茶の上着とブリーチズは一目で上等だとわかる生地が使われている。

けれどリンクス曰《いわ》く、肌触りは悪くないが「着ていてとにかく窮屈で鬱陶《うっとう》しい」らしい。

伸縮性のある素材を用いて動きやすく仕立てられ、獣じみた動きにも耐えられる騎士服と違い、美しい光沢《こうたく》を放つ絹のベストと上着、ブリーチズの三つ揃えは、まるで彼の筋肉質な身体を閉じこめる鎧《よろい》のようだ。

ベストのボタンを閉めたリンクスは「息するだけでボタンが飛びそう」と口を尖らせていた。

さっさと脱いでしまいたいのだろう。

「そうだけど……でも、姉さん。これ、首が苦しいんだよ」

リンクスは端整な美貌を子供のようにしかめて、襟元でひらひらとしている三段のレース飾りと首の間に指をつっこみ、グイグイと引っぱる。その様子を見て、クロエは慌てて声をかけた。

「だめよ、リンクス！　そんなことをしたらちぎれてしまうわ！　仕立てた人が可哀想でしょう?」

「……ちぇっ、わかったよ。何だっけこれ……ジャコ? チャボ? ジャボ? 何だかそういう名前の鳥か魚がいたよね? 俺はこんなレースの襞飾《ひだかざ》りよりも鳥や魚のほうが好きだな」

首輪を嫌う猫のように襞飾《ひだかざ》りに爪を立て、ブンと頭を振るとリンクスは手を下ろして──

「──リンクス、いけません。それも引っかいてはだめ。レースが破れてしまうわ!」

今度は上着の袖から出たレースのカフスが気になるらしい。美しいボビンレースの縫い目に爪を立てようとするリンクスの手を、そっとつかんで窘《たしな》める。

「……大切な頂きものなのですから。大事にしないと……」

「そうだけどさぁ……」

リンクスは不満げに唇を尖らせながら、渋々と袖から手を離して溜め息をついた。

「あの人、絶対こういうの着たことないと思うよ」

「あの人って、サンティエ侯爵様のこと?」

「そう、ヴァナン王配殿下。あの人、こういう服は着ないんだ。年中、黒マントの暗殺者スタイルだから。女王陛下の誕生祝いの席でさえ、そうなんだよ? なのに、こんな動きにくいものを獣の俺に着せるなんて、ちょっとひどいよね……殿下も着てみればいいのに。ふふ、俺以上に嫌がりそうだけどさ」

「……リンクス、少し、言いすぎではないかしら」

不敬ではないかとクロエが眉を顰《ひそ》めると、リンクスは、ふふん、と鼻を鳴らして、金緑石《クリソベリル》の瞳をキュッと細めた。

「大丈夫だよ。上《うわ》っ面《つら》の服従なんて、あの人は求めていないから」

「そうなのですか？」

「そうだよ。まあ俺の服はともかく、姉さんの服もセットでくれたことは感謝するけどね！　俺の服は変だけど、姉さんのドレスはよく似合ってる。……すっごくきれいだよ」

うっとりと囁《ささや》かれた言葉にクロエはそっと頬を赤らめて、自らの装いに視線を落とす。

今日のクロエは普段着ている禁欲的な修道衣ではなく、淑女めいたドレスをまとっていた。

領地の視察に「一緒についてきてほしい」とリンクスに乞われて同行することになったのだが、修道女を連れて歩くというのも妙だということで、こうなったのだ。

大きくひらいた襟ぐりをボビンレースで縁取った新緑のドレスには、白い花枝模様が散らされている。袖は肘までの長さで、リンクスと揃いのレースのカフスが覗いている。

侍女の手伝いなしでも着られるようにか、ドレスと共布のくるみボタンで前を留めるタイプで、コルセットはつけていない。

このように肌が見えて、明るい色彩の衣服をまとうのは修道女になってから初めてだ。もちろん、暗褐色の髪を頭巾で隠さずに人前へ出ることも。

リンクスと同じく普段とは違う装いに何とも落ちつかず、クロエは結いあげた髪に何度も手をやって、変ではないか、崩れてはいないかと確かめずにいられなかった。

そのうち、髪に挿さった真珠の髪飾りに手が当たり、ポロリと床に落としてしまった。幸い壊れはしなかったが、思わず青褪《あおざ》めたものだ。

「ところで姉さん、今日あの屋敷で夕ごはん食べていく？　作るって言っていたけど……」

ふいにそう問われ、クロエは一瞬、返事に詰まった。

「……ええ、そうね……折角用意してくださるのなら……」

言葉を濁して目を伏せる。リンクスは「そう」と頷くと、ぐるりと喉を鳴らして首を傾げた。

「何が出るかな？　たぶん何か豪勢なものが出るだろうなぁ。肉かな、魚かな？　貴族のコース料理だったら両方出るかな？　楽しみだね、姉さん！」

「ええ、そうね……楽しみね……」

クロエはぎこちない笑みで頷きながら、先ほど前男爵が使っていたカントリーハウスを訪れたときのことを思い出していた。

煉瓦《れんが》造りの屋敷の前庭に着き、男爵家の従者が馬車の扉をひらいて、リンクスが先に降りた瞬間。

小さなざわめきが起こって、クロエは踏み台に下ろしかけていた足をとめた。

「……さあ、お手をどうぞ。マダム」

リンクスがどこか芝居がかった口調で促してくる。

「え、ええ。ありがとう……」

差しだされた手に戸惑いながらも手を乗せて馬車を降りたクロエは、ずらりと並んだ使用人たちに目を向け、小さく息を呑んだ。

突きささるような無数の視線にたじろぎ、けれど、すぐに気が付いた。

彼らが見ているのは、自分ではなくリンクスだと。

年配の執事、従者らしき壮年の男が一人、従僕のお仕着せ姿の青年が二人、真っ白なエプロンをつけた若いハウスメイドが四人。

お仕着せでない黒いドレス姿の二人の女性は、家政婦長と侍女だろうか。

総勢十名、二十の瞳に宿る感情は、決して良いものではなかった。

若いメイドたちはリンクスの美貌に目を輝かせているが、好奇の色を隠せていない。

従僕や従者、年嵩《としかさ》の二人の女性の視線には、侮蔑や嫌悪、嫉妬などが入り混じっている。

さすがに執事らしき男は、あからさまな負の感情を表に出してはいなかった。それでも「ようこそおいでくださいました、旦那様」と進みでてリンクスに頭を下げたとき、屈辱に耐えるように顔を歪《ゆが》めていた。

――亜人だからといって……あんまりだわ。

しばらく見ていなかった、亜人に対する剥《む》きだしの差別を目の当たりにして、クロエは胸が痛んだ。

教会を訪れる信徒の大半は、九年前のあの事件で行き場を無くしたリンクスがクロエに保護され弟となった事情を知っていたため、好意的に彼を見ている。

彼が小さかったころは「あの子に食べさせてやってくれ」とちょっとしたお菓子や果物、栄養たっぷりの卵を持ってきてくれる者もいた。

中には「我が家の猫ちゃんの大好物なんです！」と言いながら、干した鶏の軟骨のような、ほんのり偏見が入った土産を持ってくる者もいたが、それでも善意によるものだった。

もちろん、悪意を向ける者が一人もいなかったわけではない。

彼と暮らしはじめて間もないころ、腐った魚が教会の前に捨てられていたこともあった。

それも月日が経ち、女王の統治がなじむにつれて減っていき、ここ最近は本当に穏やかな暮らしが続いていたのだ。

けれど、王都の外に出れば、まだまだ根深い偏見が残っている。

そのことを今さらながらに思い知り、クロエは暗澹《あんたん》たる気持ちになった。

「……あの、旦那様。そちらの御方は……？」

頭を上げた執事がクロエに視線を向ける。

「あ、私は――」

答えようとしたところで、重ねていた手を強い力で握られて、言葉を呑みこむと同時に、リンクスが答える。

「――この人はクロエ。私のお目付け役のような立場の人だよ」

「え？　リンクス？」

ぱちりと目をみはって彼を見ると、片目をつむって目配せされた。

話を合わせろ、ということだろう。

「……そのような者です」

クロエの言葉に、執事は「さようでございますか」と頷いた後、ホッとしたように表情をゆるめ、恭《うやうや》しく腰を折った。

「ようこそおいでくださいました。クロエ様。使用人一同、歓迎いたします」

リンクスに対するよりもいっそう丁寧な口調に、クロエは察した。

おそらくだが、彼は獣の亜人であるリンクスの上に、お目付け役として人間のクロエがいることに安堵したのだろう。

――「やはり人間が上なのだ」と思いたいのかしら……？

リンクスは彼らの警戒心を和らげようと、「お目付け役」などと言ったのだろうか。

それとも自分の姉とすることで、クロエが冷ややかなまなざしで見られることを嫌がったのか。

そっと執事の背後に目を向ければ、他の使用人たちの表情も幾分かゆるんだものに変わっていた。

目が合った家政婦長らしき女が嘲りを含んだ心得顔《こころえがお》でクロエに頷き、笑いかけてくる。

まるで「甲斐性のある、良い猫を飼っているのね」と言うように。

不意に苦いものがこみあげてきて、クロエは家政婦長を——使用人たちを見渡し、奥歯をグッと噛みしめて、微笑んだ。

「……歓迎いただき光栄です。ですが、あなた方の主人は私ではなく、こちらのリンクスなのです。思うところもおありでしょうが、どうか受けいれて、彼の力になってさしあげてください」

そう穏やかに願えば、ある者は目を伏せ、ある者は視線をそらした。睨《にら》みかえしてくる者もいた。

——そうよね。そう簡単には変わらないわよね。

使用人たちの反応にクロエは小さく溜め息をこぼす。すると、傍らに立つリンクスがスッと距離を詰め、彼女にだけ聞こえる声で「姉さん、大好き」と呟いたのだった。

そのような気まずい顔合わせの後。

屋敷を一通り案内されたところで、リンクスが「領地を見て回りたい」と言いだし、こうして二人、出てきたのだが……

——リンクスは、あの屋敷で幸せに暮らしていけるのかしら……？

向かいの席で上機嫌に鼻歌を歌っている弟を見つめながら、クロエはそっと眉を顰《ひそ》めた。

屋敷を回ったときに顔を合わせた料理人やキッチンメイドたちの反応も、出迎えの列に並んだ使用人と大差ないものだった。

唯一、リンクスに好意的だったのは庭師くらいだろうか。もっとも、その庭師のまなざしも「猫ちゃん可愛い」といった偏見まじりのものではあったが。

この現状を見れば、リンクスが「通いの領主になりたい」と思ったのも無理はない。同じ「ひと」として尊重してくれる味方が一人もいない場所で暮らしたくはあるまい。ここで領主になるなら、リンクスの支えとなる存在が必要だろう。

けれど、クロエにそれは務まらない。

——私が修道女でなければ、そばで支えてあげられたのに……！

教会から離れられない自分の身が歯がゆかった。

溜め息がこぼれそうになるのを呑みこんで、クロエは笑みを作り、リンクスに声をかけた。

「……ところでリンクス、どこに向かっているのですか？」

領地を見て回ると言っていたので、てっきり耕作地や農村を見に行くのだろうと思ったのだが、どうやら馬車は牧草地を抜け、鬱蒼《うっそう》とした森へと向かっているようだ。

「え？　ああ、森だよ」

「森？」

「うん、森でピクニック！」

ポンと傍らのバスケットを叩いて、リンクスが笑う。

畳まれたブランケットの上に置かれた籐《とう》製のバスケットには、飲み物の瓶や軽食が入っている。男爵家の料理人に「適当なところで馬車を停めて昼食をとりたい」と伝え、用意させたものだ。

「ほら、前に言っただろう？　日向ぼっこができて花のきれいな野原があるって」

「ああ、そうでしたね。あの森の中にあるのですか？」

「うん。昔、ここらで暮らしていたっていう丸花蜂《まるはなばち》の亜人に教えてもらったんだ。ここの森は狼がいるから人は滅多に入らないし、日向ぼっこにいい野原があるよって」

上機嫌に語るリンクスにクロエは首を傾げる。

「森に狼がいるのに、入っても大丈夫なのですか？」

「大丈夫だよ、狼は賢いから。勝てなそうな亜人のことは襲わないんだ」

「……そうなのですか」

「うん。そうだよ」

自信満々に言いきると、彼はチロリと舌を出した。

「領地を見て回りたいって言ったけど、あれは単に口実で、夕食の時間まで屋敷で過ごすのは嫌だなぁって思ったんだ。嘘ついちゃって、ごめんね？」

絶対に悪いと思っていなそうな表情で、両手を合わせて謝ってくるその甘えた仕草に、クロエはゆるりとかぶりを振って微笑んだ。

「いいえ、この森も領地の一つですもの。嘘をついたことにはならないわ」

「そう？　よかった。ありがとう、姉さん。大好きだよ」

歌うように囁《ささや》いたリンクスが金緑石《クリソベリル》の瞳を細めて、ぐるりと喉を鳴らしたそのとき。

がたり、と馬車が停まった。

窓の外を見れば、鬱蒼《うっそう》とした森がクロエの目前に広がっていた。

「――着きましたよ、リンクスさん」

「はい、どうも。ルナールさん」

御者《ぎょしゃ》の声に軽い口調で答えると、リンクスは扉をひらき、バスケットを片手にポンと地面に飛び降りた。

「はい、お手をどうぞ。姉さん」

サッと手を差しだしながらの台詞は男爵家で聞いたものと似ているが、口調はまるで違う。遊びに誘う子供めいた響きに、クロエは頬をゆるめる。

「ありがとう、リンクス」

手を取られて馬車を降り、御者《ぎょしゃ》を振り仰ぐ。

ツンと目尻の上がった壮年の男性は、深々と帽子をかぶっていて耳が見えない。

けれど、よくよく見ればその琥珀色の瞳の瞳孔は、スッと縦に細まっている。

おそらく、彼も亜人なのだろう。

「……楽しんできてください。誰か来たら吠えて教えますから」

ニイッと笑うルナールにリンクスは「ありがとう、楽しんでくる」と笑いかえすと、
クロエの手を取り森の奥に向かって歩きはじめた。

鬱蒼《うっそう》と茂った樹々の合間を縫うように歩くこと、五分あまり。

「――あ、姉さん。見て、着いたよ！」

前を行くリンクスが振りむいて笑う。

「……あら、もう着いたの？」

森の奥へと目を向ければ、樹々の合間、燦々《さんさん》と光がさす野原が見えた。

「まあ、暖かそうね」

「うん、たくさんあったまろう！」

弾んだ声で言いながら、リンクスはクロエの手を握りなおして足を速めた。がさりと枝を避け、緑の地面に一歩踏みだす。

その途端、まばゆい陽ざしの温もりが二人を包みこんだ。

——あったかい。

クロエは目を細める。辺りを見渡せば、新緑に染まる地面にポツリポツリと花が咲いていた。

紫の菫《すみれ》、純白のスノードロップが風に揺れ、茂るミモザの花が金色の雪のようにハラリハラリと落ちてくる。

大きく深呼吸をすれば、甘い匂いが胸いっぱいに広がった。教会のハーブ園とはまた違う、ゆるやかな春の色と香りだ。

「……素敵なところね」

傍らのリンクスに微笑みかければ「ピクニックにはピッタリの場所だろう？」と得意げな笑みが返ってくる。

「さあ、姉さん。お昼ごはんにしよう！」

朗《ほが》らかに宣言すると、リンクスはバスケットを肘にかけ、小脇に抱えたブランケットを草の上にバサリと広げた。鮮やかな赤白黒の格子柄が春の緑に映える。

その上にバスケットを置き、二人で挟むように腰を下ろした。

「さあて、何が入っているか楽しみだね、姉さん！」

いそいそとバスケットの蓋《ふた》をあけたリンクスの手が、一つ一つと中身を取りだしていく。

淡い緑色の液体が入った、やや小ぶりのガラス瓶が一本。

薄切りにしたライムが入っているのは、ライム水の瓶だろう。それが一本。

おひさまのような丸いチーズが一塊《ひとかたまり》に、どっしりとしたフルーツケーキ。小瓶に入った深い肉色のパテは鴨《かも》だろうか。もう一つの小瓶にはオレンジ色のジャムらしきものが詰まっている。

銀の足つきグラスが二つに陶器の皿が二枚、それから銀のカトラリー。

最後に、麻布に包まれた黒パンが一つ転がりでたところで、クロエはわずかに眉を顰《ひそ》めた。

――どうして、黒パンなんて……

確かにライ麦のパンは、パテやチーズと相性がいい。だが、自らが仕える貴族に対して出すような品ではないはずだ。

――亜人には、黒パンで充分だとでも思ったのかしら……？

考えすぎかもしれない。

けれど、彼らの反応を思いだせば悪意を疑わずにはいられなかった。

悶々としているクロエをよそに、リンクスは特に気にした様子もなく、鼻歌まじりにブレッドナイフで黒パンをスライスしていく。

「姉さん、パン食べるよね、何塗る？　姉さんの好きなオレンジマーマレードがあるよ。パテは……ああ、鴨《かも》のレバーかな。匂いは美味しそうだけど……」

パテの瓶をあけ、すんと嗅いだ後、バターナイフを突きさして、くるりとすくって指に落としペロリと舐める。

「うん。味もいい感じ」

そう言ってきゅっと目を細めたリンクスに、クロエは笑顔で言葉を返した。

「そう。なら、パテからいただこうかしら」

「うん。たっぷり塗ってあげるね！」

「ふふ、ありがとう！」

折角のピクニックなのだ。暗い顔をしていては、連れてきてくれたリンクスに申し訳ない。

楽しもうと思いなおして、クロエは差しだされたパンを受けとった。

「……リンクスったら、これは盛りすぎよ」

楕円型のパンにぽってりと盛られたパテの厚みは、土台のパンよりもずっと分厚い。

ふふ、と笑うと「姉さんだからね。特別サービスしておいたよ」と悪戯《いたずら》っぽい笑みが返ってくる。

「まあ、光栄だわ」

くすくすと笑いながらパクリと一口かぶりつき、口の中に広がる風味に目を細める。

みっしりと目の詰まったライ麦のパンの力強い香りと、仄《ほの》かな酸味。滑らかな口当たりのパテは、程よく塩が利き、濃厚な鴨《かも》の旨みが感じられた。

ゆっくりと味わって飲みこみ、クロエはホッと息をつく。

「……美味しい」

このパテならば、確かに黒パンのほうが合うだろう。

――よかった。嫌がらせなどではなかったのね……！

そっと胸を撫でおろす傍らで、ぱくりとパンを頬張ったリンクスがもぐもぐと豪快に咀嚼《そしゃく》し、飲みこんでから「うん！」と上機嫌に頷いた。

「確かに美味しいね。もう一枚食べる、姉さん？」

「ええ、ありがとう。お願いします」

「はい、喜んで！」

キラリと白い歯を見せて答えると、リンクスはブレッドナイフを手に取った。

それからライム水をお供に、たっぷりのパテ盛りパンをもう一枚。チーズを一切れ。心もち薄切りにしてオレンジマーマレードを塗ったパンを、デザートがわりに、もう一枚。

きれいに食べ終えたところで、クロエは息苦しさを覚えた。

――うう、苦しい。

ウエスト回りの窮屈さに、クロエは自分の失態を悟る。このようなタイトなドレスをまとう貴婦人は、腹がふくれるほどに食べたりはしないのだ。

――ああ、私ったら、美味しいからと欲張ってしまって……！

そっと胃のあたりに手を当てて溜め息をこぼしたところで、楽しげな笑い声が隣から響いた。

「はは、姉さんも苦しくなっちゃったんだ？　俺の気持ち、ちょっとわかった？」

「……そうね、よくわかったわ。確かにこれは窮屈ね」

「だろう？　あーもう、ただでさえきついのに、もうパンパンでボタンがはち切れそうだよ」

眉を顰《ひそ》めたリンクスが、はふ、と息をつく。

「……固形物はもう無理だよねぇ。ケーキはおやつにとっておいて、食後酒にしようか」

そう言って彼は小ぶりのガラス瓶を掲げた。淡い緑色の液体がちゃぷりと揺れる。

「ハーブ酒らしいよ？　ミント系のハーブで作ったリキュール。俺を歓迎するために、使用人総出でハーブを摘んで作ったんだって。ちょっと強い酒だから、ご婦人はライム水で割るのがおススメですとか言っていたけど……でも、姉さんはストレートのほうが好きだよね？」

「……はい」

ほんのりと頬を赤らめながら、クロエは頷いた。修道女としては自慢にならないことだが、クロエは酒に強いのだ。

「ん、了解」

リンクスはくすりと笑って頷き、二つのグラスを並べてハーブ酒を注いだ。澄んだ緑が銀のグラスを満たしていくにつれ、ふわりと爽やかな芳香が立ちのぼる。

「……確かに、ミントね」

差しだされたグラスを受けとり口元に近付ければ、鼻先でミントの葉をすりつぶしたような瑞々《みずみず》しい香りを感じた。

「……うん、そうだね。……いい匂いだ」

自分の分のグラスを持ちあげて、リンクスが目を細める。

あら、とクロエは首を傾げた。嗅覚の鋭い亜人にこれほど鮮烈な香りは強すぎるのではないか、と思ったのだが、どうやら杞憂《きゆう》だったようだ。

グラスに鼻を近付けて大きく息を吸いこむ彼の様子に、クロエは頬をゆるめる。

――ミント酒が好きだなんて、知らなかったわ。

料理にミントの葉を添えたときは息をとめて飲みこんでいたから、てっきり苦手なのだと思っていた。

けれど、お酒になれば違うのかもしれない。

「姉さん、早く呑もう」

促す声は、仄《ほの》かな興奮すら感じられる。それほど好みの香りなのだろうか。

少しの違和感を覚えながらも、クロエは「そうね」と頷いて、グラスを掲げた。

乾杯、と軽くグラスを合わせて前を向き、一口呷《あお》る。

「……ん」

舌を洗って喉へと落ちる滴は、ペパーミントのような風味で、すっきりとした清涼感の中に仄《ほの》かな甘さを感じた。夏場には、いっそう美味しく感じられるだろう。

——これがリンクスの好きな味なのかしら……帰ったら、早速作ってみましょう。

うん、と頷いて、もう一口含もうとしたところで、カチンと何かがぶつかる音が耳に届いた。

何気なく目を向ければ、リンクスが再びグラスにミント酒を注いでいた。もう呑み干したのだろうか。

——そんなに急いで呑まなくてもいいのに。

ふふ、と笑みを浮かべた直後、グラスを口に当てた彼が天を向き一気に酒を流しこむのを目にして、クロエは息を呑んだ。

「……リ、リンクス？」

かけた声が耳に入らないのか、彼は、はあ、と大きく息を吐くと再び酒瓶を傾けた。

みるみるうちに中身が減っていく。鮮やかな緑から透明へと変わった瓶を逆さにし、最後の一滴まで注ぎきったところでリンクスは瓶を放り、グラスに口を付けた。

砂漠で渇きに喘ぐ旅人のように大きく喉を鳴らし、ゴクリゴクリと呑み干していく。

明らかに様子がおかしかった。

「……はぁ。……あーあ、もう、なくなっちゃった」

空になったグラスの縁を名残惜しげに舌でなぞり、ポツリと呟くリンクスの声は熱っぽく蕩《とろ》け、その目元は赤く染まっている。

「……リンクス、大丈夫……?」

恐る恐る声をかけると、するりと彼の瞳が動いて、潤んだ金緑石《クリソベリル》の瞳がクロエを捕らえた。

「ん……大丈夫って、俺が？　はは、大丈夫だけど?」

へらりと笑って、グッと顔を近付けてくるのに、クロエは思わずのけぞるように身を引いた。

その拍子に手にしたグラスの中身がぱしゃりとクロエの胸元にこぼれ、グラスを持つ右指を濡らす。

「あっ」

慌てて視線を落とすと、白いふくらみが覗く胸元、瀟洒《しょうしゃ》なレースが淡い緑に染まっていた。

「ああ、大変」

折角の頂きものだというのに染みが広がっては大変だ。クロエはグラスを左手に持ちかえ、ポケットからハンカチを出して胸元を拭おうとして――その手をリンクスにつかまれた。

「……リンクス？」

顔を上げて――息を呑む。

鼻先がふれあいそうなほど近くに彼の顔があった。

「姉さん、俺、この酒、気に入っちゃった……」

二人の間に置かれたバスケットを草の上に押しやりながら、リンクスが囁《ささや》く。艶《なま》めかしいような甘ったるい声。唇にかかる吐息の熱さに、クロエは小さく喉を鳴らす。

「そ、そう。それは、よかったわ」

「うん。それで、もう少し味わいたいんだけど……姉さんの分、もらってもいい？」

「え？　あ、ええ、もちろん、どうぞ！」

ぎこちない笑みで頷けば「ありがとう、姉さん」と腰を抱かれて引きよせられた。

「きゃっ!?」

中身をこぼさないよう慌ててグラスを高く掲げる。それでもいくらかこぼれてしまった。

――ああ、どうしましょう！　カフスまで！

急いで拭わなくては、と思ったそのとき。

クロエの指を濡らし手首へと伝おうとする滴に、リンクスが唇を寄せ——ちゅ、と音を立てて手首に吸いついた。

「っ、リンクス、何を——んっ」

垂れる滴を彼の舌がなぞる。熱く濡れたものが肌を這う感触に、クロエはぞくりと背を震わせた。

「や……待って……っ」

「待たない。もらってもいいんでしょ、姉さん？」

ふふ、と笑ってリンクスはクロエの手首に歯を立てた。ひゃっ、とクロエが声を上げると、彼はまた一つ笑い声を立て、舌を這わす。

手のひらをなぞり、親指の付け根をくすぐって、中指、人差し指と舐めあげていく。

本物の猫ほどザリザリとはしていないが、リンクスの舌にも無数の棘《とげ》が生えているようで、先が丸く目の細かいブラシでなぞられているような、奇妙なくすぐったさを覚える。

やがて、彼はクロエが握りしめているグラスの中身に舌を伸ばして、ぴちゃりと音を立てた。

その仕草は悪戯《いたずら》な子猫のようだが、上目遣いに微笑む表情はひどく官能的で、クロエの頬を火照《ほて》らせる。

「……自分で持って、呑んでちょうだい……っ」

羞恥に震える声で願うが「だめ」と甘く拒まれた。

「ふわふわして手に力が入らないんだ。姉さんが持ってて。でないと、こぼしちゃうから……」

お願い、と囁《ささや》く彼の手はクロエの背に回り、かなりの力で抱きしめている。

――ああもう、絶対に嘘だわ！

そう思いながら、クロエは重ねられた「お願い」の声に負けて「わかったわ」と頷いてしまった。

リンクスがグラスの中身を舐めるたび、ぴちゃぴちゃと鳴る水音が妙にいやらしく耳に響く。早く呑みきってほしいと願いながら、クロエはミント酒の正体について思考を巡らせる。

匂いも味もミントのようだが、どう考えても、ただのミントではない。

――そうだわ、あれかもしれない。

十数年も前のことですっかり忘れていたが、クロエは先の教父から教わったことがあった。

スペアミントなどと同じハッカ科の植物の中に「猫を酔わせるミント」があるのだと。

人間が口にする分には消化不良やちょっとした発熱、月のものの悩みに効果がある良薬だが、猫に使うには要注意。

その爽やかな匂いを一嗅ぎすると、たちまち頭がくらりとして、地べたを転げまわらせるほどの陶酔と興奮をもたらすのだという。

まるで、盛《さか》りのついた春の猫のように。

――つまり、リンクスも今、そうなっているということ⁉

衝撃の事実に、頬どころか全身まで熱くなる。

「っ、リンクスッ！　だめ！　もうおしまい！」

これ以上、呑ませるわけにはいかない。

グラスを持つ手を慌てて後ろに引けば、追いかけるようにリンクスがグイと身を乗りだして――その勢いで、クロエはブランケットの上に押し倒された。

「ひゃっ」

手からグラスが離れ、ブランケットに染みを作りつつ、草の上へと転がっていく。

「あーあ、姉さんのせいでこぼれちゃった。もっと呑みたかったのになぁ」

「ご、ごめんなさい」

ツンと唇を尖らせながら詰《なじ》られて、ついついクロエは謝ってしまう。

「ん、いいよ。姉さんだから許してあげる」

リンクスは傲慢《ごうまん》に告げると、へらりと頬をゆるめてクロエに顔を近付ける。

「それに……まだ他にも味わえるところ……あるもんね？」

「え？　他にもって？」

答える代わりに、彼はクロエの唇を自分のそれで塞いだ。

「んっ、――っ」

驚きにひらいた唇に、ぬるりと舌が潜《もぐ》りこんでくる。クロエは彼の肩を押しかえそうとしたが、その手を取られてブランケットに縫いとめられた。

こわばる舌をつつかれ、ひ、と奥へと引っこめると、ふふ、と笑う吐息がクロエの鼻をくすぐる。そうして、やさしく毛繕いでもするように、粒立った舌で舌を舐められた。

舌に残った酒を舐めようとしているのだろうか。

けれど、そう考えるには舌の動きが淫らすぎる。

「……ん、……ぁ、ふぁ」

ぬめる舌をこすりあわせるたびに、ぞわぞわとした奇妙な感覚が頭の裏側に響く。

甘いような、くすぐったいような、不思議な痺れだ。

ちゅぴりと舌が離れて上顎をなぞられると痺れはいっそう大きくなり、クロエの唇から色めいた吐息がこぼれた。

「……ん、姉さん、美味しい。ちょっとだけ、オレンジの味もするね」

はぁ、と息をついて、はは、とリンクスが笑う。

鼻先がふれあいそうなほど近くで見つめあう彼の瞳は、獲物を前にした獣のように輝いていた。

クロエの喉が小さく鳴る。

覆いかぶさる男の身体は、共に暮らし、見慣れた弟のものなのに、本能的な恐れを感じさせる。

怖い。それなのに魅入られたように——あるいはすくんだように——目をそらせず、彼の身体を押しのけることもできなかった。

「後は……どこにこぼれたかな？　姉さん、覚えてる？」

薄笑いで問われたクロエは、ふるふると首を横に振る。

「そっかぁ。じゃあ、匂いで辿るしかないね」

そう言うと、リンクスは金緑石《クリソベリル》の目を細めると、クロエの首すじに鼻を埋めた。

「んっ」

かかる吐息の熱さに、クロエはビクリと身をすくめる。

けれど、リンクスはとまることなく、クロエの肌を辿って鎖骨に舌を這わせた。

「やっ」

「……ん、こことこと、こここと……ここにもこぼれてる。……いい匂い」

くすくすと笑いながら、リンクスは鎖骨の間の窪《くぼ》みをぺちゃりと舐め、その下のふくらみへと唇を滑らせる。

「っ、待って、リンクスッ」

彼が何をしようとしているのかわからない。けれど、これが姉弟のじゃれあいの範疇《はんちゅう》を超えてしまっているということくらいはわかる。

制止の声をかけようとした瞬間、ちゅ、と肌を吸われ、ちくりとした痛みが左胸に走った。

いったい、何をされたのだろう。

わけもわからぬうちに、また一つ、同じ痛みが今度は右胸に走る。ちゅ、と吸われて、ちくり。また左胸に戻って、先ほどとは別の位置に、ちくり。

肌に染みこんだ酒を吸おうとしているのだろうか。

戸惑っていると、不意に胸元が涼しくなった。

クロエはハッと息を呑み、慌てて身を起こして目を見ひらく。いつの間にかリンクスの指がドレスのボタンにかかり、外されていた。

「やっ、待って、リンクス――」

制止の声も虚《むな》しく、はらりと前をひらかれシュミーズを引きおろされて、ふるりと二つのふくらみがこぼれ出る。

途端、肌に突きささる金緑石《クリソベリル》の視線に、クロエはカッと頰が熱くなった。

――ああ、やはりコルセットをつけておくべきだったわ！

試しにつけてみた際、胸を寄せて強調するようで恥ずかしかったのだ。

鏡の前で赤面していたところ、見守っていたリンクスが「いいんじゃない、つけなくても？　姉さんもともと腰細いし！」と言ってくれたのでつけないことにしたのだが……こうなるくらいなら、ギチギチに締めあげておくべきだった。

呼吸で上下するふくらみを包みこむように、彼の手がふれる。

騎士となるため鍛練を重ねた手のひらは、柔いクロエのものとは違って、ざらりと硬い。大きさもまるで違う。

出会ったころは、あれほど小さく痩せた手をしていたのに。

これほど大きくなっていたのかという場違いな感慨と、紛れもない男の手の感触が、クロエの胸をかき乱す。

「……ドキドキしてるね、姉さん」

笑いまじりの囁《ささや》きと共に節くれだった指が白い肉に沈み、クロエは吐息をこぼした。

「ん……リンクス」

しっとりと肌がなじむような感覚が心地好い……そう思ったのも束の間。

手のひらでこするようにぐるりと撫で、揉《も》まれれば、じんわりと甘い痺れが広がる。

あ、と声を上げれば、また忍び笑いが耳をくすぐった。

「……姉さん、キスだけで立っちゃったの？」

胸の先をしゅりしゅりと手のひらで撫でながら問われ、チリチリとした奇妙な感覚に
クロエは息を喘がせる。

「ん、っ、立つ、とは……？」

何のことだろう。吐息まじりに問いかえせば、リンクスはキュッと目を細めて笑みを
深めた。

「ここ。姉さんの可愛い胸の先っぽのことだよ」

「え？　っ、ぁあっ」

色付いた頂きを指で摘まれた瞬間、これまで以上の強い痺れがクロエの胸に走った。

思わず上げた悲鳴——と呼ぶには甘すぎるものではあったが——に、リンクスの頭上で三角の耳がピクピクッと揺れる。

「あは、可愛い。コリコリになってる……」

「やっ、あ、ぁあっ」

楽しげな呟きと共に指の腹で押しつぶされ、きゅんと引っぱり上げられ、強い刺激にクロエは背を浮かせた。

そのままくるりとひねられ、パッと放された反動で、ふるりと胸が揺れる。

それが面白いのか、リンクスは執拗にその動きを繰りかえした。

「やっ、あ、リンクス……っ」

彼が丸いものを好きなのは知っている。動くものにじゃれつくのも獣の本能だ。とはいえ、姉の胸で遊ぶのはやめてほしい。

何度も嬲《なぶ》られたせいで、ぽってりと充血しピンと立ちあがった突起は、普段ほとんど意識することのない場所だというのに、今は神経が集まったように敏感になっている。

「っ、も、やめ……てぇっ」

息を乱して願えば、悪戯《いたずら》な弟は小首を傾げて唇の端を吊りあげた。

「えー、やめてほしいの？　指、飽きちゃった？　ああ、そっか。お酒、早く舐めとってほしいんだ？　いいよ、舐めてあげる」

「ちが――んんっ」

とめる間もなく、汗ばむ白い肉の中心に食らいつかれる。

じゅっと吸われて、ずきりとした痛みにも似た強い痺れ――いや、疼《うず》きだろうか――がクロエの胸の奥だけでなく、なぜか下腹部にまで走った。

「っ、リンクス、待って。そこにはこぼしてないから……っ」

酒が伝ったのは谷間のあたりだ。胸の先になどこぼしていない。

けれど、リンクスはクスリと笑って「ううん、こぼしてるよ」と、クロエの抗議を退けた。

「だって、ほら。こんなに甘い、いい匂いがしてる……ずっと嗅いでいたくなる匂いだ」

ざらりと粒立った舌で頂きをなぞられて、指とはまた違った刺激にクロエは背を震わせる。

生えてもいない毛を繕うように、ざらりざらりと舌の腹で舐めあげられる。ゾクゾクとした感覚に「ああ」と吐息を漏らしたところで、きつく吸いつかれた。

「ひぅっ」

不意打ちの強い刺激に、先ほどと同じく、痛みにも似た痺れが走る。

胸と下腹部。場所は同じ。けれど、下腹部の痺れは先ほどよりも強く、ずんと重たく感じられた。

——ふれられてもいないのに、どうして……？

月のものの間くらいでしか意識したことのない場所が、ズキズキと熱を持ったように疼《うず》くのはなぜなのだろう。

むず痒さに似た疼《うず》きをごまかすように、もぞりと膝をすりあわせたところで、微かな——本当に微かな水音が響いた。

とろりと熱いものが尻へと伝うのを感じて、クロエは頬を赤らめる。

——やだ、何かしら……？

月のものがくるのは、まだずっと先のはずだ。それなのに脚の間が、胎《はら》の奥からあふれだした熱い液体で濡れている。

——おもらしでは……ないわよね？

そう思いつつもどうにも恥ずかしくて、そっとクロエはリンクスの顔色を窺《うかが》った。

どうか気付かれていませんように、聞こえていませんようにと祈りながら。

「……あは、姉さん。可愛い音、聞こえたけど……濡れちゃった？」

願いも虚《むな》しく、胸から口を離したリンクスが、へらりと笑う。

「っ、ちがっ、そんなことありません……っ」

クロエが顔を赤らめて首を横に振ると、リンクスは「本当かなぁ?」と目を細め、「じゃ、確かめてみようか」とクロエの下肢に手を滑らせた。

「ひゃっ」

クロエは脚を閉じようとしたが、ねじこまれたリンクスの膝に阻まれる。

——ああっ、いつの間に!?

亜人の反射神経の良さを恨めしく思っていると、ひらいた脚の間へ——ドレスもその下のペティコートも巻きこんで——彼の指が潜《もぐ》りこむ。

幾重にも重なった布越しであっても、強く押しつけられた太い指の存在を感じずにはいられなかった。

割れ目をなぞられて、響く水音に耳を塞ぎたくなる。

「……姉さんの嘘つき」

甘ったるく詰《なじ》りながら、リンクスが指を動かす。

ずりりと下から上へ、何度もなぞりあげられ、クロエはそのたびに小さく身を震わせた。

「んー、ここらへんかな?」

なぞった指が割れ目の上でとまり、呟きと共にグッと指を押しこまれた。

「あっ」

ビリリとした痺れが走る。それから一拍遅れて、きゅん、と窄《すぼ》まった蜜口が、とろりと新たな滴を吐くのがわかった。

「……っ、今の、は?」

「あ、よかった。当たったみたいだね」

戸惑うクロエに対してリンクスは上機嫌に頷くと、先ほどの場所にもう一度指をあてがい、押しこんだ。

「っ、あ、やっ、んんっ」

グッと押してはゆるめて、規則正しい動きで繰りかえされるたびに、クロエの腰は揺れ、下腹部にじわりと疼《うず》きが広がり、熱がこもっていく。

「……あは。姉さん、これ好き?」

「わからな、あっ、あぁっ」

彼の指の動きが少しずつ速く小刻みになり、押してゆるめての動きに左右への揺さぶりが加わる。

「っ、んんっ、や、揺らさないでぇ……!」

ふわふわと頭が痺れて、息が乱れていく。

身悶えた拍子に、結った髪がぐしゃりと乱れ、髪飾りが抜けて地面に落ちる。

気付けば疼《うず》きと熱に煽《あお》られ、クロエは腰を浮かせていた。まるで自ら彼の指を求めるように。

「ん、姉さん、腰、浮いちゃってるよ？　……やらしい」

「ちがっ、そんなこと」

「してるんだよ。俺の指、そんなに気持ちいい？　ん、可愛い。いいよ、もっとやらしくなって、このままいっちゃっても。最後まで、見ててあげるね？」

笑いまじりの甘ったるい囁《ささや》きがクロエの耳をくすぐり、羞恥のあまり目の前が滲んだ。

色事に関して無知なクロエでも、こうまでされればわかった。

今、自分が女として求められ、嬲《なぶ》られ、彼の手で高められ、果てようとしているのだと。

いつまで経っても子供のようだと思っていた弟の手で。

それが嫌ではないどころか、嬉しいと思ってしまう自分が情けなく、恥ずかしかった。

「っ、う、うぅ、や、もう、やめて……っ」

涙をこぼし、震える手で彼を押しのけようとするが、しなやかに見えて、ずっしりと重たい身体はビクともしない。

無駄な抵抗を笑うかのように一際強く脚の間をこすられて、クロエは大きく息を喘がせる。

「胸も一緒にしてあげるから、いっていいよ。クロエ」

普段よりも低い声で名を呼ばれ、そらせた胸にパクリと食らいつかれて、吸いあげられた瞬間。

「っ、あ、～～!?」

下肢に満ちた疼《うず》き――快感が弾けて、クロエは背をそらし、声にならない声を上げて果てた。

頭が白く染まりビクビクと脚が震え、腰までが跳ねる。

噴きだす汗と蜜が白い肌を濡らし、ペティコートに染みこんでいった。

「……姉さん、大丈夫？」

焦りの滲む声で呼ばれ肩を揺すられたことで、クロエはハッと我に返った。

どうやらしばらくの間、放心していたようだ。

「……大丈夫、です」

「起きられる？」

「ええ」

手を取られ、よろよろと身を起こし、リンクスと向きあう。まだ少し、火照《ほて》ったように目元が赤い。

けれど、まなざしはいつもの彼に戻っていた。

効き目が早い薬は、その持続時間が短いものも多い。おそらく、先ほど呑んだミント酒の効果が抜けたのだろう。

「ごめん、姉さん……」

バツの悪そうな顔でポツリと呟いた彼が目をそらしたのを見て、クロエは自分の身体を見下ろした。

「――っ」

いまだ剥《む》きだしの胸が目に入り、慌ててシュミーズを引きあげドレスの前を掻きあわせる。

そうして背を丸めて縮こまるクロエの胸にこみあげたのは、リンクスへの怒りなどではなく、強い羞恥と自責の念だった。

――あぁ、なんてこと！　私ったら！

我を失った彼をとめられるのはクロエだけだったというのに。

泣いて喚いて暴れれば、もっと早く、彼を正気に戻せたかもしれない。

それなのに口先だけでろくに抵抗もしなかった。

それどころか最後は、彼の手で乱されることに喜びさえ感じていた。

自分の立場を忘れて与えられる快楽を貪《むさぼ》った挙句、リンクスにこんな顔をさせるなんて。

姉としても、修道女としても最低だ。情けなく、恥ずかしくて、涙があふれてくる。

すんと鼻をすすれば、傍らで、ハッと息を呑む気配がした。

「姉さん……」

そっとリンクスに肩をつかまれたクロエがビクリと身を震わせると、リンクスは慌てたように手を離す。

「ごめんっ、姉さん、俺――」

「っ、違うのリンクス、あなたのせいじゃないわ。あのミント酒のせいです！」

そう告げてからクロエはおずおずと手を伸ばし、彼の手に手を重ねた。

その手をキュッと握りかえされて、拒まれなかったことに安堵の息をつく。

「……私のほうこそ……とめられなくて、ごめんなさい」

「っ、姉さんが謝ることじゃないだろ……！」

涙で滲んだ視界の中、リンクスが顔を歪《ゆが》める。

「……くそっ、こんなはずじゃなかったのに……」

小さく毒づく声に、クロエは胸を押さえた。

——ああ、そうよね。したくなかったわよね。

彼も不本意だっただろう。騙し討ちで発情させられ、気が付いたら姉を押し倒していたなんて。

リンクスはクロエを女としては欲していない。先ほどの行為は言わば不幸な事故で、彼が望んでしたことではないのだ。

わかっていたはずなのに、どうしてこれほど胸が痛いのだろう。

「……もう、帰りましょうか。少しの間、後ろを向いていてくれる？」

ツンと目の奥が熱くなり、泣き顔を見られたくなくて、クロエはそう願った。

「あ、うん、わかった！　じゃあ俺、その間に片付けるよ！」

リンクスは慌てたように頷くとクロエに背を向け、散らばる食器やグラスを集めはじめる。

「……ええ、ありがとう。リンクス」

クロエは泣き笑いで礼を口にして、胸のボタンに手をかけた。

それから、十分後。

乱れた髪やドレスをどうにか整えて立ちあがったところで、クロエはふらりとよろめいた。

「っ、姉さん⁉」

草の上に膝をつきブランケットを畳んでいたリンクスが、慌てて抱きとめてくれる。

「大丈夫？」

「あ、ごめんなさい……何だか、脚がガクガクして……」

生まれたての小鹿のように力が入らない。重ね重ね、何という醜態だろうか。

情けなさのあまり新たな涙があふれそうになるのを、クロエは唇を引きむすんで堪《こら》える。

「泣かないで、姉さん……」

慰《なぐさ》めの言葉を口にしながら、リンクスはブランケットをバスケットに押しこみ肘にかけると、クロエを横抱きにして立ちあがった。ひょいと猫の子でも抱きあげるように軽々と。

そうして草の上に一歩踏みだし、ぴたりと立ちどまる。

しんと広がる沈黙。

十数えるほどの間を置いて、何度か躊躇《ためら》った後、リンクスは口をひらいた。

「……本当、ごめん。姉さん。虫のいいこと言ってるってわかってる。でも……頼むから忘れて」

苦渋に満ちた声で乞われ、クロエの胸が、ずきりと痛む。

――忘れられるはずがないじゃない。

きっと一生忘れられない。けれど、それでも、彼が望むのならば――

「……ええ、そうね。お互い、忘れましょう。そのほうが、私もありがたいわ」

ぎこちない笑みを浮かべて、そう答えるほかなかった。

それから森を抜ける間、二人とも口をひらかなかった。

ただ、黙々と歩くリンクスが枯れ枝を踏みおる音や飛びたつ鳥の羽ばたき、囀《さえず》りが、妙に鮮明にクロエの耳に響いていた。

「お帰りなさ――えっ、リンクスさん。何をしてしまったんですか、それは」

木々が途切れ、馬車が目に入った瞬間。

御者台《ぎょしゃ》からかけられたルナールの呆れたような声に、リンクスの耳がピクリと揺れ、一瞬下がってから、ピンと立った。

「……別に何も」

むすりとリンクスが答えると、ルナールは御者台《ぎょしゃ》に腰を下ろしたまま首を傾げた。

「そうですか。ないって言うのならそれでいいですけれど……お嬢さんがその状態では屋敷に戻れないでしょう？」

そう言って、とんとん、と自分の胸の辺りを白手袋の指で叩いてみせる。

胸がどうだというのだろう。クロエはそっと自分の胸元に視線を落として、息を呑んだ。

先ほどは慌てていて目に留まらなかったが、ドレスから覗く白い肌に点々と、そしてくっきりと赤い鬱血痕が浮かびあがっている。

――ああ！　吸われると、こうなるのね！

クロエは慌てて胸元を両手で覆う。あのチクリとした痛みの意味をようやく理解して、かあっと頬が熱くなった。

「……うん。だから、このまま教会に帰る。夕食に何を出されるか、わかったもんじゃないしな」

低く呟くリンクスの声には怒りが滲んでいる。

それを感じとったのか、ルナールはスッと琥珀色の目を細めて、ああ、と頷いた。

「そういうことですか……わかりました。では、このまま教会にお送りしますね。王配殿下への御報告はいかがしますか？」

「後で俺がする。……じゃあ、教会までよろしく、ルナールさん」

そう言って、客車に乗りこもうとするリンクスにクロエは声をかけた。

「待って、リンクス。視察はどうするのですか？」

屋敷と森しか回っていない。領地の視察に来たはずが、これでは意味がないだろう。

「今日はもういいよ」

さらりと答えてから、リンクスは大きく溜め息をついた。

「ごめんね、姉さん。こっそり掃除の手を抜くとか食材の質を落とすとか、それくらいはしてくるだろうと思ってたんだけど……まさか、こんなあからさまな嫌がらせをしてくるとは思わなかったんだ……」

苦々しい口調にクロエは眉尻を下げる。

あの酒は「使用人総出でハーブを摘んで作った」とリンクスは言っていた。

きっと彼らはリンクスの種族を知って「猫ならば効くかもしれない」と面白半分で用意したのだろう。

——それでも、ここまで効果覿面《てきめん》だとは思わなかったでしょうね。

もしも耕作地や農村のような人目のある場所で、あんなことになっていたらと思うと、今さらながらにゾッとする。

ただでさえ亜人の領主だと、領民からは色眼鏡で見られているだろうに。

「……こんな屑《くず》ばっかりのところにいたくないよ。だから帰ろう、姉さん」

黙りこむクロエの髪に鼻をすりつけて囁《ささや》くと、リンクスはまた一つ溜め息をこぼした。

「視察は今日じゃなくてもいいし、今度は俺一人で来るよ。色々片付いて、姉さんに見せたくないものがなくなったら、また一緒に来よう」

「……わかりました」

クロエはそっと目を伏せる。姉を気遣うリンクスの言葉が、かえって胸に刺さった。

彼が自分のことよりも、クロエを案じて「帰ろう」と言ってくれたのだとわかってしまったから。

折角の初めての視察、領主としての御披露目の日だったというのに、手伝うどころか足手まといになってしまうなんて。

もっと早くに、あの酒の正体に気付いていれば、こんなことにはならなかった。使用人たちの悪意から彼を守れるのはクロエだけだったというのに。

——役立たずの姉で、ごめんなさい。

そう口にしようとしたところでリンクスに抱えなおされて、結局、クロエの謝罪は声にならなかった。

抱えられたまま客車に乗りこみ座席に下ろされると、ガタリと馬車が動きだす。

それから教会に着くまで、クロエは不甲斐なさのあまり、向かいに腰かけたリンクスの顔を見ることができなかった。

＊　＊　＊

あの視察から数日が経った昼下がり。

クロエは、教会の裏手に広がるハーブ園で作業をしていた。

簡素な木の柵で囲まれたハーブ園は花壇というよりは畑に近く、いくつかの列に分かれて効能ごとに色とりどりのハーブが植えられている。

その中の一列、風邪薬エリアと呼んでいる場所で、雪の結晶に似たニガヨモギの葉を一枚一枚吟味しながら摘んでいると、コンコンと木の柵を叩く音がクロエの耳に届いた。

「――ねえ、あなた。ちょっとよろしいかしら」

気取った少女の声に呼ばれ、クロエは手をとめて振りむく。

――どなたかしら。

あけ放たれたハーブ園の木戸の前に、桃色のサテンドレスをまとった十四、五歳ほどの金髪の令嬢が立っていた。

「……はい。何か御用でしょうか」

クロエが問いかけると、少女はレースで縁取られた日傘をくるりと回し、小さな顔をしかめる。

「こちらに来たらどうなの？　修道女風情《ふぜい》が遠くから偉そうに！」

居丈高《いたけだか》な物言いに、クロエは内心で眉を顰《ひそ》めながらも「失礼いたしました」と頭を下げた。

そそくさと少女に歩みより、同じ問いをかける。

「当教会に何か御用でしょうか」

少女は「いいえ」と冷ややかに答えた。

「教会ではなく、あなたに用があって来たのよ」

「私に？」

「ええ。リンクスの姉を名乗っているのは、あなたでしょう？」

少女が口にした名前に、クロエの鼓動が跳ねる。

「……弟を、御存知なのですか」

「ええ。私、彼と結婚しようと思っているの」

「え？」

さらりと告げられ、クロエは目を丸くする。

「リンクスはずっと『身分違いで畏《おそ》れ多い』だなんて言って遠慮していたけれど、彼も先日、貴族の末席に加わったでしょう？　それで、ようやくお父様も許してくださったのよ！」

空色の瞳を輝かせる少女を、クロエは思わず礼儀を忘れて、まじまじと見つめてしまった。

――この方が……リンクスと？

金の髪、青い目、白い肌。吊りあがりぎみの眉が少々我の強さを感じさせるが、美しい少女だ。年のつり合いも良いだろう。

領主となったからには、いつかはリンクスの妻と会う日がくるだろうと覚悟していた。

――けれどこれほど早く、花嫁候補がやってくるとは思わなかったわ。

半ば呆然としながら、クロエは目の前の少女に問いかける。

「……あの、あなた様はいったい……？」

「フローマン伯爵令嬢アンジェリーヌよ！」

ツンと顎をそらして名乗りを上げた少女が、豪奢《ごうしゃ》な金の巻き毛をかきあげたとき。

ふわりと立ちのぼる百合《ゆり》の香りが鼻をくすぐり、クロエはハッと目を見ひらいた。

アンジェリーヌ――『あなたのA』。

「……あなたが、あの御手紙を？」

クロエが思わず問えば、アンジェリーヌは細い眉根を寄せ、クロエを睨《にら》みつける。

「人の手紙を勝手に読んだの？」

「っ、いえ、まさか！　リンクスの落とした御手紙を拾ったときに、宛名が見えたものですから！」

慌ててかぶりを振ると、少女は「そう」と頷き、薔薇《ばら》色の唇をほころばせた。

「ふふ、リンクスったら、私の手紙を持ちあるいてるのね！　可愛いこと！」

機嫌良く日傘を回す少女に、クロエは恐る恐る問いかけた。

「あの……アンジェリーヌ様は、どちらで弟とお知り合いになったのでしょうか？」

リンクスが夕食の席で語る日々の話題の中に、アンジェリーヌの名やフローマンという家名が出てきたことはない。

――どうして話してくれなかったのかしら……？

戸惑うクロエを嘲笑うように、アンジェリーヌは、ふう、と悩ましげな溜め息をついた。

「まあ、リンクスったら。あなたに遠慮して言いだせずにいたのね、私たちのこと」

「……はい。弟に恋仲の女性がいたなど初耳です。アンジェリーヌ様のお名前も初めて伺いました」

クロエが正直にそう告げると、少女はムッとしたように眉を顰《ひそ》めた。

「失礼ね！　何よ！　まさか、私の言葉を疑っているの!?　まあ確かに、私たちはまだ恋の入り口、清い仲ではあるけれど……」

「それは、まだ正式な恋人ではない、ということでしょうか……？」

「……そうよ。まだね！　でも、まだ、というだけよ！」

むすりと頬をふくらませる少女に、クロエは深い安堵を覚えて――覚えたことに戸惑った。

――どうして、これほどホッとしているのかしら……？

リンクスに、弟に想いあう恋人がいたのなら、それは喜ばしいことのはずなのに。

――ああ、わかった。きっと先日の事故のせいだわ……！

恋人を裏切らせずに済んだと思って、ホッとしたのだ。そうに決まっている。

それ以外の理由など、あっていいはずがない。自分はリンクスの、姉なのだから。

そんなクロエの心の葛藤《かっとう》に気付くことなく、少女はキュッと日傘を握りしめると、眉を吊りあげ「それでもっ！」と声を張りあげた。

「とにかく、彼は私と結婚するの！　だから、邪魔をしないでと言いに来たのよ！」

「邪魔、と言いますと」

「姉さん面をして、図々しくついてこないでってことよ！」

「きゃっ」

ずいとアンジェリーヌが身を乗りだした拍子に、ぶんと風を切った日傘がクロエの頭に当たりそうになる。

クロエは一歩退いて、それから、背すじを伸ばして静かに答えた。

「ご安心ください。ついていく気などありませんから」

「……そう、よかった」

唇の端を吊りあげながら、アンジェリーヌが頷く。

「まあ考えてみれば、そうよね、ついてこられないわよね！　あなたは修道女だもの。この教会があなたの終《つい》の棲家《すみか》ですものね！」

満足そうに告げられて、クロエは目を伏せた。

――言われなくても、わかっているわ。

自分が教会を離れられないことも、一介の修道女では、領主となったリンクスの役に立てないことも。

「ふふ、でも安心してちょうだい。これは幸せな結婚なのよ？　あなたの大切な弟は私が幸せにしてあげるから！」

　弾む少女の声に、クロエは顔を上げる。

「幸せな結婚、でございますか？」

「ええそうよ！　私と結婚すれば、彼にとっては良いことずくめなんだから！」

「良いことずくめ、ですか」

「そうよ！」とアンジェリーヌは勢いよく頷いて、クロエの前に指を一本立てた。

「まず、フローマン伯爵家の一人娘である、この私が手に入る。次に、二百年続く伯爵家の一員になれるのよ？　亜人にはすぎた名誉でしょう？」

「そう、でしょうか」

「そうよ！　私はあなたやリンクスと違って、生まれながらの貴族ですもの。この意味がわかる？　この身に流れる血そのものに価値があるということよ。亜人が領主となることに良い顔をしない者もいるでしょうけれど、まともな妻を娶《めと》れば、皆の見る目も変わるわ！」

　傲然《ごうぜん》と言いきられて、クロエは先日の出来事を思いだした。

　何の役にも立てなかった、あの視察のことを。

　クロエでは使用人たちの亜人に対する偏見を変えられなかった。リンクスは何も話してくれないが、使用人たちとの関係はあれ以降から改善した、とは言いがたいようだ。けれど、歴史ある貴族の血を引くアンジェリーヌならば、リンクスの評価を変えることができるかもしれない。

「それからね！」

物思いに沈む間もなく、クロエの前でアンジェリーヌが三本目の指を立てる。

「同じ亜人への助けにもなれるのよ！」

「助けと言いますと……？」

「我が家が所有する小麦畑で、哀れな亜人を農夫として雇ってあげるの！　教会に閉じこもってばかりのあなたは知らないかもしれないけれど、九年前の惨劇以来、亜人と人との対立で、働く場所を失った亜人がたくさんいるのよ。私の領地は特にそう！」

「そうなのですか……？」

そのような話をクロエは聞いたことがなかった。教会を訪れる信徒からも、リンクスからも。

きっと亜人と暮らすクロエを心配させまいと、皆、黙っていたのだろう。

——申し訳ないわ。それほど、私は頼りないのかしら。

そっと胸の内で呟き、溜め息をつく。

「だからね、リンクスと一緒に、行き場のない亜人たちの居場所を、もう一度作ってあげたいと思っているの。働く亜人だって、主人が同じ亜人ならば安心でしょう？　私と彼が結婚すれば、彼も、彼の仲間も幸せになれるのよ！」

誇らしげに語るアンジェリーヌに、クロエは唇を噛みしめた。

行き場のない亜人の一人だったリンクスは、きっと同じ境遇の同胞を救いたいと思うだろう。

「だからね、だから……そのためにも、あなたには身を引いてもらわないと困るのよ」

ご機嫌な様子から一転、少女は眉を顰《ひそ》めて溜め息をつく。

「昨日も話したけれど、彼、言っていたわ。『私には大切な姉がいますから。あの場所を離れる気はありません』って」

「え？」

「可哀想にね。彼は、あなたに縛られているのだわ」

アンジェリーヌの言葉がクロエの胸に刺さる。

——私に、縛られている……？

心当たりならば、いくつもあった。

——ああ、そうね。私のせいで、たくさん我慢させてきたはずだわ。

彼はいつも「姉さんが行かないなら行かない」「姉さんが食べないなら食べない」とクロエに遠慮していた。

王都で人気のある、アヒルレースに競馬。チーズ転がし祭りなどの季節の祝祭。収穫祭の豚の丸焼き。王都で話題の演劇鑑賞。

本当は行きたかった、食べたかったけれど、姉につきあって諦めたものがたくさんあったはずだ。

「……姉であるあなたが、大切な弟である彼の未来の可能性を狭めているのよ？　可哀想だと思わないの？」

質問の形をとった糾弾に、クロエは何も言えずに目を伏せた。

——そうね、可哀想だわ。

やさしい弟は、自分がいなくなった後のクロエのことを、自分に頼りきりの情けない姉を心配して、どこにも行けずにいる。

彼にとって、クロエは役に立たないだけでなく、この場所に繋ぎとめる足枷《あしかせ》でもあるのだ。

本来、猫は自由な生き物なのに。

「……ごめんなさいね。言いすぎてしまったかしら？」

俯き黙りこむクロエの様子に満足したのか、アンジェリーヌは声を和らげた。

「……いえ、すべて本当のことですから」

「そう？　わかってくれて嬉しいわ」

アンジェリーヌは、ゆったりと令嬢らしく微笑んだ。

「もちろん、あなたにも幾ばくかの生活費をお渡しするつもりよ。義理の姉がみすぼらしい暮らしをしているだなんて、周りに知られたら私たちの恥ですもの」

「……お気遣い、痛み入ります」

「どういたしまして。……だから、あなたは安心して、ここで彼の幸福を祈っていてちょうだい。祈るのは得意でしょう、修道女ですものね？」

ころころと笑いながらの問いかけに、クロエは「はい」と返すほかなかった。

「そう、よかったわ！　では、お別れの準備をしておいてちょうだいね！」

アンジェリーヌが満足そうに頷き、そう言いおいて踵《きびす》を返そうとしたとき――

「――アンジェリーヌ嬢、何をしてらっしゃるのですか」

低い男の声がハーブ園に響いた。

「まあ、リンクス！」

ぶんと日傘が翻《ひるがえ》り、振りかえったアンジェリーヌが歓声を上げる。

ワントーン跳ねあがった甲高い声に、リンクスの耳がピクリと揺れた。

「会いたかったわ！」

「――お待ちください」

満面の笑みで駆けよろうとする令嬢を手で制し、リンクスは困ったように微笑んだ。

「アンジェリーヌ嬢……以前にも何度かお伝えしたと思うんですが、百合《ゆり》の香水は苦手なんです。猫ですから」

「え、そうだったかしら？　気に入っているものだから、うっかりつけてしまったわ！　ごめんなさいね！」

アンジェリーヌは照れかくしのように肩をすくめ、クルリと日傘を回した。

リンクスは小さく溜め息をつくと、彼女から距離をとりつつ、クロエの前へとやってきた。

「……ぁ」

リンクスの広い背に阻まれ、アンジェリーヌの姿が見えなくなったところで、クロエは彼の三角耳がピンと横に張り、ピクピクと揺れていることに気が付いた。

彼が子供のころはよく目にしていたが、最近はめっきり見かけなくなった動きだ。

何かに怒ったり警戒したりするとき、彼はこうなる。

──何を恐れているのかしら。

花嫁候補の存在を隠していたことを、姉に責められることだろうか。

それともお荷物の姉が、花嫁候補に何か文句を言ったかもしれない、と案じているのだろうか。

──そんなこと、するわけがないのに。

弟の結婚に反対などしない。

クロエと離れることで彼が幸せになれるというのならば、喜んで縁を切るつもりだ。

「……ねえ、リンクス」

「それで？　アンジェリーヌ嬢は、ここで何をなさっておいでですか？」

クロエの呼びかけを遮るようにリンクスが声を上げた。

話しかけないで、黙っていてくれ──ということだろうか。

クロエは彼の背に伸ばしかけた手を力なく下ろした。

「あなたのお姉様に、結婚の報告をしていたのよ！」

アンジェリーヌの楽しげな声がクロエの耳に刺さる。

「結婚？　どなたの？」

「私とぉ、あなたよ！　リンクス！」

華やいだ声が響く。

それから一呼吸の間を置いて、リンクスは小さな溜め息をこぼした。

「……以前もお伝えしましたが、あなたとは結婚できません。諦めてください」

「えっ!? ……あ、ああ、そう、大丈夫よ！ お姉様はね、あなたがお姉様を気にして、やりたいことをできないのは可哀想だとおっしゃっていたわ！ だから、遠慮などしなくてもいいのよ？」

「しておりません」

「お姉様の前だからとごまかさなくていいわ！ だって私のためでしょう、男爵になったのは？ 一介の騎士と伯爵家との結婚は無理でも、末席とはいえ男爵に、貴族になったんですもの！ それにあなたは陛下の覚えもめでたいし、この先もっと高い爵位だってきっといただけるわ！ だから、遠慮なんてしないでちょうだい！」

勢いよく少女が言いきったところで、しんと沈黙が広がった。

期待に瞳を輝かせて、愛しい男の決断を待つアンジェリーヌ。

弟からの結婚の報告——決別の言葉に怯えるクロエ。

花嫁候補と姉、二人の女は息を殺して、男の言葉に耳をすませる。

やがて聞こえたのは、深い深い溜め息だった。

「……アンジェリーヌ嬢」

「な、何かしら？」

アンジェリーヌが声を弾ませて、リンクスに尋ねる。

けれど、ひどく真剣な声音で彼が返したのは、彼女の期待していたものとは違う言葉だった。

「実は、私の身体に関することで、あなたに話していなかった重大な秘密があるのです」

え、と二人は息を呑む。

「身体の秘密とは……何なの？」

恐る恐る、少しばかり恥ずかしそうにアンジェリーヌが問いかける。

リンクスはまた一つ溜め息をこぼすと「実は私は……」と声を潜めて、ポツリと告げた。

「ペニスに棘《とげ》があるのです」

「ええっ⁉」

女たちの驚愕の叫びが重なり、クロエは口元を押さえた。

――棘《とげ》って、舌にあったような……？

あのブラシのような棘《とげ》が局部にも生えているということだろうか。

思わず想像しそうになってしまい、クロエは慌ててかぶりを振って頭から追いだす。

けれど、頬の熱さだけは残ってしまった。

「……私はネコ科の亜人ですので、雌の排卵誘発のための棘《とげ》が生えています。それでも、受け入れてくださいますか？」

覚悟を問うリンクスに、アンジェリーヌが震える声で問いかえす。

「え、ええと……棘《とげ》とは、どのような……？」

「爪と同じくらい硬く、アザミの棘《とげ》のように鋭いものが、竿の根元から先端までビッチリと満遍《まんべん》なく、生えそろっております」

「えっ」

彼の言葉に、女たちの怯えたような声が重なった。

クロエの頭に肉色をしたアザミが浮かぶ。

思いかえしてみると、リンクスの舌の棘《とげ》は密度こそ高いものの、硬くはなかったはずだ。あれと同じくらいの密さで、あれよりも鋭く硬い棘《とげ》が生えているということだろうか。

——それを……入れるの……？

その光景を思いうかべて、クロエは小さく身を震わせる。

先ほどの想像で赤らんでいた頬からも、思わず血の気が引いてしまう。

自分ならばできるだろうか。

愛する夫とはいえ、そのような凶器を、やわらかな身の内に迎えいれることなど。

アンジェリーヌも同じようなことを想像しているのだろう。

リンクスの肩越しに見える日傘が、カタカタと小刻みに震えていた。

「……お恥ずかしながら、営みの回数も多いです。それでも、つきあっていただけるんですよね？　当然、妻になるのなら。まぁ、ライオンよりは少ないので、大丈夫だと思いますが……ちなみに、ライオンは日に五十回ほどだそうです。……ねぇ、アンジェリーヌ嬢。応じていただけますか？」

ひらき直ったかのように堂々と尋ねるリンクスに、クロエは恐怖すら覚えてしまう。

そっと横にずれアンジェリーヌの様子を窺《うかが》えば、小さな顔は、すっかりと青褪《あおざ》めていた。

「アンジェリーヌ嬢、いかがですか？」

リンクスの呼びかけに、少女の細い肩がビクリと跳ねて――

「――わ、私っ！　用事を思いだしましたわ！　ごきげんよう！」

アンジェリーヌはドレスの裾を翻《ひるがえ》し、猫に追われるネズミのように走りさっていった。

残された沈黙の中、ゆっくりとリンクスが振りむいて、二人、見つめあう。

「……嘘だよ」

ポツリと彼が呟く。

「え？」

「棘《とげ》なんて生えてないって。あれは断るための方便。俺には姉さんがいるんだから、結婚なんてしないよ」

「……嘘なのですか？」

ぽかんとするクロエにリンクスは小さく笑ってから、スッと顔を近付けた。

「……姉さんは、全部見て、知ってるくせに」

耳元で囁《ささや》かれ、ひゃっ、とクロエは肩をすくめる。

「み、見たけれど、でも、あれは子供のころのことでしょう！」

出会ったころのリンクスは水を怖がっていた。

ネコ科の習性というだけではなく、香水屋の夫婦から心ない仕打ちを受けたせいだ。

怯えるリンクスを宥《なだ》めるため、出会って最初の一年ほどは一緒に湯浴《ゆあ》みをしていた。

そうと思いだして気が付く。彼もクロエの裸を知っているのだと。

「……あっ、姉さん、顔が赤くなった。どうしたの？　今の俺の身体、想像しちゃった？

大人になったから、変わっているかもって？　見てみる？　いいよ、姉さんにになら全部見せてあげる。どう？　どこから見たい？」

笑いまじりに囁《ささや》きながら身を寄せてくるリンクスに、ギュッと目を閉じ、クロエは叫んだ。

「結構です！」

「そう、残念」

くつくつと笑って身を離し、リンクスはクロエの手からハーブの入った籐籠《とうかご》を取りあげた。

「これ、陛下に献上するハーブ酒の材料？」

「え、ええ。そうよ」

「きっと喜んでいただけるよ。持っていくね」

「ありがとう」

「はは、どういたしまして！」

軽やかに踵《きびす》を返したリンクスの背を見つめながら、クロエは高鳴る胸を押さえ、息を整えた。

「……ねえ、リンクス」

静かな呼びかけに、彼が立ちどまる。

「よく考えてちょうだい」

「姉さん？」

棘《とげ》が嘘ならば、リンクスとアンジェリーヌが結ばれるのに支障はないはずだ。

――それなのに「姉さんがいるんだから、結婚なんてしない」だなんて。

不出来な姉に遠慮してあんな嘘までついたのならば、クロエのほうから背中を押してあげなくてはいけない。

私は大丈夫。だから、自由になりなさい――と。

それが、姉としての務めなのだろうから。

「あなたが次のフローマン伯爵になれば、あなたも、あなたの仲間の亜人も救われるのでしょう？　ならば……そうするべきだと思うわ」

「……俺が次のフローマン伯爵に？」

訝《いぶか》しそうに首を傾げるリンクスに、クロエはしっかりと頷いた。

「ええ、そうです。どうかよく考えて、進むべき道を決めてちょうだい」

クロエを捨てて、アンジェリーヌを選べばいい。

そうすればリンクスは伯爵となり、人々に敬われ、多くの亜人も救われる。

しんとした長い沈黙の後、ポツリと彼は答えた。

「……わかった。見ないふりしていたかったけど……姉さんがそう言うなら、ちゃんと向きあって、よく考えてみるよ」

苦い笑みで告げられた決意に、クロエは「ええ、そうしてちょうだい」と微笑んだ。

「……じゃ、先に戻るね」

小さな溜め息を一つこぼして、スッとリンクスは前を向いた。

サクサクと遠ざかっていく大きな背を見つめながら、クロエもまた、ひそやかな溜め息をこぼす。

姉として正しいことをしたはずだ。

これでリンクスは幸せになれる。若く美しい花嫁と伯爵家の当主の座。クロエには絶対に与えてあげられない、輝かしい未来、広い世界が彼を待っている。

それはクロエにとっても幸せなことのはずだ。

けれど、ざわざわと心が落ちつかないのは、どうしてなのだろう。

ぎゅっと胸を押さえて俯いたとき、花々が揺れた。

ハーブ園を吹きぬける春の風は、やけに冷たく、クロエの頬を打ち、頭巾からこぼれた髪をかき乱していった。

第三章　ある修道女の死

アンジェリーヌとの対面から、半月が経った。

あの日を境に、リンクスはずいぶんと忙しく過ごしている。朝はいつもと変わらないが、夜は日に日に帰りが遅くなった。

初めて彼が夕食の時間までに帰ってこなかった日。

「待たせてごめん。明日から、夕ごはんは食べてくるから」と言われて、クロエは言いしれない寂しさを覚えた。

彼が毎日何をしているのか、誰と会っているのかを尋ねたことはない。

リンクスは王配であるサンティエ侯爵直属の部下だ。国家機密に関わる仕事に携《たずさ》わることも多いだろう。

たとえ家族であっても話せないことはあるはずだから、こちらから聞くべきではない。

クロエはリンクスが騎士になったときから、そう心がけてきた。

彼を困らせたくなくて、尋ねなかった。

けれど、今は違う。自分のために聞かずにいる。

クロエは知るのが怖かったのだ。愛する弟が、自分のもとから離れる準備をどれだけ進めているのかを。

自ら背中を押しておきながら、その後の彼の様子から目をそらし続けていた。

けれど、三月の半ば、ついにクロエは見てしまった。

リンクスが「よく考えて、決めた」結果らしきものを——


その日、クロエは風邪で寝こんでいる信徒を見舞った帰りに、王都の南にある通りを歩いていた。

たくさんの人や馬車が行き交う石畳を挟んで、宝石店や家具店、絹の靴下屋、高級菓子店など、華やかな店が軒《のき》を並べる目抜き通りは、九年前の騒動で大きな被害を受けた場所の一つだ。

あの夜、北のシエルカルムからの襲撃を受けて、王都にいた人々は皆、南に逃げた。

その民衆の中に混じっていた狼藉者《ろうぜきもの》によって、多くの店が壊され、商品を盗まれ、火を放たれて、通り一帯が燃えてしまったのだ。

けれど今では、瓦礫と化した建物の多くが建てなおされ、かつての賑わいを取りもどしている。陳列窓に並ぶ上等な品々は、クロエには縁遠いものばかりだ。

それでもクロエは、眺めているだけで心が華やぐこの通りを歩くのが好きだった。

「あら……」

菓子店の陳列窓、緑のビロードに置かれたケーキスタンドに目を留めて立ちどまる。

白い陶器の皿に並んでいるのは、小さな小さな籐《とう》のバスケット。

その中に干し草色のサテンが敷かれ、色とりどりの模様が描かれたドラジェが収まっている。

鳥の巣を模したそれは、春迎えの祝祭用の品だろう。

――ああ、そういえば、そろそろね。

毎年、春迎えの祝祭の日は教会堂を花で飾り、信徒を出迎える。

今年は何の花を飾ろうか。例年通りならハーブ園で育てたハーブや摘んできた野の花だが、たまには華やかな花を飾るのもいいかもしれない。

けれどクロエは観賞用の花には、さほど詳しくない。

――誰かに相談したほうがいいかもしれないわね。

うーんと首を傾げつつ、ころりと転がる卵を模したドラジェの愛らしさに、思わず頬がゆるむ。

——リンクスに買っていってあげようかしら。彼が好みそうな、良い丸みだ。一つくらいなら手持ちで買えないこともない。どの柄がいいだろうかと考えながら、クロエは、いそいそと菓子店の扉をひらいた。


それから数分後。

青いサテンのリボンで飾られた小箱を抱えて、扉に手をかけたクロエは、思わず箱を落としそうになった。

扉のガラス越しに、見覚えのある二人を見かけたのだ。

黒い騎士服姿のリンクスと——その隣に立つ、薔薇《ばら》色のドレスをまとったアンジェリーヌを。

まばゆい笑みを浮かべた少女は、リンクスの腕にぶら下がるように腕を絡めている。

ぴったりと身を寄せあう二人の姿に、クロエは浮きたつ気持ちが一瞬で消え、きゅっとみぞおちのあたりが冷たくなるのを感じた。

——ああ、もう、そういう距離感になったのね。

心の中で呆然と呟く。喜ばなくてはいけないはずなのに、小箱を抱く手が震えてしまう。

立ちすくむうちに、二人はクロエのいる菓子店の前を通りすぎ、遠ざかっていく。

気付けばクロエは扉をあけ、二人を追いかけていた。

十メートルほどの距離を保ったまま、人ごみに隠れるように後をつけていく。

ほどなくして二人は香水屋の前で足をとめ、店の中へと入っていった。

クロエは二人に少し遅れて、香水屋の前を通りすぎながら、チラリと店内に視線を向ける。

色とりどりのガラス瓶が並んだ棚の前で、二人が店員と話をしている姿が見えた。

そのまま十メートルほど進んで、立ちどまる。

このまま帰るべきだ。そう、頭ではわかっているのに、気付けばクロエは元来た道を戻って、香水屋と隣の店の間、細い路地へと潜《もぐ》りこんでいた。

――ああ、私ったら、何をしているのかしら……！

そっと顔を出し、香水屋の様子を窺《うかが》いながら、心の中で叫ぶ。

このような監視めいた真似をして、どうしようというのか。自分でも理解ができなかった。

五分ほど過ぎて、からん、と響くベルの音に、慌てて路地に引っこむ。

「ありがとうリンクス！　明日から早速――いえ、今夜からつけるわね！」

華やいだ喜びの声がクロエの耳に刺さった。

シャンシャンと鳴りひびく鈴のような少女の声が遠ざかっていき、やがて聞こえなくなる。

路地から出たクロエは、ふらふらと引きよせられるように香水屋の前に立ち、気付けば扉をひらいていた。

「いらっしゃいませ——おや、修道女《シスター》クロエ、どうなさいました？」

紺色の上着の紳士が、カウンターでめくっていた帳簿から顔を上げ、頬をゆるめる。

リンクスを捕らえていた夫婦が亡くなり、新たに香水屋の主《あるじ》となった彼は信徒の一人だ。

亜人に対しても友好的な男で、嗅覚の鋭い彼らでも気軽に入れるようにと、整然とした店内は鼻をくすぐる程度の香りで満たされている。

「……いえ、あの……」

甘く、やさしい芳香を胸に吸いこむうちに、クロエは我に返った。

二人が何を買ったのかを聞いて、どうするつもりだったのだろうか。弟の恋路を邪魔するなんて、姉失格だ。

クロエは、ゆるりと頭を振って邪念を振りはらうと、ごまかすように店主に微笑みかけた。

「……あの、もうすぐ春迎えの祝祭がありますでしょう？　今年も教会堂にお花を飾ろうと思ったのですが、今までのハーブと野の花では少し寂しいかと思いまして。もう少し心華やぐような香りのお花を飾りたいなと思ったのです」

「ああ、それで御相談に来てくださったのですか？」

それなら花屋に行けばいいのに、などとまぜっかえすことなく、店主は相好《そうごう》を崩した。

「……はい」

クロエは頷く。誰かに相談したいと思っていたのは確かだ。

だから嘘ではない、と自分に言いきかせながら。

「……香りの専門家に、お知恵をお借りできたらと思いまして……」

「はは、それは光栄ですな」

店主は誇らしげに胸を張ると、襟元の襞《ひだ》飾りをちょいと指先で直して、ニコリと微笑んだ。

「……ですが、修道女《シスター》クロエ。いつものハーブと野の花のほうがよろしいかと思いますよ」

穏やかに告げられ、クロエは首を傾げる。

「まあ、なぜでしょうか？」

「リンクスさんは華やかな匂いが苦手でしょう？　特に百合《ゆり》の花の匂いがお好きでない

のですよね？」

「……よく御存知ですね」

「ええ、先ほど伺いました」

店主の言葉に、ドキリとクロエの鼓動が跳ねる。

「……リンクスが、こちらに？」

「ええ。ちょっと気取った様子の御令嬢とご一緒に」

さらりと頷いてから、ハッと店主は口元を押さえた。

顧客の情報を漏らしてしまったと慌てたのか、それとも弟に恋人ができたことを告げ口するのは良くないとでも思ったのか。

困ったように眉尻を下げる紳士に、クロエは微笑んだ。

「そうですか。きっとアンジェリーヌ様でしょう。見事な金の巻き毛の、愛らしい方でしたでしょう？」

「え？　ああ、何だ。修道女《シスター》クロエも御存知でしたか……」

ホッと息をつき、店主は感慨深そうに目を細める。

「しかしあの小さかったリンクスさんに恋人ができるとは……月日が経つのは早いものですなぁ」

うんうん、と頷く店主に「ええ、本当に」と相槌を打ち、それから、クロエは思いきって尋ねた。

「……それで、あの子はここで何を？　恋人に贈り物でもしたのですか？」

「ええ！　オレンジの花と果実から作った香水を。ふふ……『私が嗅ぎたくなる匂いはこれです。プレゼントしますから、今使っている香水は捨てて、今日からはこれをつけてください！』と、それはもう真剣な顔で迫っていらして……ふふ、春ですなぁ」

微笑ましげに店主が語る情景を思いうかべるうちに、衝撃に頭がぼやけ、店主の声が遠ざかっていく。

――嗅ぎたくなる匂い。

半月と少し前、クロエの胸元に顔を埋めていたリンクスの姿を思いだす。

あのように彼は、アンジェリーヌの首すじに唇を寄せ、胸のふくらみに鼻先を埋めるのだろうか。

その光景を想像した途端、ずきりと痛みが胸を刺して、クロエは気付いてしまった。

これは嫉妬だ――と。

自分以外の女にリンクスがふれてほしくない。そう思うことが嫉妬ではなくて何だというのだろう。

――ああ、私はリンクスに……弟に、恋をしているのだわ。

気付いたところで、どうしようもない。

八つも年上で、修道女の自分に異性として求められたところで、迷惑なだけだろう。

けれど、気付いてしまったからには、もう忘れることなどできそうになかった。

＊　＊　＊

三月の終わりの夕暮れ。

「……リンクス、今日も遅くなるのかしら」

クロエは火の気のない厨房で、テーブルに並べた瓶の蓋《ふた》を取りながら、溜め息をついた。

「今日は、帰ってきてくれると、いいんだけれど……」

あれから日に日に帰宅が遅くなり、三日前、とうとうリンクスは朝まで戻らなかった。

日付が変わるまで待って、居間から寝室へと向かったが、彼の身体に合わせた寝台《しんだい》は一人で眠るには広すぎて……。

まどろみながら気付けば手探りで彼の体温を探してしまい、そのたびにクロエは切なくなった。

夜が明け、一人で朝食を済ませて、彼の分をよそった皿に布をかぶせたときは、思わず涙が一粒こぼれた。

それから教会の前をホウキで掃いていると、朝もやの中、彼が帰ってきた。

「お帰りなさい。朝ごはん、用意してありますよ」と出迎えて、「ん、ただいま。ありがとう」と答えたリンクスとすれちがい、ふわりと感じたのはオレンジの香り。

けだるく疲れた様子に、クロエは思わずギュッとホウキを握りしめるが、問いただすことはできなかった。

一晩中、いったい、どこで誰と会っていたのかと。

聞かなかった問いの答えは頭に浮かんでいるが、いまだに確かめられずにいる。

何も言えぬまま、聞けぬまま、日々、寂しさと溜め息ばかりが増えていく。

「……考えても仕方がないのは、わかっているんだけれど……だめね」

独り言もすっかり増えてしまった。

物思いから戻ってきたクロエは再び溜め息を一つこぼすと、ガラス瓶に木匙《きさじ》を入れて中に入っている乾いた葉をすくい、麻の小袋にザラザラと流しこんだ。

中身は、レモンバーム。

ハーブティーにして飲めば、汗を出して熱を下げるだけでなく、食欲のないときの助けにもなる。

近頃、王都では風邪が流行《はや》っているため、教会を訪れる信徒に配ろうと思って作っていたのだ。

「本当は、生の葉のほうが良いんでしょうけれど……」

摘みたての葉のほうが香りも効能も高いが、嵩張《かさば》る上、うっかりポケットの中で汁が出ても困る。乾燥させたもののほうが使いやすいだろう。

「他にも何か、混ぜたほうがいいかしら」

呟きながら、クロエは壁の棚に並んだ乾燥ハーブの瓶を眺めた。さらりと視線でなぞり、一つの瓶に目を留める。

上から二段目、左端の瓶には「ニガヨモギ」とラベルが貼られていた。

ニガヨモギもレモンバームと同じく、風邪をひいたときや胃の具合が良くないときに使う薬草だ。ただ、ハーブティーとして飲むにはかなり苦い。

教父が存命のころ、薬として出されたものを飲んだクロエは、あまりの苦さに泣いてしまったことがある。

ニガヨモギは他のハーブと混ぜて酒に浸け、ハーブ酒にしたものが好まれる。

クロエは白ワインを用いたベルモットが一番好きだった。

リンクスと出会う前の一人凍える冬の夜、酒気が飛ぶまでコトコトと煮てから口にしたベルモットは、香りで心が和らぎ、手足が温まって、安らかな眠りへと誘ってくれた。

当時、自分で手に入れることができたワインは安酒と呼ばれる類のものだったが……

クロエは目をつむり、今朝、リンクスに託した献上の品を思いうかべた。

――陛下が口にされるだけあって、とても上等なワインだったわね。

親愛なる女王陛下のために作ったベルモットは、今までで最高の出来栄えだった。

――本当に、無事に完成してよかったわ……！

リンクスは王配であるサンティエ侯爵の命で動くことが多い。

その縁で、クロエのベルモットの話が女王の耳に入り「呑んでみたい」と望まれたのだ。

正直に言えば、断りたかった。

女王がまだ少女のときから近衛《このえ》騎士として仕え、ついに伴侶となったサンティエ侯爵。

彼の女王に対する執着の強さ、異様さは、九年前のアンソレイユ襲撃事件で周辺諸国に知れわたり、世事に疎《うと》いクロエの耳にも入っていた。

彼に仕えるリンクスは「姉さんには刺激が強いから」とあまり語ってくれないが、女王を害そうとした者への制裁は、それは無慈悲で恐ろしいものらしい。

万が一、このハーブ酒で女王陛下が体調を崩すようなことがあったら――と思うと、クロエは作業をする手が震えて仕方なかった。

塵《ちり》一つ入らぬように細心の注意をはらい、作業ごとに手を洗い、用いるニガヨモギも何日かに分けて、一番状態の良いものを選び摘みとった。

そうして、セージやカモミール、アンジェリカなどのハーブや蜂蜜と酒に浸けこむこと、一ケ月。

恐る恐る栓を抜き、ほんの一口分をグラスに注いで、そっと口に含み——まろやかに甘く、香り豊かな仕上がりに、ようやく胸を撫でおろしたのだった。

「……どうか、気に入っていただけますように……！」

リンクスのためにもどうか、とクロエは心の中で祈りを捧げた。

けれど、その祈りは届かなかった。

茜に傾く空が藍へと染まり、夜に塗りつぶされたころ。

クロエのもとへ、城からの使いが訪れた。

理由を聞いても答えてはもらえず、押しこまれた馬車の中でクロエは両手を握りしめ、ただただ身を震わせていた。

＊＊＊

城に着き、クロエは槍《やり》を手にした兵士に追い立てられるようにして廊下を進み、いくつかの角を曲がり、階段を上がった。

そして辿りついたのは、王配の執務室。

「修道女《シスター》クロエ、あなたに良い知らせと悪い知らせがあります」

黒樫《くろがし》の書き物机と椅子が一脚置かれただけの殺風景な部屋へと通されるなり、サンティエ侯爵は無機質な声で、そう告げた。

「……はい、殿下」

クロエは侯爵の顔をまともに見ることができなかった。

貴族というよりも暗殺者めいた、九年前と変わらぬ黒ずくめの装い。闇を煮詰めたような漆黒のマントの裾へと視線を落とし、いったい何を言われるのかと耳をすませる。

「さて、修道女《シスター》クロエ、あなたは嫌いなものを先に食べますか。後に食べますか」

「え？」

唐突な問いに、思わずクロエは顔を上げかけて、慌てて元のように伏せ、答えた。

「……先に、食すかと」

「そうですか。ならば悪い知らせからにしましょう」

そう宣言すると、抑揚に乏しい声で侯爵は告げた。

「あなたのハーブ酒を口にされた女王陛下が、舌の痺れを訴えられ、その後嘔吐《おうと》しました」と。

さぁっとクロエは足元まで一気に冷たくなった。

恐れていたことが起こってしまった。

——ああ！　どうして、そんなことに！

いったい何がいけなかったのだろう、と必死に頭を巡らせる。

けれど、正解に辿りつく前に、侯爵の声がクロエの思考を遮った。

「その後、味見をしたところ、原因がわかりました」

「えっ、いったいどのような——」

「ハーブの中に、これと同じものが混ざっていました」

侯爵がマントの中に手を入れ取りだしたのは、一枚の葉。

「……ニガヨモギ？」

ジッと見つめて——クロエはハッと息を呑んだ。

雪の結晶か手のひらに似たギザギザの形状は、ニガヨモギにも見える。

けれど、侯爵の持つ葉の表面には、ニガヨモギにはない、つるりとした光沢《こうたく》が見てとれた。

最悪の予想が頭を過《よぎ》る。

「まさか――」

「ええ、そのまさか。トリカブトです」

さらりと断じられ、クロエはその場に膝をついた。

間違えるわけがない。同じ場所では育てていない。きちんと味見もして、異常はなかった。

身の潔白を訴えたくとも、恐怖と衝撃のあまり、舌が痺れたように動かない。

「わざととは思いません。湯で薄めてお呑みになったので、陛下も大事には至りませんでした」

そう言われたところで、クロエの震えはとまらなかった。

「信を置く臣下の姉からの贈り物ということで、毒味をせずに差しあげた私の責でもあります。ですが、陛下を傷つけたことには違いはありません。苦しまないように殺します」

サンティエ侯爵の言葉に、クロエは小さく悲鳴を上げた。

「ど、どうかお慈悲を……！」

ようやく絞りだした訴えに、侯爵はゆるりと首を傾げて戻し「わかりました」と頷いた。

ホッとクロエは安堵の息をつく。けれど、次の瞬間。

「では、あなたの代わりに弟を」

かけられた言葉に息がとまる。

弟を代わりに、ということは、リンクスが代わりに——

「いいえ！」

先ほどまでの怯えが嘘のように、はっきりと声が出た。

顔を上げ、目が合う。無機質な視線に背すじが震えそうになるが、クロエは目を伏せることなく作り物めいた顔を見据えて告げた。

「どうぞ、私を処刑してください！」

「よろしいのですか？」

煙るような睫毛《まつげ》をまたたかせ首を傾げる侯爵に、クロエは迷わず頷いた。

「はい。私が育て、摘みとり、浸けたハーブ酒で、弟は一切関わっておりません。その罪は、私が一人で引きうけとうございます」

「そうですか」

一つ頷き、サンティエ侯爵は決定をくだした。

「では、修道女《シスター》クロエ。明日、夜明けと共に刑を執行します」

「……はい」

「では、良い知らせです」

クロエは耳を疑った。この流れで、どのような良い知らせがあるというのかと。

「修道女《シスター》クロエ。夜が明けたら、あなたの弟が妻《めと》を娶り、フローマン伯爵となります」

少しの間、クロエはサンティエ侯爵が何を言ったのか、わからなかった。

耳から入った言葉がじわじわと頭に染みいり、理解したところで、クロエの口から乾いた笑いがこぼれた。

今日は何と残酷な日なのだろうか。

命と恋を同時に失うことが決まるなんて。

――リンクスは、アンジェリーヌ様を選んだのね。

それならば尚更、彼に身代わりなどさせられない。

――ああ、でも……これで、よかったのかもしれないわ。

これでクロエはリンクスに捨てられることなく、彼を自由にしてやれる。

そう思ってしまった自分の醜《みにく》さに嫌気がさしたが、それも最後と思えば、受けいれられるような気がした。

——主よ。罪深い女をお赦《ゆる》しください。そしてどうか……リンクスの未来に御加護を。

心の中で祈りを捧げていたクロエはふと、こちらを見下ろすサンティエ侯爵が何かを訝《いぶか》しむように首を傾げていることに気が付いた。

感情の読めない黒い目がまたたき、薄い唇がひらく。

「修道女《シスター》クロエ。リンクスから、話を聞いていないのですか？」

「……はい。頼りない姉に心配をかけぬよう、気遣ってくれたのでしょう」

粛然《しゅくぜん》とクロエが答えると、また侯爵は二つほどまたたきをして「そうですか」と頷いた。

「……確認しますが、あなたはリンクスを愛しているのですよね？」

「え？」

突然の問いに戸惑いながら、それでもクロエは頷いた。

「……はい。この世で一番、愛しています」

かけがえのない家族として、それから、初めての——最後の恋をした一人の青年として。

「偉大なる主よりも？」

問われ、クロエは目を見ひらく。

主に仕える修道女に、それを尋ねるというのか。何と無慈悲な問いだろう。

クロエは唇を噛みしめ、自分の心に問いかけて――

やがて小さな溜め息をこぼすと、まっすぐにサンティエ侯爵へと向きあい、答えた。

「はい」と。

嘘をつくことはたやすい。

けれど、偉大なる主はすべてを知っている。クロエの心すらも。

命の終わり、主の御許《みもと》に向かおうというときに偽りを口にしたくなかった。

「そうですか。ならばまあ、問題ないでしょう。陛下もお喜びになるはずです。あの方はこういった恋物語がお好きですから……」

そう言って一つ頷くと、サンティエ侯爵はスッと視線をそらした。

「え？　あの、それは、どのような――」

「連れていきなさい」

侯爵はクロエの問いかけに構わず、その背後に控えていた兵士に命じた。

「あの、殿下……っ」

声をかけるが、侯爵の視線がこちらに向けられることはなかった。

兵に腕をとられて促されながら、クロエはサンティエ侯爵に頭を下げると、彼の執務室を後にした。

静まりかえった薄暗い廊下を進み、突きあたって回廊に出ると、夜風は薔薇《ばら》の香りがした。

白い大理石の柱が並ぶ回廊は中庭に面していて、美しく刈りこまれたトピアリーが芝生の上に整然と並んでいる。

薔薇《ばら》があるのはトピアリーの向こうなのか、姿は見えず、甘く芳《かぐわ》しい香りだけがクロエの鼻をくすぐった。

庭に見惚れる間もなく兵に促され、左へと歩きだす。そのまま回廊に沿って、処刑までを過ごす塔へと向かって歩きながら、ふと、視線を感じて右を向いた。

月明かりさす中庭。トピアリーの前に、つい先ほどまでいなかった人影――リンクスが立っていた。

大きな身体をしているのになぜか迷い子めいた表情で三角耳を揺らす弟を、クロエは食いいるように見つめ、ふっと頬をゆるめる。

――これが最後だから。

笑った顔を覚えていてほしい。そう思って、精一杯やさしく微笑み、囁《ささや》いた。

彼の耳ならば、聞こえるはずだ。

「……大丈夫、これでいいのよ」

パッとリンクスの目が見ひらき、暗闇に金緑石《クリソベリル》の瞳がきらめいた。

クロエはもう一度、大切な弟、ただ一人愛した青年の目を見つめ、しっかりと頷き、笑いかけた。

私のことなんて忘れて、どうか幸せにおなりなさい——と願いをこめて。

こくり、とリンクスが頷いたのを見て、クロエは、くるり、と前を向いた。

そうして、二度とは振りかえらず、愛する人から離れていった。

＊　＊　＊

翌朝、空が白みはじめるころ。

クロエは塔の地下へと連れてこられ、乾いた石床の上に置かれた、小ぶりの踏み台のような斬首台の前に跪《ひざまず》いていた。

どういう趣向かはわからないが、なぜか美しく髪を結いあげ、純白のサテンのドレスを着せられて。

修道衣と頭巾は畳まれ、斬首台の隣に置かれていた。

髪をまとめるのは、首を斬りやすくするためだというのはわかる。

けれど、このドレスは何のためだろう。

主の花嫁である修道女を、修道衣姿で処刑することを厭《いと》うたのだろうか。

――亜人は信仰が薄いはずだけれど……

それとも、最期《さいご》に美しいものを着せてやろうという慈悲だろうか。

クロエは床に広がるスカートから、傍らに立つ処刑人に視線をそっと移す。

驚くことに、処刑人は女性だった。

ずいぶんと背が高い女性で、白い頭巾をかぶり、なぜか目にも鮮やかな青緑色のサテンのドレスを身にまとっている。

肉屋のように鞣《なめ》した革のエプロンをつけてはいるが、返り血を浴びれば美しいドレスが台無しだろう。

すっと背すじを伸ばした優美な佇《たたず》まいと、その手に握られた大振りの斧《おの》の対比がどうにもちぐはぐで、クロエはどこか異様に感じた。

――美しい人。

いったい、どのような経緯で処刑人になったのだろうか。

そのような余計なことを考えて、クロエは必死に恐怖を忘れようとしていた。

それでも、噛みしめた歯がカチカチと音を立てるのをとめられない。

「よろしいかしら」

うなじに冷たい手がふれて、クロエは小さく悲鳴を上げた。

グッと首を前に押されて、斬首台に近付く。喉が台に付き、首を受けとめるための枷の籠《かご》が目の前に迫ってくる。

「後も控えていますし、さっさと済ませましょうか」

さらりと告げて女処刑人は斧《おの》を振りあげた。息をとめ、クロエは目を閉じる。

瞬間、目蓋《まぶた》の裏に浮かんだのは、リンクスの顔だった。

ひゅんと風を切る音。

ひ、と息を詰め、次の瞬間――ガン、と硬い衝撃が耳を打った。

「……え」

ゆっくりとクロエは目をあけて、きゃあ、と斬首台から転げおちた。

斬首台の隣、置かれた修道衣を、打ちつけられた斧《おの》の刃が深々と切り裂いていた。

「死んだと思いました？」

聞かれ、クロエは震えながら頷いた。

ふふ、と女処刑人は艶《あで》やかに微笑み、頷いてかえした。

「……そうです。『修道女《シスター》クロエ』は、今、死んだのです。教会の記録簿にも、そう記されます」

「え？」

「大切な服なのに、ごめんなさいね。さぁ、行きましょう」

「え？　あ、あの……きゃっ」

クロエの腹に女処刑人の手が回され、ひょいとすくいあげられる。

細いが恐ろしく力強い腕だった。

――この方も、亜人なのだわ。

ハッと顔を上げ首をひねれば、作り物めいた美貌の持ち主と目が合う。

「……あら、私の顔に何か？」

黒々とした瞳がクロエを覗きこむ。

どこかで見たようだ――と感じて、気付いた。

サンティエ侯爵の目と似ている、と。

「あの――」

「おしゃべりは後ほどゆっくり。言ったでしょう？　後が控えていますのよ」

そう言うと女処刑人は、クロエをカボチャのように小脇に抱え、歩きはじめた。

ずんずんと斬首台が、その隣にある斧《おの》が、クロエから遠ざかっていく。

クロエは、輝く白刃に裂かれた自分の遺骸を、地下牢の階段を上がり見えなくなるまで、見つめていた。


「――さあ、着きましたわ」

やがて、女処刑人が足をとめ、クロエを下ろしたのは城内に建つ礼拝堂の前だった。

――どうして、こんなところに……？

天に祈りを捧げるように高く伸びた白亜の聖堂。

朝陽にきらめく高窓を呆然と見上げていると、そっと肩を叩かれる。

「さあ、早く。これをおつけなさい」

「えっ、あっ」

差しだされた品を反射的に受けとったクロエは、それが絹の手袋であることに気付き、

「あの、これは？」と尋ねたが、「おつけなさい」ともう一度促されただけだった。

「……はい」

漆黒の視線の圧に負け、クロエは大人しく従う。

「……つけました」

「結構ですわ」

一つ頷くと、女処刑人は革のエプロンを外して、足元に投げた。

「えっ」

「さぁ、中へ」

がちゃりと礼拝堂の扉がひらいて、まず目に入ったのは身廊に長く伸びた深紅の絨毯《じゅうたん》。その先に置かれた白い祭壇と、祭壇の前に立つ教父の姿。

七色にきらめくステンドグラスを通して、まばゆい朝の光が礼拝堂を満たしていた。

「――姉さん！」

並んだ長椅子の一番奥、祭壇のすぐそばで立ちあがったのは、クロエのよく知る青年だった。

「……リンクス？」

ふわりと揺れたビスケット色の髪が、まばゆい朝の光を反射して金色に輝く。

今の彼は、普段の騎士服の上に礼装用のマントを羽織っていた。

金糸の刺繍と縁取りを施した深い黒色のベルベットが、彼の歩みに合わせて翻《ひるがえ》る。

長椅子から身廊へと歩みでたリンクスが立ちどまり、祭壇に背を向ける。

「……っ」

どこか荘厳ささえ感じさせる彼の姿に、クロエは思わず息を呑み、見惚れた。しなやかさと逞《たくま》しさを兼ねそなえた長身に、金色と漆黒の装いがまばゆいほどに似合っている。

「……姉さん、大丈夫？」

声をかけられ、クロエはハッと我に返って辺りを見渡した。彼の花嫁の姿を求めて。

「――きゃっ」

不意に頭に何かを載せられ、悲鳴を上げる。

慌てて手を上げ、指にふれたのは、グルリと頭を囲むように連なる花々。

ふわりと香るのは薔薇《ばら》の匂い。

どうして、と振りかえったクロエの手に細い指がふれ、花冠と揃いの小ぶりな白薔薇《しろばら》のブーケが押しつけられた。

「……あの」

「亜人の花嫁は、ベールではなく花冠をかぶりますのよ」

「えっ」

白い手が戸惑うクロエの耳に、ころりと丸い真珠の飾りをつけていく。

「あの、ちょっと待ってください。これは、いったい――」

「さぁ、花婿が、お待ちかねですよ」

「だから、っ」

とん、と背を押され、突きはなされる。

クロエは小さく溜め息をつくと、前を向いて歩きはじめた。

リンクスならば疑問に答えてくれるはずだから、と。

塔の地下では場違いに思えた純白のサテンのドレスが朝の光にきらめく。一歩一歩、深紅の絨毯《じゅうたん》の上、足を進めるごとに、ふわりと広がった裾が白い花のように揺れた。

「……姉さん、手を」

甘い声に促され、差しだされた大きな手に手を重ねる。

きゅっと手を握られ、引かれ、あ、とよろめいた身体を逞《たくま》しい腕が受けとめる。

抱きしめられたような格好になり、慌てて身を離そうとするとグイと引きもどされた。

「リンクス？」

顔を上げれば、いつの間にか鼻先がふれあいそうなほど近くに彼の顔があった。

ドキリと鼓動が跳ね、にわかに頬が熱を持つ。

近付くリンクスの目蓋《まぶた》が閉じる。

思わずつられて目を閉じかけて――吐息が唇にかかったところで、クロエはハッと我に返った。

「待って、リンクス！　だめ！」

クロエの声に、え、と彼は目をあけて、それから「ああ、そうか」と頷いた。

「そうだね。順番が違うか。……お願いします」

リンクスの言葉に、祭壇の前に立つ教父が頷く。

「……さて、待ちきれないので諸々飛ばして誓いの言葉から、でしたかな」

そう言うと、教父は深い皺《しわ》の刻まれた柔和《にゅうわ》な顔をほころばせ、手にした教典をひらいた。

「え……あの……教父様？」

「……では、汝《なんじ》、夫リンクスは、クロエを妻とし、生涯愛することを誓いますか」

ゆったりとした穏やかな声が問う。

「はい、誓います！」

リンクスの言葉に、クロエは思わず彼の腕をつかんだ。

「リンクス、待って――」

「しっ、姉さんの番だよ」

「えっ⁉」

慌てて前を向くと、穏やかな笑みを湛《たた》えた教父が彼女を見つめていた。

「……汝《なんじ》、妻クロエはリンクスを夫とし、生涯愛することを誓いますか」

問われ、クロエは口ごもる。

「え……ええと……」

「姉さん？　どうしたの？　誓ってよ」

どうしてこうなっているのだろうか。さっぱり訳がわからない。

隣で首を傾げるリンクスも、目の前の教父も、振りむいて見えた礼拝堂の入り口に立つ女処刑人も、皆、何の躊躇《ためら》いも疑問も感じていない様子で、戸惑うクロエを見つめている。

「ごめんなさい、リンクス。できないわ……」

今は混乱しているので少し考える時間が欲しい、と伝えたかったのだが、彼は違う受けとめ方をしたようだった。

「……俺との愛は誓えない？　俺のこと、嫌いになった？」

へたりと耳を横に伏せ、寂しげに呟く声に、クロエは慌てて首を横に振った。

「っ、いいえ！　そんなこと、ありえないわ！　あなたを嫌いになるなんて！」

繋いだ手に力をこめて告げれば、パッとリンクスの顔が喜びに輝いた。

「本当？　よかった！　なら、誓ってよ！」

「え、で、でもっ」

「何がだめなの？」

「だって、私は修道女だから——」

　結婚することなんてできない。

　そう言いかけたクロエの唇にスッと指を押しあて、黙らせて、リンクスはゆったりと首を傾げた。

「もう違うだろう？」

「……え？」

　パチリとクロエは目を見ひらく。

「前にさ、修道女のクロエは主のものだから、教会から離れられないって、姉さん、そう言ったよな？」

「それは……はい」

　以前リンクスに、教会を離れる気はないのか、それで幸せなのかと問われて、確かにそのように答えた。

　クロエが頷くのを見て、リンクスは眉間に皺《しわ》を寄せる。

「それって、裏を返せば『許されないから誓いを破れない』『誓いがあるから教会を離れられない』って意味だよね？　つまり、姉さんもできることなら自由に生きたいってことだろう？　『教会を離れたくない』って言うのなら俺も我慢するけど、そうじゃないなら我慢しない。姉さんと結婚する」

リンクスの言葉にクロエは唖然とする。

「……だから、このようなことを？」

「だって、想いあう雌雄《しゆう》は結ばれるべきじゃないか」

「想いあう雌雄《しゆう》？」

「俺は姉さんが好きで、欲しい。姉さんも俺のことが好きで、俺を雄として欲しがってるよね？　匂いでわかるよ」

「――っ」

クロエの頬が急激に熱くなる。上手くごまかせていると思っていたのに、筒抜けだったとは。

羞恥で言葉を失うクロエを見つめて、リンクスは目を細める。

「それなのに『修道女である限り、ここを離れられません』なんて悲しそうな顔するから……」

ふ、と一息ついて笑みを深め、彼はクロエに告げた。

「一度、殺すしかないと思ったんだ」と。甘く、得意げな声で。

クロエは目を見ひらき、言葉を失った。

味見では何ともなかったはずなのに、トリカブト入りに変わっていたハーブ酒。

絶望に震えるクロエを訝《いぶか》しむように眺めていたサンティエ侯爵の表情と、あの奇妙な問いかけ。

石の塔の地下で目にした斬首台、自分の代わりに斧《おの》で打たれた修道衣。女処刑人の口にした「今、死んだ」という言葉の意味。

昨夜からの出来事が頭に浮かんでは消えて、やがて、すとんとすべてが腑に落ちた。

——全部、リンクスが仕組んだことだったのね……！

安堵と羞恥、説明不足の弟への少しの怒り。

それから、ごまかしようのない喜びが湧きあがる。

「……でも、アンジェリーヌ様は？」

あの少女は、何だったのだろう。

「ああ、あの人は、姉さんの代わりになるんだよ」

さらりとリンクスは答えた。

「え？　私の代わり？」

「うん。修道女になるんだ」

「……あの方が？」

務まるだろうかという不安――不審だろうか――が表情に出てしまったのだろう。

リンクスは苦笑を浮かべて「大丈夫だよ」と請けあった。

「父親があの人の知らないところでやっていたことを知って、すっかり大人しくなったからさ。前に話したウサギの母子も一緒だよ。草にも詳しいし、やさしい人たちだから、姉さんほどではないけれど、きっといい修道女になると思う」

「……そうですか」

現在、この国の教会はアンソレイユ王国独自のものであり、その長は女王だ。

亜人が修道女となることも可能だろう。

「でも……リンクス、あなたはフローマン伯爵になるのでしょう？」

「なるよ。そのために前の伯爵の罪を暴いて、捕らえたんだから」

リンクスはクロエの手を握りしめ、しっかりと頷いた。

「姉さんの言う通り、よく考えて、やりとげると決めたんだ。……本当は少し面倒だったから、投げだしたかったんだけど……姉さんには、お見通しだったんだね」

ばつが悪そうに三角耳を揺らすリンクスに、クロエは首を傾げる。

「面倒とは……?」

「アンジェリーヌだよ。調査のために何度か伯爵の領地を訪れたら、何を勘違いしたんだか、迫られちゃってさぁ。たぶん伯爵がたきつけたんだろうな。俺と仲良くなれば、王配殿下に取りなしてもらえるとでも思ったのかもしれない」

「そうなのですか?」

リンクスは「ああ」と頷き、深々と溜め息をこぼした。

「あの頭に刺さるきっついニオイの香水つけるの、何度言ってもやめないから、もう近付かれるのも嫌になっちゃってさ。王配殿下にお願いして、別のやつと代わってもらおうかと思ってたんだけど……でも、姉さんに叱られて、投げださずに務めを果たそうと思ったんだ」

つまり、アンジェリーヌと一緒にいたのは調査のためだったということか。

ならば、あの贈り物も、彼女に違う香水をつけさせるための苦肉の策だったのかもしれない。

クロエは自分の悩みがすべて見当違いだったことを知り、この場からすぐにでも消えさりたくなった。

「……そうですか。ですが、それでどうして、あなたが伯爵に？」

「姉さんが、次の伯爵になれって言ったんだろう？　だからなったんだけど？」

自分で命じておいて何を言っているのかというように、キョトンとした表情で問われる。

「え、あの……私はてっきり、あなたがアンジェリーヌ様と結婚して伯爵になるのかと……」

ぼそぼそと呟くと、リンクスは、からりと笑った。

「はは、そっか。姉さんってば、うっかりだなぁ。入り婿は爵位を継げないんだよ。俺が伯爵になるなら、簒奪《さんだつ》するしかないよね？」

クロエは思わず天を仰いだ。何という勘違いだろうか。

だが、考えてみればそうだ。どうして、そのような基本的な法さえ忘れていたのだろう。

コウモリ天井を見上げ、ああ、と溜め息をついたとき。

「本当は、私がいただくはずでしたのよ！」

朗《ほが》らかに響いた声に、ハッとクロエは振りむく。

赤い絨毯《じゅうたん》の先、蝋のように白い手を身体の前で重ねた女処刑人が微笑んでいた。

「姉さん、ビジュー伯爵だよ」

「えっ、この方が⁉」

彼女の話はリンクスから聞かされていた。

アンソレイユ王国初の女伯となった、宝石の名を持つ蜂の亜人。

母性が強く、幼子にやさしい女性だと聞き、クロエは聖母めいた柔和《にゅうわ》な姿を想像していた。

そのような慈悲深い女性に処刑人の真似ごとをさせるなんて、とクロエは青褪《あおざ》める。

「そうとは知らず、御無礼をいたしました！　御迷惑をおかけして申し訳ございません！」

リンクスはクロエと結ばれるために、いったいどれだけの存在を巻きこんだのだろう。空恐ろしくなる。

「ああ、お気になさらないで」

深々と頭を下げるクロエに向かってひらひらと手を振り、ビジュー伯爵は艶《あで》やかに微笑んだ。

「あなたは伯爵夫人ですもの。同じ伯爵の私にへりくだる必要はありませんわ！」

「え、あの、まだ誓いを立てておりませんので……」

「それでこの件では、私も彼と協力して、前フローマン伯爵の悪い噂を確かめておりましたのよ！」

まだ自分は伯爵夫人ではない、と言いたかったのだが、ビジュー伯爵はクロエの弱々しい訴えを遮るように声を張りあげた。

「そ、そうなのですか？　悪い噂とおっしゃいますと……？」

「それはですね――ああ、でも、どうしましょう。あなたのような清らかで愛らしい方にお伝えしてしまって大丈夫かしら？」

頬に手を当て、大仰に眉根を寄せる伯爵にクロエが戸惑っていると、傍らに立つリンクスが溜め息をこぼした。

「……亜人の奴隷の違法売買で金を稼いで、ついでに自分の嗜虐《しぎゃく》欲求を満たしてるって噂だよ、姉さん。全部、本当だった」

「まあ、ひどい……」

アンソレイユの長が女王に変わったとき、亜人の奴隷に関する新たな法が制定された。

それまで家畜以下の扱いで、好き勝手に取引されていた彼らの待遇や売買について、厳しい規定が設けられたのだ。

本人の同意なしで奴隷に落とすことを禁じ、売買の取引報告、最低限の生活環境を整えることが義務となり、一定数以上の奴隷を所有する者のもとには不定期で国の監査が入ることになった。

それによって、奴隷の数は減り、その身につけられる値が十倍近く跳ねあがった種もいると聞く。

「ええ、ひどいですわよね。取引記録の報告も本人の同意もなし、規定年齢に満たぬ幼体の売買にハンティングの的扱い、数えあげれば反吐《へど》が出そうなほどの悪行をやらかしておりましたわ。そのくせ、外面だけはよくて……。ねぇ、フローマン伯爵、あなたも危うく客寄せ猫にさせられるところでしたわよね?」

ほっそりとした首を傾げて、ビジュー伯爵が、ほう、と息をつく。

フローマン伯爵と呼ばれたリンクスは嫌そうに眉を顰《ひそ》め、それからクロエに向きなおった。

「……姉さん。フローマン家は代々、亜人を農奴《のうど》として家畜以下の扱いで酷使してきたんだ。九年前、新たな法が制定されたおかげで、多くの奴隷が解放された。それで人間だけでは農地の管理ができなくなったんだ。過去の栄光が忘れられなかった前フローマン伯爵は、俺を利用して、どうにかまた、亜人を大量に安く雇えないかと夢見ちゃったってわけだよ」

「……そう、だったのね」

クロエの頭に、アンジェリーヌの誇らしげな顔が浮かんだ。

行き場のない亜人の居場所を、もう一度作ってあげたい——彼女はそう言っていた。

言葉を飾るにもほどがある。憤りを感じ、けれど、とクロエは思いなおした。

九年前、彼女は幼い子供だった。親がそう説《と》けば、信じてしまうのも無理はないかもしれない。

「そうなのです！　まったくもって何もかも愚かで非道な話ですわよねぇ。ですから、サンティエ侯爵は私たちに噂の真偽を確かめるよう、お命じになったのです。そして！」

しんみりとした空気を薙《な》ぎはらうように、ビジュー伯爵が力強く拳を振りあげ、グッと握りこむ。

「見事、罪を暴いて奸賊《かんぞく》を捕らえ、女王陛下の憂いを晴らした暁《あかつき》には、私がフローマン伯爵領をいただくはずでしたのよ！　領地は子供と同じく、いくらあっても良いものですもの！」

「……さ、さようでございますか」

「ですが、そこの男が愛しい女性の願いを叶えるために、どうしてもフローマン伯爵になりたい、と言うものですから、快く譲ってさしあげましたの！」

「……男爵領と引きかえにな」

目をすがめ、ぽそりとリンクスが言いそえる。

「あら、破格の交換条件だと思いますけれど？　日向ぼっこの森一つ諦めるだけで、広大な伯爵領が手に入るのですもの。ねぇ、クロエ様？」

「え、ええ、おそらくは……」

クロエはぎこちなく頷く。「これちょうだい」「いいよ交換ね」と言うように、気軽に爵位や領地を交換して大丈夫なのかと心配になるが、女王が許可を出したのならば良いのだろう。

――そういえば教会でも、賭博で負けて領地を売ったと告白してきた方がいらっしゃったわね。

すすり泣く老人に、クロエは何と声をかけていいのか悩んだものだ。

「……どうしたの、姉さん？　男爵領、惜しくなっちゃった？」

「え？」

「使用人はともかく、あの森は確かに惜しいよね。もし、姉さんが男爵領も欲しいって言うのなら、俺、頑張るよ。……どうする？」

奇妙なほどやさしい声でリンクスに問われ、クロエは、ぶんぶんと首を横に振った。

ここできちんと断らなければ、この姉思いの青年は何をするかわからない。

「いいえ！　いりません！　充分です！」

「そう？」

首を傾げるリンクスに、クロエは「そうです！」と勢いよく頷き、そして少し迷ってから、そっと言いそえた。

「……私は、あなたがいてくれれば、それだけで幸せですから」

「姉さん……」

金緑石《クリソベリル》の瞳が輝き、月が満ちるように瞳孔が広がっていく。

「ありがとう！　結婚して！」

弾んだ声でねだられ、クロエは「そこに戻るのね」と目を閉じ、小さく息をついた。

「……どうして、私なの？」

「姉さんは、俺のおひさまだから」

リンクスの言葉に迷いはなかった。

「おひさま？」

「そうだよ。暖かくて明るくて、良い匂いがして、とってもやさしい。真っ暗なまま終わろうとしていた俺の人生を、照らしてくれた人だから」

「……リンクス」

彼は、世界の真理を語るような真剣な表情で、クロエに説《と》く。

「姉さんはひだまりで、俺は猫。猫にはひだまりが必要なんだ。姉さんは俺の望みを叶えたいんだろう？　なら、俺と結婚して、俺を満たしてくれ」

傲慢《ごうまん》にも思える台詞の後、ふっと息をつき、リンクスはきゅっとクロエの手を握りなおした。

「クロエ」

焦がれるような熱いまなざしで名を呼ばれ、クロエの鼓動が跳ねる。そして――

「あなたが欲しい。それが俺の幸福だ」

まっすぐに告げられた瞬間、クロエの中に残っていた躊躇《ためら》いが消えた。

修道女のクロエ――リンクスの姉は今朝、死んだのだ。

今のクロエは、ただの一人の女。何者でもない自由な存在。誰の腕にでも飛びこめる。

「……リンクス」

「……クロエ」

ひたりと二人、見つめあっていると、こほん、と小さな咳払いが響いた。

ハッと振りかえると、教父が温かいまなざしでクロエたちを見つめていた。

「さて……花嫁の心は決まったようですな」

「……はい」

慌てて、背すじを正して頷くと、教父は満足そうに頷き、そして——

「では、もう一度尋ねます」

厳《おごそ》かな声でクロエに問うた。

「汝《なんじ》、妻クロエは、リンクスを夫とし、生涯愛することを誓いますか?」

クロエは万感の思いをこめて、答えた。

「はい、誓います!」

そして、その言葉の残響が消える前に、感極まったリンクスからの誓いの口付けが降ってきたのだった。

＊　＊　＊

婚礼の儀を済ませた後。

リンクスに横抱きにされて礼拝堂を後にし、連れこまれたのは城の客室の一つだった。

「待って、まさか……ここで初夜を?」

客用とはいえ、充分すぎるほど豪奢《ごうしゃ》な四柱式寝台《しちゅうしきしんだい》に下ろされ、クロエは戸惑った。

「ごめん、姉さん。まだフローマン伯爵家の屋敷の後片付けが終わってなくてさ。あ、でも、終わってても遠すぎて待てないから、一緒か……屋敷の寝具もカーテンも絨毯《じゅうたん》も、全部新しくするから、向こうに行ったら、二人の寝室でもう一回、初夜をやろうね」

喉の奥で笑って、「楽しみだなぁ」と呟くと、リンクスはクロエの耳たぶをかぷりと食《は》んだ。

「……それとも、ここが嫌なら、教会に帰ってしまうか？　いつも一緒に寝てた、あの寝台《しんだい》で」

「それは……、あっ」

どさりと押し倒され、クロエの胸にリンクスが鼻先を埋める。

逞《たくま》しい腕がクロエの背に回り、ぎゅっと抱きしめられれば、いつも一緒に寝るときの体勢になった。

いつもと違うのは、リンクスの視線。

金緑石《クリソベリル》の瞳の中心、花ひらいた瞳孔。

暗闇の中、獲物を狙う獣のようにギラギラとしたまなざしに魅入られて、クロエは目をそらせない。

こくりと喉を鳴らすと、彼は笑みを深めて赤い舌を覗かせ、ドレスからこぼれたクロエの胸のふくらみをなぞった。

「……っ」

いつかと同じ、濡れた熱いものが肌を這う感触に、クロエは小さく身を震わせる。

「リンクス……っ」

「いっつも、姉さんを抱きたくて仕方なかった。近頃は特に、うんと甘い匂いで誘ってくるから……我慢するの、めちゃくちゃキツかったよ。姉さんのせいで、寝不足になりそうだった」

甘く詰《なじ》られ、クロエの頬が朱に染まる。

いつから、そのようなことになっていたのだろう。羞恥のあまり、じわりと涙が滲んでくる。

「っ、そ、い、言ってくれれば……」

「言ったら姉さん、別々に寝るって言いはるに決まってるから。自分のこと責めて、俺に謝って、一人で暮らしてくれ、って頼んできただろう？　こんな匂い向けてくるくせに、そんなこと言われたら……めちゃくちゃに犯してやりたくなる」

リンクスの囁《ささや》きに、クロエは小さく息を呑んだ。

「……しないよ。姉さんの嫌がることはしたくない。だから、ずっと可愛い弟のふりして、良い子でねんねしてたんだ。姉さん思いの良い弟だろう？」

くすくすと笑って、リンクスはドレスの胸元に噛みついた。

編み上げ式のドレスの背を撫であげた彼の指が、クロエの身体を締めあげる紐をほどき、ゆるめ、ずるりとドレスを引きおろす。

下につけたコルセットは胸の半ばまでしか覆っていない。

縁から指を差しこんで、ぐいと下げれば――

「っ、待って――ぁあっ」

ふるりとこぼれでた胸の先を、リンクスが一舐めして、齧《かじ》る。

やさしく歯を立てて、味わうように、何度も。

そのたびにジンと響く、むず痒いような感覚がクロエの息を乱していく。

噛まれたまま、舌でなぞり、ちゅっと強めに吸いあげられた瞬間。

「んんっ」

ふれられてもいない下腹部がキュンと疼《うず》いて、疼《うず》いた奥から果実を搾《しぼ》るように蜜があふれるのがわかった。

「……やっぱり、ここでさせて」

リンクスの声が、いっそう色めいて響く。

「教会に帰るまでなんて待てない。ようやく抱けるようになったのに、絶対待てない。馬車の中で襲うと思う。御者《ぎょしゃ》に聞かれたくないよね？」

問いかける間にも、リンクスの手はクロエの装いを脱がしにかかっていた。

「だから、ここで今すぐ抱かせて。いいよね、姉さん？」

ゴロゴロと喉を鳴らすようにねだる声は甘く、それでいて脅しつけるようで、クロエはこくりと頷くほかなかった。

「いいけれど……」

「何、姉さん？」

「あの、……姉さんって呼ぶの、やめてちょうだい」

クロエは頼んだ。耳慣れた響きだが、閨《ねや》で呼ばれるのは背徳的すぎる。

「そっか、わかったよ。……じゃあ、クロエ、脱がすから腰上げて」

「……はい」

サテンのドレスが取りさられ、ペティコートの腰紐に彼の手がかかる。

しゅるしゅるとほどいて脱がしながら、リンクスは小さく溜め息をついた。

「ご婦人の装いは面倒だよね。キラキラのドレスの下にペティコート、その下にはアンダーペティコート、骨が折れそうなコルセットで締めあげてさ……支度が大変だ」

手際よく花嫁を脱がしながらぼやくのに、クロエは思わず眉を顰《ひそ》める。

「……ずいぶんと、ご婦人のドレスの下に詳しいのですね」

「え？　何、嫉妬してくれるの？」

「……いいえ」

「嘘つき」

「嘘ではありません！」

くすくすと笑う声があまりにも余裕ありげで、ついつい意地になって言いかえすと、リンクスはまた一つクスリと笑って、花嫁の耳元で囁《ささや》いた。

「大丈夫、誰のドレスも脱がせたことなんてないよ。……でもこれからは毎日、クロエに着せて、脱がせてあげるね」

「……そういうことは、侍女の役目では？」

「嫌だ、俺がやりたい。毎日こうして、脱がせたい」

コルセットが外され、クロエは、ホッと息をつく。

呼吸にふくらむ胸に、リンクスは鼻先を埋め、すう、と大きく吸いこんで、ほう、と満足そうに息をついた。

「いい匂い」

「え？」

「脱がせたての肌の匂い。ぎゅっと閉じこめられてた匂いが、こうやって脱がす瞬間に香るんだよ。舐めとりたくなる、いい匂い。毎日こうして嗅ぎたい。だからクロエの着替えは、俺がする。いいよね？」

「……よ、よくな……」

「だめなら、脱いだ下着で我慢する。そっちなら、嗅いで舐めてもいい？」

「もっとだめです……っ」

「なら、俺が着替えさせてもいいよね、クロエ？」

「……はい」

「わぁ、ありがとう！」

羞恥に震えながら頷いたクロエは、無邪気な子供のような声と表情で喜ぶリンクスを恨めしげに見つめる。

きっと彼は可愛い弟のふりをして、今までも悪いことをたくさんしてきたのだろう。

リンクスはわかっていながらそしらぬ顔で、彼女を苦しめていたのだ。

寝不足になりそうだったなんてとんでもない。クロエがドキドキして眠れぬ夜も、すやすやと健やかな寝息を立てて、クロエの胸に頬をすりつけていたではないか。

そして、修道女としての人生も、クロエに相談なく捨てさせた。

結婚だってそうだ。断らせる気なんて、最初からなかったに違いない。

――なんて、悪い子！

リンクスでなければ、許さない。

けれど、リンクスだから、許してしまう。

きっと、これからも全部。

お腹の上で眠っていた小さな子猫を、どれだけ大きく重くなろうと押しのけられないのと同じ。

できたてのジャムの瓶をひっくり返されても、大事な書類にインクをこぼされても、ゴロニャンの一鳴きで許さずにはいられない愛猫家のように。

クロエはリンクスを憎めない。

そしてそのことをきっと、彼はお見通しなのだ。

「……リンクス」

クロエは、そっと息をついて、彼の髪を撫でた。

「ん？　何？」

「私の嫌がることはしたくない、と言ってくれましたね。でも、私はきっと、あなたにならば何をされても許していたわ」

きっと無理やりに犯されたとしても、嘆きはすれど、恨みはしなかっただろう。

「だって、あなたを愛しているから」

「……ありがとう。俺も、世界で一番愛してるよ」

キュッと目を細めて、リンクスはクロエに口付けた。

重なった唇の温度がなじむ間もなく、彼の舌がクロエの唇をつつき、あけて、とねだるように、ゆっくりとなぞる。

「……ぁ」

潜《もぐ》りこんできた舌と舌がふれあった瞬間、言いようのない甘い痺れが走った。

「ん、……っ、ん……ふ」

猫らしく、ざらりと粒だった舌がクロエの舌にまとわりつき、毛繕いをするように舐めあげる。

ゆるりと舌をすりつけあい、絡ませながら、クロエは、ん、ん、と、むずがる赤ん坊のように喉を鳴らす。頭の芯が蕩《とろ》けていくようだった。

前の口付けのときも不思議に思ったが、同じ部分が自分の身体にあるというのに、愛しい人のそれとふれあうのは、どうしてこれほど気持ちがいいのだろう。

息苦しさに喘ぎながら、覆いかぶさるリンクスの広い背に手を回し、縋《すが》りつく。

「……クロエ。ちゃんと鼻で息して、窒息しちゃうよ」

笑いまじりに窘《たしな》められたところで、文句も言えずに頷くことしかできない。

「はは、素直でかーわいい！」

また一つ、くすりと笑い、彼は指先でクロエの首すじを上から下へ、そっとなぞった。

くすぐったさと淡い快感に「ん」とクロエが吐息をこぼすと、不意にリンクスは眉間に皺《しわ》を寄せ、不機嫌そうに顔をしかめた。

「ああ、これが初めてのふれあいじゃないってのが腹立たしいよ」

「え？」

「あんな変な酒のせいで頭ふわふわな状態で、初めてのあれこれしちゃうなんて、最悪だったよ！　姉さんにも忘れてくれたほうが嬉しいなんて言われちゃったしさ！」

チッと舌打ちをして、はあ、と溜め息をつくと彼はクロエに問うた。

「俺、色々と雑じゃなかった？　ところどころしか覚えてなくて……あぁ！　思いだしたら、またイライラしてきた。初めてのキスもその先も、ゆっくりじっくり味わってやろうって、どういう風にしようかなって、すっごく楽しみにしてたのに……全部忘れて、一からやりなおしたいよ！」

ぶちぶちと愚痴るリンクスの頭上に目を向けたクロエは、三角耳が横に倒れ、ピクピクと揺れていることに気が付いて、思わず頬をゆるめた。

――そんなに悔しがらなくてもいいのに。

頼むから忘れて。あの願いは、クロエに手を付けたことを悔やんでの言葉ではなかったのだ。

「……嬉しい」

ポツリと呟くと「え？」と彼が首を傾げる。

「ねえ、リンクス」

金緑石《クリソベリル》の瞳を見つめて、クロエは微笑んだ。

「本当は、初めてを、どういう風にしたかったの？」

「え？」

「やりなおしましょう。あなたの望むように、初めてを。好きなようにしてくれて、構いませんから……」

やさしく告げれば、リンクスはきょとんと目を丸くして、それから、キュッと糸のように細めた。

「……クロエ」

「はい」

「本当に、好きなようにしていい？　何をされても、どんな風に味わっても、許してくれる？」

問いかける彼の声は甘いが、瞳はひどく獰猛《どうもう》で。

クロエは、こくりと喉を鳴らして、恐る恐る問いかけた。

「……何を、したいの？」

「俺になら何をされても、許してくれるんだよね？」

答えにならない答えに、クロエは、うう、と小さく呻いて目をつむり、それから、彼が欲しがる言葉を返した。

「ええ、許すわ」と、一言。泣きそうな声で。


それから、およそ半時間後。

仰向けに転がるクロエに覆いかぶさっていたリンクスが、ぐるりと喉を鳴らして身を起こした。

「……ん、ありがとう、クロエ。だいぶ、気が済んだよ」

至極満足そうな囁《ささや》きを聞いて、クロエは、ホッと安堵の息をついた。

──ああ、よかった。もう終わり、よね……？

本当に、彼は好きなようにクロエを味わった。

耳たぶ、首すじ、滲む涙を拭おうと上げた二の腕の内側、二つの胸のふくらみ、脇腹、まろやかな曲線を描く尻から太ももにかけて。

クロエの身体、およそ皮膚のやわらかそうなところすべて、無数の赤い吸い痕と薄い歯型が散っている。

「……クロエ、大丈夫？」

「ん、だいじょうぶ、です……っ」

泣きぬれた声で答えを返すクロエをリンクスは愛おしそうに見つめながら、きゅうと目を細め、しどけなく投げだされたクロエの脚をそうっと撫でた。

「よかった。じゃあ、最後に、そこ舐めるから、脚、ひらいて」

「──っ」

リンクスの言葉に、クロエの身体がビクリと縮こまる。

「そこは噛まないから。ね？　ひらいて」

やさしくあやすような声に、クロエは、すんと鼻をすすって、こくりと頷いた。

両手で顔を覆い、震える脚に力をこめて、じりじりとひらいていって──

「ありがとう。でも手はどけて、顔隠さないで。クロエ、ちゃんと俺のこと見て」

「っ、……ぅ、うぅ」

クロエは嫌々と首を横に振ったが、大きな手に手首をつかまれ、そっと外されてしまう。

「……ゃっ、見ないで」

「どうして？」

「だって、ひ、ひどい顔を、しているわ」

クロエは、か細い声で訴える。

散々泣いて喘いで叫んで、目も鼻も冬のウサギのように赤くなっているはずだ。

「どんな顔のクロエも好きだし、ぐちゃぐちゃの泣き顔も可愛いよ」

「……リンクス」

「だから安心して、もっと泣いていいよ」

許しの形をとった脅しめいた言葉に、クロエの目から、コロリと涙がこぼれる。

「ぅう、ぃやぁ……っ」

「嫌？　本当に？　嫌なら、やめてもいいけど……どうする？　俺、クロエの嫌がることはしたくないからさぁ。ねぇ、クロエ、本当に嫌？」

「っ、そんなの、匂いで、わかっているくせにっ」

弱々しい抗議を受けたリンクスは、嬉しげに目を細めた。

「はは、そうだよね、ごめん！　クロエが俺を欲しがっていること、ちゃあんとわかっているから、安心して？」

「ぅうぅ、ばかっ、もう、勝手にしてちょうだい……！」

「ホント？　いいの？　じゃあ、勝手にする」

宣言するなり、がしりと膝をつかまれ、広げられて、クロエの瞳からボロボロと涙がこぼれる。

「ホント、可愛いなぁ」

ほう、と熱っぽい吐息をこぼすと、リンクスはクロエの腿《もも》の内側に噛みついた。

ひっ、と細い悲鳴が上がり、次いで、ねっとりと歯形をなぞる舌の動きに、クロエの唇からは、掠《かす》れた喘ぎがこぼれる。

「ぁ……ぁ、っ」

ざらりと熱い舌が、ゆっくりと静脈を辿るように腿《もも》の内側、中心へと這っていく。

ああ、と期待に身を震わせ、クロエはリンクスの舌を見つめる。

「……ん、すっごい匂い。舐める前からドロドロ」

「っ、リンクスの、せいです……っ」

全身を唇で舌で歯で、散々嬲《なぶ》られながら、そこだけは一度もふれてもらえなかった。

「そうだね、俺のせいだ。だから、責任とってあげるよ」

「別にとってくれなくても――っ、んっ」

そっとリンクスの指が割れ目の上へとふれて、つん、とした刺激が走る。

「クロエのここ、ちっちゃくて可愛い。自分で弄《いじ》ったこととか……ないか。まぁ、ないだろうな」

「何のこと――ひゃっ、あ、っう、んんっ」

戸惑う間もなく、じゅるりと音高く割れ目を舐めあげられ、先ほど指がふれたところ――小さな木の芽のような部分――を、ちょんと舌先でつつかれる。

「はは、ちょっとつついただけなのに、可愛い声。……胸を舐めたとき良い反応してたから、この舌でここ舐めたらどうなるのかなぁって気になってたんだよね」

「……ゃ」

クロエは小さく喉を鳴らす。自然と視線は、彼の舌に向いていた。

猫であれば獲物の肉をこそげるのに役立つ舌の棘《とげ》。

猫ほどの鋭さはないが、それが逆に恐ろしい。

あの唾液をまとった無数の丸い棘《とげ》に、神経の塊《かたまり》のような場所を嬲《なぶ》られるのかと思うと――未知への恐怖と否定しがたい期待に、ふるりとクロエは身を震わせた。

「……舐められたくないなら、脚、閉じてもいいよ」

「……あ、あなたが、したいのなら、私は構いません……」

上ずる声で答えれば「そう？　ありがとう」と彼は目を細めて、それから。

「クロエってば素直じゃないんだから……」

くつくつと笑うと、リンクスは目の前の獲物にむしゃぶりついた。

「っ、きゃっ、ぁあああっ」

慎ましく花芯を覆いかくす包皮をざらりと舌で剥《む》きあげられ、びりりと走る刺激に、クロエの口から悲鳴じみた声が迸《ほとばし》る。

それからツツジの蜜でも吸うように、ちゅ、と吸われて、ねっとりと舌の腹でくすぐられる。

無数の突起にぐちゅりと包まれなぞられる強烈な快感に、ビクビクと腰が跳ねた。

「んー」

宥《なだ》めるようにリンクスはやさしくクロエの腰を撫で、がしりと指を食いこませ、押さえつけた。

逃げ場がなくなったクロエを、ざらつく舌が追いつめていく。

「ひゃっ、あ、だっ、やっ、ぁあっ」

もがく爪先が敷き布を蹴って、丸まり、不規則に揺れる。

今まで存在すら意識したことのなかった場所からもたらされる刺激は、甘く鋭くクロエを嬲《なぶ》り、涙腺をゆるませ、頭を蕩《とろ》かしていく。

未知の感覚を受けとめきれず、クロエはもつれる舌で泣きごとをもらした。

「リンクスっ、まって、おねがい、まって……っ、こわい、こわいのっ」

「……大丈夫、怖いかもしれないけれど、悪いものじゃないよ」

「っ、ほ、本当、に……？」

「クロエ、俺を信じて、そのまま受けとめて」

やさしく宥《なだ》める声にクロエがこくりと頷けば、やさしくない舌が甘い責め苦に戻る。

爪先から這いあがる熱は、やがてクロエの全身を満たし、甘い疼《うず》きに変わりはじめた。

ふわふわと揺れる頭の中、何かが足りないようなもどかしさ。

もぞりと腰を揺らしたのがわかったのか、リンクスが目を細めた。

「……ぁ」

はしたなく蜜をこぼす場所に、リンクスの指がふれ、つぷり、と一本、差しこまれる。

節くれだった指の感触に、クロエの肌が粟立つ。

関節一つ目、二つ目、ついには根元までぐちゅりと埋められて、そうして、ぐ、と押しあげられる。

それから彼は、ぺろりと舌を出し、べたりと花芯に押しつけた。

軽く左右に揺らされれば、無数の突起に捏《こ》ねくられ、すぎた快感に涙があふれてくる。

そうしてゆるゆると花芯を嬲《なぶ》られながら、ゆっくりとした指の抜きさしが始まる。

「ぁ、ぁ、……はぁ、ぁ、……んんっ」

クロエは気付けば目をつむり、与えられる快感に酔いしれていた。

彼の指が動くたび、ぐちゅ、ぶちゅ、と水音が聞こえてくるが、それを恥ずかしいと思う余裕すらクロエには残っていなかった。

少しずつ、指の動きが速まっていく。それに比例するように胎《はら》の奥で渦《うず》まく熱が高まる。

知らず腰が揺れ、頭の中が霞みはじめたころ、不意に彼の舌がとまった。

え、と思わず声をこぼした次の瞬間。

ぷくりと赤くふくれた肉の芽を、舌の腹から先まで使って大きく逆撫でるように舐めあげられ、ぐちゅりと押しつぶされて——クロエは達した。

真冬にやわらかな毛皮で包まれ、ざああと撫であげられたようだった。

ぎゅっと閉じた視界が白く染まって、震える喉から甘鳴《かんめい》が迸《ほとばし》る。

そこかしこで火花が飛ぶような甘い衝撃が通りすぎていくのに、クロエはまた一つ涙をこぼし、はふ、と熱い吐息をこぼした。

きゅぽ、と何かの栓が抜ける音に、うっすらとクロエは目蓋《まぶた》をひらいた。

少しの間、ぼうっとしていたようだ。

「……クロエ」

囁《ささや》くように名を呼ばれ、そっと視線を動かして見ると、クロエの脚の間に膝をついたリンクスが小さなガラス瓶を手にしていた。

瓶の中には深い金色の液体が揺れている。

「少し冷たいけど、我慢して」

焦げつくような熱のこもった声に「ええ」と夢うつつに頷く。

「……クロエは薬草に慣れているから、少し多めにしておこうか」

何をされるのかまるでわからないが、彼になら何をされてもいいような気がしていた。

傾いた小瓶から、とろりとこぼれた液体——というよりも、もっと粘度が高い、蜂蜜のようなもの——がリンクスの手のひらに垂らされ、長い指へと伝い、くちゅりと絡んで。

「……ぁ」

とろりとした金色の滴を脚の間に塗りつけられ、クロエは微かに身を震わせた。

蜜をこぼす花唇の縁をなぞられ、ぐぷりと指を差しこまれる。それから、入り口を広げるように、ぐるりと回され、揺らされて。

最初に感じた冷たさは、すぐにジリジリとした熱へと変わっていった。

「……これは、痛みを和らげて血が出ないようにして、それから……ちょっぴり気持ち良くなれるお薬だよ」

「ん、そのような、ものがあるのですね」

「うん。亜人の雌は処女膜がない種族のほうが多いけど、人間は違うって聞いたから、一応もらっておいたんだ」

いつ、誰からもらったのだろう。尋ねたかったが、クロエは「そう」と頷くにとどめた。

――そういえば、いつからなのかしら。

ぼうっとした頭の中、ふと疑問が過《よぎ》る。いったいリンクスは、いつからクロエを手に入れる準備をしていたのだろう。

聞きたいようで、聞くのが怖いような気もした。

「人間は不公平だよね……初めては雌だけが痛いなんて」

しみじみと呟きながら、リンクスはクロエの中を掻きまわす。

「っ、ぁ、……んんっ」

わざと音を立てているのではないか。

思わずそう疑いたくなるような盛大な水音をごまかしたくて、クロエは目をつむり、声を上げた。

「か、噛まれるのも、いたい、わっ」

「そうだね、ごめん。クロエが嫌なら、二度としないけど……」

かり、と耳たぶに歯を立てられて、んん、と反射のように彼の指を締めつけてしまう。

クロエは、羞恥と痛みと、ほんの少しの快感に、うう、と呻きをこぼした。

「クロエ、どう？　嫌？」

「わ、わかっているくせに……っ」

「俺だって何でもわかるわけじゃないよ。嫌だったらハッキリ言ってほしい」

「人間には、恥じらいというものが、あるのです……！」

「ねぇ、クロエ。俺、クロエに嫌われるのが一番怖いんだ。クロエの嫌がることはしたくない。クロエに嫌われたら、生きていけない」

お願い、と囁《ささや》く声は甘いが、こめられた想いはひどく重い。

かり、と今度は首すじに歯を立てられ、あ、と締めつけた中を掻きまわされて、クロエの瞳から、またひとすじ涙がこぼれる。

「……っ、ええ、嫌ではありませんとも！　どうせ！　もうっ！　あなたに噛まれるのは、嫌ではありません！」

泣き声まじりのクロエの宣言に、リンクスは可愛くて仕方がないというように、キュッと目を細めた。

「姉さん、大好き」

ぐつぐつと煮詰めた蜜のような声で呼ばれ、クロエは身震いする。

姉さん、と呼ぶ声は、紛れもなく発情した雄の声だった。

「……ああ、ごめん。また姉さんって呼んじゃった。本当は、ずっと名前で呼びたかったのに……」

本当に、いつからなのだろう。

いつから彼はクロエを番《つがい》の雌として意識していたのだろう。

これほどの想いを、どうやって隠してきたのだろう。

剥《む》きだしでぶつけられるリンクスの愛情と欲望の根深さは、恐怖すら感じさせる。

「……クロエ、俺が怖い？」

ちゅくりと指が抜け、クロエは小さく身を震わせる。

「逃げちゃいたい？　いいよ、逃げても。クロエが望むのなら追いかけない。足の腱《けん》を切ってでも我慢する。クロエを愛しているから」

やさしい台詞とは裏腹な、滾《たぎ》る熱を隠しもしない声で囁《ささや》きながら、リンクスは淡く微笑んだ。

クロエは目を閉じ、溜め息をこぼして、それから、そっと彼を見上げた。

「……ええ、怖いです」

「そう」

「けれど……大丈夫よ」

クロエは覆いかぶさる男に手を伸ばす。

少年のころよりも香ばしい焼き色になった髪をすき、三角耳をなぞれば、黒い房毛がくすぐったそうに揺れる。

「今も、これからも、絶対に。あなたを置いて逃げたりなんてしません」

「……ふーん、そう」

不意にリンクスの笑みが深まり、金緑石《クリソベリル》の瞳の奥、獰猛《どうもう》な光が燃えあがる。

「リンクス？」

「クロエ、俺、クロエのそういうところが一番好きだよ。一番好きで……うん、大好きだ」

「え？　っ、ぁ」
・さわりと右脚を撫であげられ、戸惑いと淡い快感にクロエは身をすくめる。
歩くのには少しばかり不自由な足も、感覚は左と変わらない。

そのまま、右、左と膝裏をすくわれ、ぐいと脚をひらかれ、逞《たくま》しい身体が押しかかってくる。

近付いた唇がふれあい、重なり、絡む舌は、先ほどとは違う味が混じっているような気がして、クロエの頬が朱に染まる。

先ほど、自分が彼に何をさせたのかを思い知らされるようで。

「……ね、ねぇ、リンクス、あの」

「何？」

「あの、私も、その、しましょうか？」

「何を？」

「……その、く、口で、あなたの……」

ぷるぷると震えながらの提案に、リンクスは金緑石《クリソベリル》の瞳をパチリとひらき、スッと細めた。

「……嫌だ。そんなことされたくない」

そっけない口調に、クロエは息を呑む。

「ご、ごめんなさ……」

「そんなことより、こっちに入れさせて」

「ひゃっ」

ぬるりと脚の間に押しつけられたものの熱さに、クロエは目を見ひらいた。

「っ、ぇ、……ぁ、っ」

ぐすぐすに蕩《とろ》けた蜜口をなぞるものが何か、一瞬遅れて理解して、じわりとクロエの熱が増す。

「ねぇ、クロエ。入れてもいい？」

耳元で囁《ささや》くリンクスの声は低く、爛《ただ》れるように甘く、獲物に飛びかかろうとする獣めいた獰猛《どうもう》さを感じさせる。

クロエに忠実な獣は、獲物であるクロエに許可を求めている。

あなたを貪《むさぼ》る許しをくれと。

いくらでも力に任せて奪えるくせに。

「クロエ」

ぐちりと押しつけられ、クロエは、あ、と吐息をこぼした。

ドキドキと鼓動が高鳴り、こくりと喉が動く。

下腹部が熱く、ふれあう場所が疼《うず》いてたまらなかった。

薬のせいだろうか。それとも、もともと自分は淫らな女だったのだろうか。

戸惑うクロエにリンクスが問う。

「……入れてもいい？」

「っ、は、はい、どうぞ……！」

上ずりながら返した声に、リンクスはクスリと笑って。

「ありがとう」

骨ばった指がクロエの腰を押さえつけ、引きよせるように貫いた。

「～～っ」

ひっかかるような違和感を覚えたのは一瞬。気付いたときには、腹の奥まで彼の形にひらかれていた。

「っ、ぅ、……はぁ、っ」

グッと内臓を押しのけるような圧迫感にクロエは喉をそらし、大きく息を吐く。

みちみちと音を立てそうなほど、限界まで引きのばされた蜜口がジンジンと疼《うず》く。

痛い――とは感じなかった。

──熱い。

真冬の湯気が立ちのぼる桶《おけ》に凍える素足を差しいれたような、じいんと肌に刺さり、思わず吐息がこぼれるような熱さ。嫌な感覚ではなかった。

「──ん」

淡く息をついた拍子に彼を締めつけて、彼の唇からも同じように熱を帯びた吐息がこぼれる。

「クロエ、大丈夫？　痛くない？」

「……はい」

「よかった。でも、やっぱり少し血が出ちゃったから、ちょっと薬足して、待つね」

そう言うとリンクスは小瓶を傾け、金色の蜜を二人の繋がる場所に垂らすと、少しだけ腰を揺らしてなじませた。

「……これくらいでいいかな」

うん、と頷き小瓶に栓をしたリンクスは、クロエの右の膝をすくい、ふくらはぎを撫であげて、それから、爪先に唇を押しあてた。

「……クロエの足、舐めて治せたらいいのにな」

慈しむような囁《ささや》きに、クロエの胸に愛しさが広がる。

「……リンクス、っ」

彼の唇から、ちろりと覗いた赤い舌が指の間を這い、言いかけた台詞は吐息に変わる。

「ん、いけません……っ」

「どうして？　くすぐったい？　くすぐったいところは、気持ちよくなれるところらしいけど……」

「そうじゃなくて、そんなところ、ん、きたないっ、からぁ……！」

クロエの言葉にリンクスは楽しそうに笑い声を立てた。

「はは、やだなぁ、クロエ。お上品ぶった人間と違って、俺は獣だよ？　愛しかったら、どこだって舐めるし、汚いなんて思うわけないだろう？　親猫が子猫を舐めるみたいに、クロエのどこでも舐めてやるからさ。……どこがいい？」

「け、けっこうです！」

「遠慮しないで。クロエの身体なら、全部舐めたい」

どこがいい、と重ねて聞かれて、クロエは先ほど彼の舌に嬲《なぶ》られた場所を、つい思いうかべてしまった。

自分でも知らなかった快楽の芽。

少しざらついたリンクスの舌はとても器用で、溶かされそうに熱かった。

くちゅりと指の腹で花芯を撫でられ、クロエの身体が揺れる。

「ひゃっ」

「……あ、ここ？」

「っ、はは、正解？」

咥えこんだ雄が、グッと存在感を増したようで、クロエは息苦しさと快感に大きく息をつく。

「んー、舐めてあげたいけど……」

たっぷりの蜜をすくって、塗りつけ、やさしく押しつぶしては揺らし、クロエを悶えさせながら、リンクスは深々と溜め息をついた。

「入れたままでは無理だなぁ。ごめんね、クロエ」

「んっ、ん、そんなこと、ぁ……っ」

そんなことはしなくていい、とクロエは言いたかったのに。

「何？　そんなことよりも、そろそろ動いてほしい？」

言っていない。そんなことは。

「そっか。ここだけじゃ足りなくなっちゃったか」

「ちが、ぁ、ぁあっ」

くちゅくちゅと花芯を嬲《なぶ》ってクロエの舌をもつれさせながら、リンクスはクロエの脚をそうっと敷き布に下ろして、すっと頬に口付けた。

「……俺も、そろそろ我慢できなくなってきちゃったから、ちょうどよかった」

とびきり甘い囁《ささや》きにクロエはまた一つ彼を締めつけて、もはや何も言うまいと唇をつぐんだ。

「大丈夫。最初は、やさしくするから」

宣言通り、埋めこまれたものが、じりじりと抜けていく。

「っ、……ぁ」

身体の中に空洞ができていくような不思議な感覚に、ぞわぞわとクロエの肌が粟立つ。

修道女のままならば、生涯気付くことがなかった空隙《くうげき》。

確かにここに、雄を受けいれるための場所があるのだと思いしらされているようだ。

「……姉さんの中、すっごく気持ちいい」

吐息まじりの言葉に、クロエの胸はかき乱される。

——呼ばないで、って言ったのに。

背徳感に背が震え、いっそう彼を締めつけてしまう。

姉弟として慈しんできた相手に、こうして抱かれているという事実がたまらなく後ろめたくて、それなのに、どうしようもなく満ちたりたような心地になる。

——何と罪深いことかしら。

リンクスがいつから、クロエを女として求めていたのかはわからない。

けれど、クロエもいつからかリンクスを男として意識していたから、同罪だ。

いや、主に誓いを立てていたクロエのほうが、ずっと罪は重いだろう。

挙句の果てに、その誓いすらもリンクスに破らせた。

自分からは何も求めることなく、ただ彼にすべてを奪わせたのだ。

「……リンクス」

「ん、何、クロエ」

「私に遠慮などしないでちょうだい。やさしくなんてしなくていいの」

「……クロエ?」

訝《いぶか》しむリンクスに、クロエは微笑みかけた。

「あなたの好きにしていいのよ。めちゃくちゃに犯してくれても、構いませんから」

奪わせたのはクロエなのだ。何もしなかった代わりに、せめて、彼を満たしてあげたい。

一呼吸の間を置いて、ふっと彼は頬をゆるめた。

「姉さんは、本当に損な性格だよな……」

「……え」

「いいよ。それでクロエの気が済むなら、俺もそれでいい」

そう言って、リンクスは、スノードロップの花から雪をはらうように、クロエの頬を指でなぞって囁《ささや》いた。

「壊れない程度に、めちゃくちゃにしてあげる」

するりするりとリンクスの腕がクロエの背に回り、閉じこめるように抱きしめる。

「リンクス、あの……」

ちゅ、と唇が重なって、クロエは言葉を奪われる。ゆっくりと腰が押しつけられて、空洞が埋められていく感覚に背が震えた。

これでは罰にならない。

そう思ううちに、また、ゆっくりと空洞ができていく。

埋められて、抜けて、埋められて、抜けて。

少しずつ早まる間隔に、クロエの頭の芯が熱くぼやけていく。

「っ、――ん、締まってきた。クロエ、またいきそう？」

「あ、わから、な……っ」

「そっか。俺は、もういきそう。一緒がいいな。一緒にいこっか」

そう言うと、リンクスはクロエの花芯に指を這わせた。

強まる刺激にクロエの喉から嬌声がこぼれる。

ぐ、とリンクスが呻きをこぼして、次いで、嬉しそうに喉を鳴らすと律動が激しさを増す。

待って、と言いかけた唇は彼の唇で塞がれて。クロエは、ただ力強く打ちこまれる快感に喘ぎ、震えるほかなかった。

「ぁあ、――っ、ぅ、ん、ふぁ、ぁあっ」

やがて、爪先から頭の天辺まで甘い痺れが貫き、弾ける。

ぶるりと身を震わせた瞬間、ずんと胎《はら》に響く衝撃にクロエの身体が大きく跳ねた。

あう、と呻きがこぼれて、逃げる身体を押さえつけられる。

熱い。深い。苦しい。

「クロエ……っ」

汗ばむ声に名を呼ばれ、唇を塞がれて。

そうして、クロエは自身の奥深く、爆《は》ぜる熱を感じた。

「……っ、ぁ」

ぷちゅ、と濡れた音を立てて繋がりがとけ、クロエは、ホッと息をつく。

どこもかしこも痺れたようで、身体に――主に下半身に力が入らない。

震える腕に力をこめて、身を起こそうとして、がしりと肩をつかまれた。

「え？」

ぐ、と肩を押されて後ろを向かされたと思うと、ひょいと腹に回った太い腕に持ちあげられて。

気付けばクロエは、うつ伏せに寝ころび、リンクスに伸《の》しかかられていた。

「り、リンクス？」

ぬりゅ、と尻にすりつけられた雄が、先ほどと違わぬ硬度を保っていることに気が付いて、背に震えが走る。

「リンクス……っ、あ、あの」

「あ、膝は立てなくていいよ。伸ばして。寝たままでいいから」

尻たぶを大きな手につかまれ、むに、とひらかれる感覚に、クロエは羞恥に震え、もがいた。

「い、いや……っ」

「ああ、ごめん、クロエ。さっきは深く入りすぎて痛かっただろ？　でも、この体勢なら大丈夫だから……」

違う、そうじゃない。

言いかえそうとしたところで、ずぷりと刺し貫かれた。

「～～っ」

蕩《とろ》けた柔肉を急角度でこすられる衝撃に、クロエは、ぱかりと口をあけ、声なき悲鳴を上げて喉をそらした。

「っ、うわ、きっつ……ん、でも、さっきより当たりはやさしいよね？」

「……ぁ、……ぜん、ぜん、やさしく、な……っ」

「そう？」

ずるりと引きぬかれたと思うと打ちつけられて、肉がぶつかる音が響き、クロエの身体が跳ねる。

「ほら、ちょうど奥でとまる感じしない？」

楽しげな声が耳をくすぐる。

「それは、そう、ですけれど……っ」

「ね？　これなら、思いきり突いてもいいよね？」

「っ、だめ、だめだめっ」

もがくクロエの腰を骨ばった手が押さえつける。

「どうして？　めちゃくちゃにしていいって、クロエが言ったんだよ。あれ、嘘だったの？」

甘く詰《なじ》られ、ううう、とクロエは泣き声をもらす。

「いいよね、クロエ？」

「……はい」

「ありがとう……愛してるよ、クロエ……」

やさしげな囁《ささや》きが響き、それから、容赦のない律動が始まった。

ぎしぎしと寝台《しんだい》が軋んだ音を立てる。

喘ぎ声を抑えられていたのは最初だけで、気付けばクロエは、あられもない嬌声を響かせていた。

「ひっ、ぅう、ふぁ、ああっ、やぁぁっ」

ぱちぱちと腰を打ちつけられるたびに、リンクスの指で甘い痺れを覚えた場所をかきむしられ、脳裏に火花が飛ぶような快感が、クロエの喉と背を震わせる。

ぐじゅぐじゅと響く粘ついた水音も羞恥を煽《あお》り、泣きたいような快感へと結びついて、クロエを追いつめていく。

「だめ、っ、まって、っ、ううぅっ」

やがて、何度目かわからない絶頂に襲われ、がくがくと身体が跳ねる。

それでもとまらない律動に、クロエは甘く泣き叫んだ。

その声に煽《あお》られたように、リンクスが息を荒らげ、腰の動きを速める。

「やっ、やぁ、も、むり、むりで——っ」

もがく身体を抱きすくめられて、首すじに吐息を感じて。

「〜〜っ」

クロエのうなじにリンクスの犬歯が突きたてられた。

甘噛みと呼ぶには強すぎる——食われる——そう感じさせる痛みと衝撃に視界が滲み、ボロボロと涙がこぼれる。

けれど直後、ずんと奥を突かれ、リンクスが呻きをこぼし身を震わせたところで、あぁ、とクロエは思いいたった。

——猫だから。

猫は雄が雌の首を噛む。雌を孕ませるために。

理解した瞬間、痛みは甘い疼《うず》きへと塗りかえられた。

背すじを喜悦が貫く。ぎゅっと目を閉じると、まばゆい光、白い絶頂がクロエを満たした。

――もう、終わりよね。

さすがに次はないだろう。敷き布にくずおれ、クロエは思った。いや、願った。どうか、もう今夜はこれで仕舞いにしてほしいと。

心の中で祈るクロエの首すじを、ざらついたリンクスの舌が愛おしげになぞる。

その淡い刺激さえ、いや、淡い刺激だからこそ、今のクロエには甘美な拷問のようだった。

いまだ奥深く入りこんだままのリンクスの雄は確かなままで、じりじりとそこにあるだけで炙《あぶ》るような快感を与えつづけている。

「……ねぇ、クロエ」

耳たぶをくすぐる声は、とろりと熱を帯びていて、ひ、とクロエは身をすくめた。

「……な、なぁに、リンクス」

「猫って、何回も交尾するだろう?」

「そう、なの?」

「うん。でも、普通の雄猫はさ、三回目くらいから精液の中に子種がなくなって、そこからはもう出がらしになるんだよ」

「……そうなのですか？」

「うん。……でも、俺は違うから」

甘い甘い声でリンクスは宣言した。

「三回でも四回でも、ちゃんと子種を注いで、たくさん噛んで、クロエを孕ませてあげるから……安心して」

くすり、と笑ったリンクスに鼻先を首すじにすりつけられて、ひい、とクロエは泣き声を上げる。

安心できる要素がどこにあるというのか。

――無理。もう無理よ……！

伸《の》しかかる屈強な身体の下から逃れようとクロエは手を伸ばし、その手をつかまれ、敷き布へと縫いとめられる。

「クロエ、今さら逃げないで。もう無理だから、捨てないで」

乞いながら脅しつけるような声音にクロエは瞳を潤ませ、また小さく身を震わせて、気付けば、ポツリと呟いていた。

「……助けて」

その言葉に深い意味があったわけではない。これから襲いくる未曽有《みぞう》の快楽に怯えた心がこぼした、ただの情けない独り言だったのだ。けれど。

呟いた瞬間、つかまれた手首に微かな痛みが走った。

「っ、リンクス？」

「……クロエ、誰に助けを求めているの？」

「え、っ、ぁあっ」

ぐちゅりと奥を押され、クロエは息を喘がせる。

とめる間もなく小刻みな抜きさしが始まり、頭が蕩《とろ》かされていく。

「あ、あ、リンクス、まって、まってぇ……！」

「ねぇ、クロエ、助けなら俺に求めて」

熱のこもった声が、クロエの耳元で響く。

「俺、クロエのためなら何でもできるよ。クロエを救うのは俺がいい。これからはクロエの心も身体も、全部俺が守りたい。だから――」

ふ、と言葉を切り、リンクスは続けた。

「俺を求めてくれ」

だから――の後に彼が呑みこんだ言葉に思いあたって、クロエは身を震わせた。

きっとリンクスは言いたかったのだ。

偉大なる主などではなく、自分を求めてくれと。
――なんと、傲慢《ごうまん》な。
ぐるりとクロエの胸に複雑な感情が渦《うず》まいて、ふふ、と笑みになってこぼれる。
――仕方がないわね、猫だもの。
クロエは諦めに似た愛しさを覚えた。
猫は自由な生き物だ。自由で傲慢《ごうまん》で、だからこそ愛おしい。
「クロエ」
促す声に、クロエは答えた。
「ええ、リンクス、あなたがいいわ」と。
クロエは、主よりも、猫を選んだ。
けれど、その後すぐに、自分の選択を泣きながら悔やむはめになるのだった。
ぐるる、と満足げに喉を鳴らした傲慢《ごうまん》な獣に、一晩かけて貪《むさぼ》られながら。

エピローグ　獣は主に祈らない

初夏の夜明け、小さな教会の前に四頭立ての馬車が停まった。

客車の扉がひらく。青く澄んだ空気の中、するりと音もなく地面に降りたったのは、騎士服の上にフード付きの黒いマントを羽織った一人の青年――リンクスだ。

目深にかぶったフードから覗く、金緑石《クリソベリル》の瞳が、きょろりと辺りを見渡す。

そして周囲に人影がないことを確かめると、リンクスは蕩《とろ》けるような笑みを客車の中へと向けた。

「……行こう、クロエ」

伸ばされた手に手を重ね、クロエは「ええ」と頷いた。

一ケ月ぶりに訪れた教会は、クロエがリンクスと暮らしていたころと変わらないように見えた。

リンクスと揃いの外套《がいとう》の裾をなびかせ、クロエは懐かしい我が家を歩いてまわる。

教会堂の入り口の短い階段、行儀よく並んだ信徒用の長椅子、少し色あせてはいるが曇りのないステンドグラス。

奥の扉を裏手に抜けた先のハーブ園も、青々とした葉や淡い色彩の花々が咲きしげっている。

――よかった。

どこも丁寧に手入れをしてくれているのが感じられて、クロエは心から安堵した。

――ありがたいことだわ。

何度か様子を見に行ったリンクスから「問題ないよ」とは聞かされていたが、実際に見るまではどうしても不安が拭えなかったのだ。

いや、不安というよりも罪悪感だろうか。

あの日、主への誓いを捨てて、リンクスを選んでしまったことへの。

「……ね、言った通りだろう？　姉さんほどではないけれど、三人とも上手くやっているよ」

「そうね。本当に、ありがたいことです。信徒の皆さんのためにも……」

リンクスの話では、教会に通う信徒の多くは、クロエの処刑を肯定的に受けいれているそうだ。

というのも、「処刑は偽装で彼女は生きている。とある貴族に見初《みそ》められて結婚するため、別人になる必要があったのだ」と後任者が説明しているため、皆、クロエの幸運を喜んでいるらしい。

それほど大っぴらに「処刑は嘘だ」と言いふらしてしまっていいのだろうか。

クロエは話を聞いて思わず案じてしまった。

けれど、リンクスは「罪のない修道女を処刑したって噂されるよりも、身分違いの恋を応援するために偽装に協力したって噂されるほうが、ずっと陛下の印象が良くなるだろう？」と笑っていた。

「それに信徒の反乱なんて起きたら、殺されるのは信徒の皆のほうだからね」

さらりと告げられたクロエは、自分たちの恋路に巻きこんだ存在の大きさに震えたものだ。

どこか遠い目をしつつ、揺れるハーブを見つめていたクロエの肩にリンクスの手がかかる。

「……どう？　ちゃんとしていて、ホッとした？」

「はい」

「よかった。……あ、お茶を淹れてくれたみたいだよ」

リンクスは、すん、と鼻を蠢《うごめ》かせると、行こう、とクロエを抱きよせた。

教会堂の裏手に建つ小さな家へと入り、居間のテーブルに向かう。

クロエがリンクスの引いた椅子に腰を下ろすのと同時に、キッチンの扉がひらいた。

どこか危なっかしい手つきで木のトレーを運んできたのは、アンジェリーヌだった。

「……どうぞ」

「……ありがとうございます」

ことり、と置かれたティーカップに目を落とし、クロエは伸ばしかけた手をとめる。

大輪の青薔薇《ばら》が描かれ、金彩の縁取りが施された瀟洒《しょうしゃ》なカップは、初めて目にする品だった。

そろりと上げた視線が、クロエを見下ろす空色の瞳とぶつかる。

「……そうよ。屋敷から持ちだしたの。亡くなったお母様の形見よ。見逃してちょうだい」

「えっ、いいえ、見逃すなど！　どうぞ大切になさってください！」

慌ててかぶりを振った後、クロエは静かに目を伏せた。

「……私が言えたことでは、ありませんが……」

クロエのうかつな一言で、リンクスはアンジェリーヌの家を乗っとり、彼女を華やかなドレスの伯爵令嬢から黒衣の修道女へと変えたのだ。

「……ありがとう。でも、あなたが気に病むことではなくってよ！」

つんと細い顎をそらして、少女はクロエの同情を拒んだ。

「お父様は罪を犯したから罰を受けた。ただ、それだけのことですもの……！」

突きはなすように言いながら、アンジェリーヌの声は震えていた。

「……アンジェリーヌ様、本当にこの先、ずっと修道女として生きるつもりなのですか？」

クロエは問いかけた。

「……そうよ」

アンジェリーヌは頷き、そっと溜め息をついた。

「お父様は許されないことをした。貴族である前に、人として許されてはいけないようなことを」

何かを思いだしたのか、少女の整った顔がくしゃりと歪《ゆが》む。

「きっと私を見てお父様を……お父様の犠牲となった子供たち、仲間や家族を思いだす亜人もいるはずよ……私が逆の立場だったなら、許せない。顔を見れば殺したくなるわ……！」

ぶるりと身を震わせ、それから、アンジェリーヌはクロエに向かってぎこちなく微笑んだ。

「だから私はここで主にお仕えして、犠牲となった人々のために祈ります。お父様の代わりに……お父様のためにも……」

消えいりそうな呟きには、捨てきれない父親への愛情が滲んでいた。

アンジェリーヌの父である前フローマン伯爵が何をしたのか、クロエは詳細を知らない。

リンクスに尋ねたが「自分の楽しみのために、たくさんの亜人を嬲《なぶ》り殺したんだ」と答えたきり、その中身は、決して教えてくれなかった。

その罪は年若いアンジェリーヌが生涯をかけて、赦《ゆる》しを乞わねばならないものなのだろうか。

罪を犯したのは彼女ではなく、彼女の父親だというのに。

何かを言ってあげたくて、クロエはアンジェリーヌと見つめあい――そっと目を伏せた。

「……そうですか、わかりました」

彼女には償《つぐな》いが必要なのだ。

誰かに赦《ゆる》されるためだけでなく、彼女自身の心が救われるために。

「あなたの未来に、主の御加護と……赦《ゆる》しがありますように」

クロエの言葉に少女は目を見ひらき、またたく間に透明な滴がふくれあがった。ころりと一粒こぼれたら、それはとまらぬ流れとなっていき、やがて、うっく、としゃくりあげ、アンジェリーヌは泣きだしてしまった。

慌てて立ちあがったクロエが声をかけるよりも早く——

「——あらあら大変」

会話の間、幼い少女と並んでアンジェリーヌの背後に控えていた婦人が進みでて、泣きじゃくるアンジェリーヌの肩を抱きよせた。

「アキレ……っ」

小柄ながら肉付きの良い胸に縋《すが》りつき、すすり泣く少女の背を、アキレと呼ばれた修道女はやさしくやさしく、とんとん、と叩く。

「……大丈夫ですよ。私たちがついています。アンジェリーヌ様が立派な修道女におなりになって、主にお仕えできますよう、ずっとそばでお支えしますから」

にっこりと細められた婦人の目はイチゴジャムのように赤い。

フードに隠されて見えないが、その耳は白く長く、やわらかな被毛に覆われているはずだ。

アキレとトレフル。ウサギの亜人である母娘は違法な取引で奴隷におとされ、引きはなされて、再び出会える日まで、ずいぶんと辛い思いをしたと聞いている。

――きっと、人間を憎むこともあったでしょうに。

それでも、アンジェリーヌを見つめるアキレの瞳は穏やかで温かい。

――なんと、慈悲深いのかしら。

ほう、と感嘆の溜め息をついたところで「クロエ様」とアキレに呼ばれ、クロエはサッと背すじを伸ばした。

「はい！」

「私たちはリンクス様とビジュー様に救っていただきました……夫は間に合いませんでしたが……それでも、たった一人授かった大切な娘と、また一緒に暮らせるようになりました。どれほど感謝してもしきれません」

そう言って、ウサギの婦人は、ちょこちょこと走りよってきた娘の頭を愛おしげに撫でた。

「ですから、せめてもの恩返しに、クロエ様が大切にしていらしたこの教会を、アンジェリーヌ様と一緒に御守りしていきたいと思っています」

「……ありがとうございます。どうか、よろしくお願いいたします」

感謝と敬意をこめて、クロエは深々と頭を下げた。

これほど素晴らしい人が引きついでくれるのならば、安心して任せられる。

——リンクスのおかげね。

クロエはホッと息をついて振りかえり、会話を見守っていたリンクスに感謝をこめて微笑みかけた。

「——待たせてごめんなさい。では、行きましょうか」

教会堂の祭壇の前、祈りに組んだ指をほどき、クロエは立ちあがった。

あの後、泣きつかれて眠くなったのか、しょぼしょぼと目を細めるアンジェリーヌの肩を抱いて、アキレ親子は去っていった。

残されたクロエとリンクスは、お茶を飲みおえ、ティーカップを洗ってから教会堂に移った。

またしばらくは来られない。だから伯爵家の屋敷に帰る前に、祈っておきたかったのだ。

主に仕える修道女ではなく、一人の信徒として。

「……うん、行こうか」

微笑むリンクスの差しだした手に手を重ねると、そっと握られる。

ざらりとした硬い感触に、クロエの胸に温かなものが広がった。

出会ったころは痩せて小さかった少年の手は、今ではクロエの手をすっぽりと包めるほどに大きい。剣を握る男の手だ。

――本当に、大きくなったのね。

クロエを見上げていた金緑石《クリソベリル》の瞳は、今は太陽のように高く輝き、こちらを見下ろしている。

ニセモノ姉弟として始まったクロエとリンクス。

血の繋がりもなく、互いの過去もろくに知らず、ぎこちない探り探りの日々を積みあげて。

やがて、ニセモノなりに、絆《きずな》は形となって。

九年のときを経て、ようやく、ホンモノになることができた。

姉弟ではなく、夫婦として。

「……クロエ」

「どうしたの、リンクス」

「ええと……また祈りたくなったら、いつでも言って。朝でも夜でも、すぐここに連れてくるから」

「え？　ええ、ありがとう」

戸惑うクロエをまっすぐに見つめ、リンクスは告げた。

「クロエの願いは何だって叶えてみせる。この教会にいたときより、ずっと幸せにするよ。約束する……だから、ずっと俺のそばにいて」

「……リンクス」

クロエは彼の頭上に目を向け、何かを警戒するようにピンと立った三角耳を見つけて、ふわりと頬をゆるめた。

きっと、古巣を訪れて懐かしんだクロエが「ここに残りたい」と言いだすのではないかと、心配になったのだろう。

もう既にクロエは選んだというのに。主よりも彼を。今さら、迷ったりなどしない。

「……ええ、リンクス。ずっと、そばにいるわ」

そう口にしてから、これでは足りないと思いなおす。

「私も、あなたのそばにいたい。ずっと、死が二人を分かつまで、あなたの隣にいさせてください」

クロエの言葉に、リンクスは糸のように目を細め、ぐるる、と喉を鳴らして頷いた。

「わかった。ずっと、死んでも、クロエを放さない」

つかまれた手をグイと引かれ、クロエはリンクスの胸に飛びこんだ。

背に回った逞《たくま》しい腕が、強固な枷《かせ》のようにクロエを捕らえる。

その息苦しささえ、今は愛おしく感じられた。

彼の背に手を回し、想いをこめて抱きかえして。

髪にふれる唇の感触に、そっと目蓋《まぶた》を閉じれば、クロエの耳に甘い甘い囁《ささや》きが落ちてきた。

「愛しているよ。俺のおひさま」と。

＊＊＊

「――前フローマン伯爵の娘は息災でしたか」

王城の一室。王配の執務室でかけられたサンティエ侯爵の問いに、リンクスは頷いた。

「はい。アキレがしっかり見張っています」

「そうですか」

さして興味もなさそうに頷いて、侯爵は手にした書状へと視線を戻した。

アキレの夫は哀れにも、アンジェリーヌの父と友人の下劣な戯《たわむ》れで命を落とした。

アキレのアンジェリーヌへの献身。あれは慈悲ではない。

復讐だ。

ウサギの亜人の繁殖にかける執念は、亜人の中でも群を抜き、人間の何十倍も強い。

あの種族にとって、一番の罰は繁殖を禁じられること。

だから、アキレはアンジェリーヌの血を後世に残させないため、修道女として生きる彼女を支えていくと決めたのだ。

――まぁ、でも、ウサギは、絆《ほだ》されやすいからなぁ。

七代祟《たた》ると言われる猫ほど、彼らは執念深くない。

形だけでも娘同然に接しつづけていれば、いつか赦《ゆる》し、本当の母娘のような愛情が芽生えるかもしれない。

――まぁ、なるようになるか。

もともとリンクスは、アンジェリーヌがどうなろうと大して興味がなかった。

彼女は何も知らなかったかもしれないが、庇護する親鳥を失った雛《ひな》は、獣に食われるのが自然の摂理だ。

それでも彼女を助けるために動いたのは、クロエが彼女と会ってしまったから。

――絶対、気にするもんなぁ。

アンジェリーヌの行く末を気に病むようなことがあっては可哀想だ。

だから、憂いなくクロエに伯爵夫人となってもらうため、リンクスはアンジェリーヌを救うことにしたのだ。

やがて書状を読みおえたサンティエ侯爵が執務机から立ちあがり、そのうちの一枚をリンクスに差しだした。

「――これは？」

「王都のさる教会の地下に、親愛なる女王陛下への反乱を企《くわだ》てる輩《やから》が夜な夜な集まっている、という密告です」

「へえ、まだいるんですね」

「始末してきてください」

「御意《ぎょい》」

さらりと下された命に頷き、書状を受けとって文面をなぞったリンクスは微かに眉を顰《ひそ》めた。

「……首謀者は元教父か。クロエには教えたくないな」

「面識はないと思いますよ。外から来た教父ですから」

「外の教会が送りこんできたんですか？」

アンソレイユ外部の教会は、亜人の人権を公式に認めていない。昔も、今も変わらず。

ゆえに、九年前、フェドフルラージュ女王が即位し、亜人に市民権が与えられた際に衝突が起きた。

家畜や獣に等しい亜人が教会に出入りし、あまつさえ修道女や教父として主に仕えるなど、偉大なる主への冒涜《ぼうとく》だ――と、亜人を受けいれた女王を強く非難したのだ。

妻を妄愛するサンティエ侯爵は、それを許さなかった。

アンソレイユの教会は彼らと袂《たもと》を分かつこととなり――というよりも自ら絶縁状を叩きつけ、この国独自のものとなったのだ。

以来、外部の教会との対立は続いていたのだが――

「いいえ。彼らに追いだされたのでしょう」

侯爵は、ゆるりとかぶりを振った。

「彼らも度重なる失敗を経て、『何もしなければ何もされない』と、ようやく理解したようですから」

「そうですか。ずいぶんと遅かったですね。おかげで俺はたんまりと褒美をもらえましたが」

蜘蛛《くも》の糸が張りめぐらされ、闇夜に獣がうろつくこの国で、人間が何かを企《たくら》むのは難しい。

署名のない密書も秘密裏《ひみつり》の集会も、たちまち嗅ぎつけられ、反逆者たちは獣や虫の餌《えさ》となる。

「そうですね。よく働いてくれました」

さして感慨のない声で労《ねぎら》われたリンクスは「光栄です」と同じような口調で返し、さっさと書状に視線を戻した。

不敬とも呼べる態度だが、サンティエ侯爵は咎《とが》めない。形だけの敬意など、彼にとって何の価値もないのだ。

彼が望むのは、愛しい女王の幸福だけ。

以前、リンクスは侯爵から言われたことがある。

「私は、陛下が朝目覚めてから眠りに落ちるまで間断《かんだん》なく、いえ、その命が尽きるときまで幸福でありつづけてほしい。陛下の幸福を守るのが私の使命なのです」と。

彼は女王が把握しているよりも、その十倍、数十倍の人間を彼女のために屠《ほふ》っている。

そのことで、彼女を「自らの手を汚さない、甘ったれたお飾りの女王」と馬鹿にする者もいる――いや、いたが、それの何が悪いとリンクスは思う。

愛する人を「一番美しく清らかで幸せな場所に置いておきたい」と思うのは当然のことだ。

自分と同じように手を汚し、この世の穢《けが》れや苦しみを知ってほしいなどと微塵《みじん》も思わない。

「……殿下。でもこれ、俺よりもビジュー伯爵向きじゃないですか？」

書類に記された密会参加者のリストを視線でなぞり、リンクスは首を傾げる。

「だって、集まっているのは血気盛んな男たちでしょう？」

良い苗床になりそうなのに——と笑うリンクスに、サンティエ侯爵は静かにかぶりを振った。

「今は足りているそうです」

「え？　ああ、そうでしたね」

あの男爵領の使用人たちは、ビジュー伯爵にもリンクスと同じような歓迎をしたそうで、彼女の怒りを買い、罰として子育てをさせられているらしい。

庭師を含めた何人かの善良な人間を除いて、男は苗床、女は乳母となって。

今度、夫婦で遊びに来いと誘われているが、絶対に行かないつもりだ。

「わかりました。責任を持って狩ってきます」

そう侯爵に告げながら書類をめくって、決起を呼びかけるビラに目を留め、リンクスはひょいと片眉を上げる。

「……へえ、『偉大なる主への祈りを、虫けらと獣から取りかえそう!』ですか。祈りなんて、奪えるようなものでもないでしょうに」

女王は、この国の人間が祈ることを禁じたわけではない。

祈りたければ好きに祈ればいいのだ。

「ええ。ですが、理屈ではありません。彼らにとって主への祈りは人間だけに許された高尚な行為、一種のナワバリのようなものなのでしょう」

「自分のナワバリに異物が入るのが許せないと?」

「ええ」

サンティエ侯爵は、さらりと頷き、静かに説《と》いた。

「人間は肉体的に亜人より劣る分、そういった精神的な特権を後生大事にするのでしょう」

「……いるかどうかもわからない存在への祈りが、大した特権になるとも思えませんがね」

リンクスの言葉に、サンティエ侯爵は、おや、と首を傾げた。

「クロエを妻に迎えたというのに、相変わらずその『いるかどうかもわからない存在』に嫉妬をしているのですか?」

からかうでもなく淡々と問われ、リンクスは、む、と眉を顰《ひそ》める。

「……していません。だって、今のクロエの愛は俺のものですから」

「だが、祈りは違う。それが腹立たしいのでしょう？」

ちくりと刺され、リンクスは黙りこんだ。

祭壇の前に跪《ひざまず》き、祈りを捧げていたクロエの姿が頭を過《よぎ》る。

祈るクロエは美しい。

けれど彼女が祈っているその瞬間、クロエの心を占めている存在はリンクスではないのだ。

「いるかどうかもわからない存在に祈るよりも、形あるものを崇《あが》めるほうが、ずっと豊かになれるのに……！」

ぎりりとリンクスが歯噛みしながら呟くと、サンティエ侯爵は「形あるものですか」と首を傾げた。

「そうです。たとえば豚とか。誠心誠意、愛をこめて仕えれば、ベーコンになって腹を満たしてくれますよ」

「ほう」

「あるいは猫とか」

「ようは自分が愛されたいだけでしょう」

「はい」

迷いも恥じらいもなく頷いたリンクスに、サンティエ侯爵は静かに首を横に振った。

「猫とは面倒な生き物ですね。あなたも何かに祈ってみてはどうですか。心が晴れて、妄執《もうしゅう》を捨てられるかもしれませんよ」

「それならば、祈りが必要なのは王配殿下《あなた》のほうでは？」

「私に捨てるべき妄執《もうしゅう》などありません」

「……さようでございますか」

女王への妄執《もうしゅう》の塊《かたまり》である彼の言葉に肩をすくめたところで、リンクスは遠くから駆けてくる足音を耳にした。

ピクリと三角耳が揺れ、それに気付いたサンティエ侯爵も執務室の扉へと目を向ける。

――この音は……プレジール殿下かな？

やがて侯爵の表情がわずかに和らぎ、予想が正解だと教えてくれた。

「ヴナンおじーさま！」

扉がひらき、転がるように駆けてきた小さな身体が、サンティエ侯爵の膝にとりつく。

「……プレジール、ジョワイユはどうしたのですか」

「かあさまは、とおさまのおいのりを、おてつだいです！」

「そうですか。オスカーは相変わらず祈るのが好きですね。人間にとっては大切な時間です。邪魔をしてはいけませんよ」

「はい！」

「良い子ですね。ビスケットを焼いてあげますから、陛下と一緒に食べましょう」

「はいっ！」

フェドフルラージュ女王の娘であるジョワイユと、かつての王太子オスカーとの間に生まれたプレジールは、今年、五つになる。

タンポポの綿毛のような淡い金の髪にサファイアの瞳を持つ、世にも愛らしい少年は、生まれおちたその日から次代の王となることが決められていた。

亜人の血が混じったとはいえ、正当な前王家の血すじということで、表立って不満を口にする者は、この国には、もういない。

プレジールの十五の誕生日に女王は退位し、彼が若き王となる。

女王——というよりもサンティエ侯爵の意向で——女公爵の地位を与えられたジョワイユが後見人となり、女王と侯爵は孫と娘を陰から見守っていくそうだ。

——あと十年か。

リンクスは、興味深げなまなざしを次の主人となるプレジールへと向ける。

——どれくらい、大きくなるかな。

彼に流れる亜人の血は、サンティエ侯爵よりもずっと薄い。

ぷくぷくとした蒸しパンのような白い腕は、人間と同じく二本しかない。

ただその頭には、ちょこんと一対、蜘蛛《くも》の触肢《しょくし》が生えていた。

カニのはさみとアスパラガスをミックスしたような可愛らしい形状だが、その先端のふくらみは蜘蛛《くも》の雄の象徴なのだ。

「……では、プレジール。行きましょうか」

「はい！　おじーさま、てっ！」

「て？　ああ、手を繋ぎたいのですね」

差しだされた小さな手を、三対ある一番下の手でつかみ、サンティエ侯爵はリンクスの横を通りすぎた。

何の言葉もかけられなくとも、リンクスは腹など立てない。

自分の愛する者以外への関心が薄いだけで、彼に悪意がないことはわかっている。

虫の亜人とは、そういうものだ。

「ねぇ、おじーさま」

「何ですか、プレジール」

「どーして、おじーさまのてはろっぽんなのに、ぼくのは、にほんきりなのですか？」

「さぁ、どうしてでしょう。……私と陛下の間に生まれたジョワイユが四本ですから、二足す六の半分で四本ということです。だから、あなたは、ジョワイユとオスカーを足した半分の二本になったのかもしれませんね」

悪い冗談だな――とリンクスは笑った。

もっとも、サンティエ侯爵は真剣にそう思っているのかもしれないが。

九年前、子煩悩な親蜘蛛《ぐも》は、子蜘蛛《ぐも》が食べやすいようにと高貴な蝶の翅《はね》をむしり、子蜘蛛《ぐも》の前に差しだした。

翅《はね》をむしられた蝶は、蜘蛛《くも》の巣でもがきながら主に祈り、蜘蛛《くも》の慈悲に縋《すが》って生きるほかない。

――ジョワイユ様は、それで幸福なんだろうか……まあ、幸福なんだろうな。

愛した蝶がどのような姿になっても、子蜘蛛《ぐも》の愛情は変わらなかった。

愛する雄を愛《め》で、子を生し、それなりに幸せだろう。

蝶のほうは、どうかわからないが。

――まぁ、虫の雄なんて、そんなものなんだろうが……俺は、嫌だなぁ。

リンクスは思う。雌雄《しゆう》、どちらかだけの幸福では足りないと。

自分も幸せになりたいが、クロエも幸せでいてほしい。

どちらかだけでは満たされない。

滾《たぎ》る欲にまかせて奪うだけならば、いつでもできた。

犯して、脅して、閉じこめて、孕ませて、自分だけのものにすることも。

けれど、リンクスがクロエに与えたかったのは、一緒に手にしたかったのは、花咲くひだまりのような、晴れ晴れと満ちたりた幸福だ。

――まぁ、ちょっと初夜は、やさしくできなかったけど……。

あの翌日、二人の睦言《むつごと》に聞き耳を立てていたウサギや馬の亜人の兵から、散々に詰《なじ》られた。

もっと雌の負担を考えろ――と。

だが、あれはクロエが悪いのだ。

怖くてたまらないくせに、笑って受けいれようとするから。

――姉《クロエ》さんのああいうところ、一番好きで……一番イライラする。

出会ったときから、そうだった。

九年前、瓦礫の前で、クロエは指笛で呼びよせた亜人に殺されるかもしれないと怯えていた。

あれほど濃ゆい恐怖の匂いを滲ませながら、あれほど美しく微笑めるなんて。

何なんだこいつは——と腹が立って、そして、胸がかきむしられるような愛しさを覚えた。

——ちょろい初恋だ。

あのころのリンクスにとって、人間とは本能が壊れた、欲深く、醜《みにく》く小狡《こずる》い肉の塊《かたまり》だった。

けれど、クロエは違った。

誰かのために、笑って自分を犠牲にできてしまう美しき愚か者。

——ホント、損な性格だよな。

だから、リンクスは思ったのだ。

自分を守らないこの人を、俺が守ってやりたい——と。

もっとも、繁殖相手として意識しはじめたのは、もう少し後になってのことだが。

だからこそ、最初に姉と偽ったことを後悔し、苦しんだ夜もあった。

今となっては、微笑ましい苦しみだが。

——だってもう、姉さんじゃない。

今のクロエはリンクスの妻で、リンクスはクロエの夫だ。

誰に——いるかいないかわからない主になど——誓いを立てずとも、生涯クロエを妻として愛しぬく。

一片の憂いも悔いもなく、愛したいし、愛されたい。死ぬまで、死んでからも、永遠に。

それがリンクスの望みだった。

「ふうん。よんほんあったら、とおさまにおいのりするて、わけてあげられたのになぁ」

「そうですか。残念でしたね。では、代わりに祈ってさしあげるといいですよ。きっとジョワイユは喜びますから」

「うん！　たくさんいのります！　……あ、ねこさんは、にほん！」

ふわふわの髪をなびかせ、ぴょこりと振りむいたプレジールが、ピッとリンクスに指を向けた。

「はい、二本です」

リンクスは頷き、ひらひらと手を振ってみせた。

幼体は可愛い。早くクロエに宿したいと思いながら。

「おそろいだね！」

花咲くように笑った少年の犬歯は、鋭く尖り、確かな亜人の血を感じさせる。

きっと、彼は強き王となるだろう。

リンクスは「光栄に存じます」と笑みを返した。

「プレジール。人間の常識では、相手を指さすのは行儀の悪い行為とされています。猫には構いませんが、人間にしてはいけませんよ」

「はい、おじーさま！　ねこさん、ばいばい！」

ぶんぶんと手を振る少年に手を振りかえして、リンクスは大小二つの背中を見送った。

「……さてと、俺も帰ろう」

ポツリと呟き、手にした書状をくるくると丸めながら、ふと疑問が浮かぶ。

——殿下、たくさん祈るって、何に祈るんだろう。

プレジールの父であるオスカーは、毎朝毎晩、城の礼拝堂でジョワイユに抱えられながら、主に祈りを捧げているという。

どれほど祈ったところで、返ってくるものなどありはしないだろうに。

おそらく、祈りそのものが彼の救いとなっているのだろう。

——人間ならではだな。

リンクスは——獣は主に祈らない。

祈りで飢えは満たされない。虫や獣が信じるものは、己の力と群れだけだ。

サンティエ侯爵もそうだろう。娘のジョワイユもそうだ。

では、プレジールはどうだろう。亜人であり、人間である彼は何を信じ、何に祈るのか。

ふむ、と考えこんでみる。

けれど、すぐにリンクスの興味はプレジールから失われ、自分へと移った。

——俺だったら、何に祈るかな。

どうせならば、好きなものに祈りたい。

たとえば、世界中の丸みに。あるいは、さんさんと降りそそぐ陽ざしに。

そうして、頭に浮かんだのはクロエの顔だった。

うん、と頷き、祈りの文句も考えてみる。

——おお、偉大なるクロエ、俺のおひさまよ！　永遠の祈りを捧げます！　ですから、どうか愛という御加護を！

なんてな、と心の内で呟き、くっくと喉で笑う。

それから書状をふところにしまいこむと、リンクスは「うーん」と一つ伸びをした。

「……さてと、今日はどうしようかな」

こきりと首を傾げて考える。クロエへの今日の土産は何にしようかと。

リンクスにとって、芝居がかった台詞や祈りよりも、一粒のドラジェや一個のオレンジのほうが、ずっと価値がある。

獣の雄は目に見える愛を運ぶものだ。雌の愛を乞うために。

偉大なる主の愛は心の足しにしかならないが、獣であるリンクスの愛は違う。

心だけでなく、クロエの身体まで満たすものだ。

「だから早く、祈りなんか忘れて、俺に溺れきってくれればいいのに！」

いるかどうかもわからぬ主の愛よりも、リンクスの愛のほうが、ずっとクロエを幸せにできるのだと早く気付いて、思いしってほしい。

などと何とも不遜《ふそん》な願いを呟いて、ぐるりと楽しげに喉を鳴らすと、リンクスは足を動かした。

執務室を出て、まっすぐに伸びた王城の廊下をしなやかな歩みで進んでいく。

「――あ、そうだ。今日はティーポットにしよう！」

城内から回廊に出たところで、ひらめく。

ころりと丸いガラスのポット。クロエの摘んだハーブでお茶を淹れて、一緒に飲もう。

オレンジを入れてフルーツティーにしてもいい。なかなかの名案だ。

「クロエ、喜んでくれるといいなぁ」

ぐるる、と喉を鳴らして、リンクスは目を細める。

それから、初夏の夕暮れ。
茜色の陽ざしを浴びながら、足取りを弾ませ、家路を急いだ。
愛する妻の笑顔を、ぴょこぴょこと揺れる三角耳の間に思いうかべながら。

蜘蛛《くも》に食われた王女様

プロローグ　おはようからおはようまで。

近衛槍騎士《このえやり》であるヴナンの朝は早い。

というよりも、朝だの夜だのという区切りが彼の仕事にはない。

年が明けてから暮れるまで一日も休むことなく、「おはようからおやすみ」どころか「おはようからおはよう」まで、いつでも愛する主《あるじ》——シエルカルム王国第三王女、フェドフルラージュを柱や庭木の陰から見守っている。

前任者であるヴナンの父が外遊中の王女を狙った刺客《しかく》の凶刃に倒れ、まだ少年だった彼が跡を継いでから十年間。一日も欠かすことなく。

あまりにもそばにいすぎるために、フェドフルラージュの肖像画にも、背景の一部として描かれているほどだ。

ちょこんと椅子に腰かけて微笑む、ふわふわした金色巻き毛の可憐な姫君の背後、ひっそりと扉から顔を覗かせる、長身痩躯《ちょうしんそうく》の影男として——

おはようからおはようまで見守っているのなら、いったいいつ寝ているのか。

おはようからおやすみまでの近衛《このえ》として、ヴナンを補佐する同僚たちも常々疑問に思っているが、あえて尋ねる勇気がある者はいない。

「昼の間、ときおり目を閉じて動かなくなることがあるので、おそらくそのときに睡眠をとっているのだろう」という説が今のところ有力である。

蜘蛛《くも》の血が混じった亜人である彼は、ひ弱な人間のようにまとまった睡眠や休息を必要としないのだ。

いつも、いつの間にか身支度を整え、いつの間にか食事を済ませて、漆黒のマントと灰褐色の髪をなびかせ、端整な顔を隠すように目深にかぶったフードの下からフェドフルラージュを見つめている。

いつ、いかなるときでも、彼女の一挙手一投足を見逃さないように。

花ひらくように、日に日に美しくなる愛しい主《あるじ》の姿を、その網膜にやきつけ、脳裏に刻みつけようとするように。

夜の闇を煮詰めたような瞳で、ジッと見つめている。

その至高の時間を邪魔する者――王女に近付く不逞《ふてい》の輩《やから》――があれば、たちまち漆黒のマントが翻《ひるがえ》り、愚かな罪人は六本の槍《やり》に貫かれ、八つ裂きにされるのだ。

決して盤石《ばんじやく》とは言えない、小さな国の小さな姫君であるフェドフルラージュの暮らしは、一人の献身的な変質者《忠実なる騎士》によって守られ、温かな幸福に満ちていた。

隣国の王子との婚約話が持ちあがるまでは――

第一章　美しい日向の生き物

——美しい男だな。

初夏の午後、光さす王城の庭園。見上げるほど高い生垣で作られた迷路の入り口。紅い蔓薔薇《つるばら》が巻きつく新緑のアーチを背にして立つ、隣国の王太子を目にしたヴァナンはまず、そう思った。

脳裏に浮かんだのはキアゲハ。

太陽が輝く蒼天を映したような黄金の髪に青い瞳。柳の木を思わせるスラリとしなやかな身体。

惜しみなく金も手間もかけられた上質な生き物だと、そう感じた。

こそこそと夜闇に紛れ、物陰を這いまわる蜘蛛《くも》——立ち木の陰から見つめる自分のような生き物——とは違い、咲きほこる花と同じ、美しい日向の生き物だと。

——だが……

主《あるじ》たるフェドフルラージュへと目を向け、ヴァナンは、ふむ、と誰にともなく頷く。

――姫様のほうが何百倍も美しい。

まさしく、花の妖精《フェドフルラージュ》だ。

林檎の花びらを思わせる、純白に一滴の紅を混ぜたような、すべらかで滑らかな肌。淡い金色の巻き毛は春風に揺れるタンポポの綿毛のように愛らしく、大きな青の瞳は淹れたてのブルーマロウのように深く青く透きとおっている。

――吸いこまれそうな至高の青だ。

父の訃報《ふほう》を受けて初めてフェドフルラージュの前に膝をつき、彼女の騎士となったとき。

亡き父の働きを称《たた》え、涙を堪《こら》えて胸を張り、小さな両の手で長剣を持ちあげる少女を見つめながら、ヴナンは思ったものだ。

ああ、これほど美しいもののために死ねたのならば、さぞ幸福な最期《さいご》だっただろう――と。

日陰の虫けらにはすぎた名誉だ。そう思うと同時に願った。

私も父と同じように、幸福な最期《さいご》を迎えたい――と。

その思いは十年間、色あせることなく、今もヴナンの胸に燃えつづけている。

「……あ」

向けられる視線に気付いたのか、ふわりとフェドフルラージュの髪が揺れ、ひたりと二人の視線がぶつかった。

――本当に、美しい。私が羽虫ならば、あの澄んだ青色に落ちて溺れてしまいたい。

何千回目かのくだらぬ願望を心の中で呟きながら、ヴナンは目を伏せ、小さく頭を下げた。

「……それにしても、立派な庭園ですね。見てまわってもよろしいですか」

爽やかな青年の声が響く。

「ああ、もちろん」

落ちついた王の声が応える。

「フェドフルラージュ、案内してあげなさい。婿入りが決まれば、彼の庭にもなるのだから」

続いた言葉に、ヴナンは反射のように瞳を動かし、フェドフルラージュの顔を見た。

愛らしい美貌に過《よぎ》ったのは戸惑いと恐れ。一瞬で微笑みに覆いかくされた負の感情に、ヴナンは仄《ほの》暗い喜びを覚える。

――ああ、姫様は、この美しい男との婚礼を望んではいないのだ。

「……はい、ではまずは迷路を抜けて、薔薇《ばら》園からご案内いたしますわ」

どうぞ、と王子を促しながら、ちらりとフェドフルラージュの視線がヴナンを捉えた。ついてきてほしい、と言うのだろう。

言われるまでもない。当然のように足を踏みだそうとして——

「待て。ヴナンは行くな」

王の声に立ちどまった。

「お父様」

「フェドフルラージュ、もう子供ではないのだ。今日くらいは御守《おもり》なしで過ごしなさい」

「ですが……」

「大丈夫だ。殿下がついている。彼も優れた騎士だ。先月、彼の国で催《もよお》された宮廷馬上《きゅうていばじょう》槍試合《やりじあい》では見事優勝したそうだぞ」

王の言葉を聞き、ヴナンは王子の身体をザッと眺め、内心首を傾げる。

筋肉のつき方や身のこなしを見る限り、さほど腕が立つようには見えない。

優勝が実力によるものかは疑わしいところだ。

けれど、疑念を口に出すことなく、ヴナンは主《あるじ》の判断を待った。

「……それは、素晴らしいことですわね。殿下、おめでとうございます」

やわらかな笑みで王子を称《たた》えながら、フェドフルラージュの視線は緑の芝へと落ちていた。

「いやいや、大したことではありませんよ」

「殿下がいれば大丈夫だ。さあフェドフルラージュ、安心して行ってきなさい」

「……はい。ヴナン、行ってくるわね」

視線を上げた王女が薔薇《ばら》色の唇をほころばせ、くるりとドレスの裾を翻《ひるがえ》す。

ヴナンは愛しい主《あるじ》に視線を向けながらも、フェドフルラージュが自分に微笑みかけた瞬間、王子の目元が不快そうに引きつったのを見逃さなかった。

——よほど、私が気に入らないと見える。

王子は決してヴナンと視線を合わせようとはしない。

人間に似て人間ではない、醜《みにく》く歪《いびつ》な存在など、見ては目が穢《けが》れるとでも言うように。

つまるところ、亜人が嫌いなのだろう。ヴナンは王子の態度を失礼だとも不快だとも思わない。亜人は亜人だ。人間ではない。受けいれられない者がいても仕方がない。

ただ、仮にも自分の伴侶となるかもしれない相手の護衛なのだ。

——嫌いなら嫌いで、もう少し上手く隠せばいいものを。

決して視線を向けないが、こちらを強烈に意識しているのが伝わってくる。

いかにも王子然とした爽やかな美貌に似合わぬ、ナメクジめいた陰湿な悪意と共に。

「……では、二人きり、で行きましょうか、フェドフルラージュ王女」

ことさら爽やかに声を響かせた王子が、ヴァナンに背を向け、フェドフルラージュを追いかける。

「——はは、それほど不安がらずとも大丈夫ですよ。私は腕の数こそ二本しかありませんが、剣の腕は確かなつもりですから」

朗《ほが》らかな軽口に、フェドフルラージュの足がとまる。

「……そうですわね」

背を向けているため、ヴァナンから彼女の表情は見えない。

けれど、ドレスのスカートを摘まむ可憐な指先に、きゅっと力がこもるのがわかった。

ふ、と小さな吐息の後、愛らしい笑い声が響く。

「ふふ、城の中ならば賊に襲われる心配もありませんものね。ヴァナンがいなくとも安心ですわ！」

そう言って振りかえった王女は輝くような笑みを浮かべていた。

——おまえを当てになんてしていない。

世にも美しい笑顔で暗にそう告げられた王子が、どのような顔をしていたのか。

背を向けられていたヴァナンには知るよしもなかった。

「……王家の婚礼は国のためにするものだ。そこに愛だの恋だのという感傷的な要素は必要ない。男として少しばかり難があろうとも、国の役に立つのならば問題はないのだ」

若い二人が去った後。

残されたヴァナンは、同じく残された王が遠くを見つめて何やら語っているのを不審に思いながらも、特に声をかけずにいた。

「……突然何を語りだすのだこいつは、と思っているのだろう。だがな、ヴァナン。何も言われずともわかるぞ。おまえが、この婚礼に反対なのは」

「はい」と頷き、ヴァナンは空を見上げた。

少し雲が増えてきた。雨が降ってくるかもしれない。

――その前に、姫様を暖かな室内へお連れしなくては……

天を仰ぎ、フェドフルラージュを案じるヴァナンに視線を向け、王は深々と溜め息をついた。

「……そうか。……まあ、おまえが反対するのも無理はない。フェドフルラージュが嫌がっているからだろう？　だがな、ヴァナン。フェドフルラージュは王女だ。いつまでも自分が中心の美しい世界で守られているわけにはいかないのだ。ヴァナン、おまえがフェドフルラージュを案ずる気持ちはわかるが、過保護は良くないぞ。たとえ気の進まぬことでも、心を押しころしてでも国のために耐えねばならぬときがある。それが王族というものだ。民に支えられ王族はあるのだ。彼の国は貧しいが堅実で由緒ある国だ。他国からの信頼も厚い。我が国は豊かだが歴史は浅い。縁を結べば――」

滔々《とうとう》と続く王の演説に紛れるように、ふと、遠く微かな呼び声がヴナンの耳に届いた。

「ヴナン、どうした――おい、待て！」

制止の声など耳に入らなかった。踵《きびす》を返し、槍《やり》を大地に突きたて地を蹴る。

くるりと弧を描いて生垣の上に飛びのり、迷路の上を一直線に声のしたほうへと向かう。

生垣から飛びおり、風のごとく薔薇《ばら》園を駆けぬけ東屋《あずまや》を過ぎて、やがてヴナンが目にしたのは、男に肩をつかまれ、オランジェリーのガラス窓に背を押しつけられた愛しい主《あるじ》の姿。

可憐なドレスが肩から腕の半ばまで滑りおち、露わになった白い肌のまばゆさがヴナンの目を刺し、自制を吹き飛ばした。

「――え」

王子が振りむくより早く、音もなく距離を詰めたヴナンの手元で銀の輝きが翻《ひるがえ》った。

響く鈍い音。横殴りに槍《やり》の柄《つか》ではらわれた狼藉者《ろうぜきもの》の足が跳ねあがり、豪奢《ごうしゃ》な衣装に包まれた長身が頭から大地に叩きつけられる。

「っ、な──」

もがく獲物に飛びかかる蜘蛛《くも》の速さで、ヴァナンは王子の両の肩と肘をつかみ、がしりと頭を押さえつけると襟元から抜きだした針を獲物の首に潜《もぐ》りこませた。

ひゅ、と息を呑む音に続き不規則な痙攣《けいれん》、やがて、ぐたりと王子の身体から力が抜ける。じわりと鼻につく臭いが立ちのぼり、王子の下肢を見れば地面が色を変えていた。

──ずいぶんと効き目がいいな。

百合《ゆり》が犬よりも猫に致命的な毒となるように、同じ毒や薬でも効き目には個人差がある。効能が強く出る者とそうでない者。

王族の男であれば多少は毒物への耐性をつけているものと思ったが、体質のせいなのか、ヴァナンの毒は王子にとって「猫に百合《ゆり》」となったようだ。

──さすがに死なれては姫様が困る。

解毒をするべきか呼吸と脈を確かめていると、か細く震える声がヴァナンの頭上で響いた。

「……ヴァナン、こ、殺してしまったの？」

問われたヴァナンは顔を上げ、青褪《あおざ》めた主《あるじ》を慰《なぐさ》めるように首を横に振った。

「いいえ。足首の骨は折れたでしょうが、死ぬほどのことではありません。脈も呼吸も落ちついてきています。姫様が案ずる必要はございません」

「……そう。……ごめんなさい。私が我慢できずに、あなたを呼んだりしたせいで……きっと、彼が国へ帰ってから抗議がくるわ」

「我慢ができなかったのは、この男のほうでしょう。淑女に、一国の王女に対する礼を欠いた罪人に罰が下っただけです。姫様に責はございません」

この男が目を覚ましたら、図々しく抗議をすることなどできぬよう思いしらせてやらなくては。

口には出さずそう決めて立ちあがると、ヴァナンはフェドフルラージュへと向きなおった。

目が合い、ほんの少しだけ躊躇《ためら》って。

それからヴァナンは、生まれて初めて氷にふれようとする猫のように、そっと、そうっと手を伸ばし、主《あるじ》の肩から滑りおちていた袖を摘まむと、さっと目を伏せ、引きあげた。

「……ぁ、ありが、とう」

「……いえ」

恥じらいに揺れる声がヴナンの鼓膜をくすぐって、そのあまりの愛らしさに、ヴナンは胸の内で感謝の祈りを捧げた。

フェドフルラージュの存在と彼女の騎士でいられる、今、この奇跡のような幸福に。

その祈りに唱和するように、よどんだ空の高みで雷鳴が響いた。

「姫様、日が翳《かげ》ってまいりました。そろそろ、お部屋へ戻りましょう」

「そうね。……でも、このままというわけにも……」

ちらり、とフェドフルラージュの視線が足元の男へと向けられる。

ヴナンとしては「このまま夜露に濡れて頭を冷やせばいい」と思うところだが、心やさしい主《あるじ》の望みならば仕方ない。

転がる男の襟首をつかみ、無造作に引きずり起こす。

「では、まいりましょうか」

やわらかく微笑み、主《あるじ》を促して、ヴナンは歩きはじめた。

「……ヴナン、ヴナン。待って、引きずっているわよ」

「御心配なく。服が汚れるだけですから」

「そ、そうかしら」

「ええ。何も問題はございません」

ジャガイモの詰まった麻袋のように隣国の王子を引きずって歩いていると、向こうから今さらのように駆けてくる王の姿が見えた。

ヴナンと目が合うなりサッとそらし、王女を見て、それからヴナンが引きずっている物体へと目を向けて――フェドフルラージュと揃いの瞳が見ひらかれた。

「ヴナ――殺したのか？」

「ご安心を。殺してはおりません。足首が折れているだけです」

ヴナンの答えに王は「それのどこがっ」と言いかけて、口をつぐみ、「そうか」と肩を落とした。

「……お父様、あの、婚約のお話は……」

「フェドフルラージュ、わかっている。こうなってしまっては無理だろう」

「あ、申し訳――」

「恐れながら陛下。少しばかり自尊心を傷つけられたからとて、時間も場もわきまえず、衝動的に女性を襲うような浅はかな男が国の役に立つでしょうか。陛下がおっしゃるように、王族たるもの気の進まぬことでも、心を押しころして国のために耐えねばならぬときがあるのなら、己の矜持《きょうじ》を国益よりも重んじる者が王家に相応《ふさわ》しいとは到底思えません」

「……そうだな、わかっている。私も、彼がこれほどの愚か者だとは思わなかった。少しばかり軽薄だが優秀な男だと聞いていたのだが……仲人口は当てにならないものだな。フェドフルラージュ、おまえは何も悪くない。見る目のなかった私が悪いのだ……だからヴナン。そのような目で睨《にら》むのはよせ」

「睨《にら》んでなどおりません。見つめているだけです」

底光りする闇色の視線から逃れるように目をそらし、王はその日一番の深い溜め息をついた。

「……今度は、もう少し賢い男を見繕おう」

王の言葉にヴナンは冷ややかな視線と沈黙で応える。その背に隠れるようにして、フェドフルラージュがこぼした溜め息が、唸る雷鳴に紛れて消えていった。

その後、目を覚ました王子は毒によるショックのせいか、庭園で何が起こったのか記憶が朧《おぼろ》げな様子だった。

「足が痛い」と言う彼に、ヴナンが「蜂にでも刺されたのでしょう」と静かに告げれば、王子は腫れあがった足を抱えながら「あ、ああ。きっとそうだな」と青褪《あおざ》めた顔で頷いていた。

怯える様子をヴナンはしばらく眺めた後、これなら大丈夫だろうと頷くと、後の始末や説明を王に任せ、フェドフルラージュを部屋へと送りとどけることにした。

ばたん、と部屋の扉が閉まり、小さな影と軽い足音が寝台《しんだい》へと向かう。その後を大きな影が追う。こちらは足音も立てずに。

やがて、きしり、と寝台《しんだい》の軋む音が響く。

腰を下ろした敷き布をさらりと撫でて、フェドフルラージュが小さく溜め息をついた。

「姫様、お疲れになったでしょう。今、湯を――」

お持ちいたします――と続けようとした言葉が途切れる。

か細い指が、ヴナンのマントをつかんでいた。

「……姫様。針や投剣なども仕込んでおりますので、危のうございます。お放しください」

「ヴナン、座って」

「……はい」

マントをつかまれたまま、ヴナンは膝をついた。ちゃり、と響く金属音にヒヤリとする。

針もダガーもケースに収めているが、何かの拍子に留め金が外れることがないとも言いきれない。

身じろぎもせず、黙ってフェドフルラージュの動向を見守っていると、ひそやかな溜め息の後、可憐な声が響いた。

「ヴァン、フードをとって」

主《あるじ》の命にヴァンは少しだけ躊躇《ためら》って、それでも、逆らうことなくフードに手をかけ、ぱさりと後ろへ払いのけた。

主《あるじ》の長い睫毛《まつげ》がまたたいて、至高の青が自分の頭上へと向かい、ヴァンは静かに目を伏せる。

だらりと額に垂れた、くすんでうねる灰褐色の髪。

その隙間から牛の角のように伸びる一対の異物。

カニのはさみとアスパラガスの中間のような、節くれ立って、先端が丸くふくらんだそれは、触肢《しょくし》と呼ばれる蜘蛛《くも》の器官だ。

その異物を人目に晒すことをヴァンは好まなかった。

それは人ならざる虫けらの象徴であり、同時に生殖器官に近いものでもあったから。

「……姫様。あのようなことがあって、お疲れでしょう。湯を持ってまいりますので、本日はもう、どうぞお休みください」

ジッと注がれる無垢な視線に堪《た》えかねて、そう促せば、マントをつかむフェドフルラージュの手に力がこもった。

「姫様、どうか手を――」

「――ねえ、ヴナン。今日のことだけれど」

ヴナンの言葉を遮るようにフェドフルラージュが口をひらいた。

「私のこと、馬鹿な女だと思ったでしょう？」

予想外の問いに、ヴナンは意外なほどに長い睫毛《まつげ》をまたたかせた。

「私が？　姫様を？　まさか、そのようなこと」

「嘘。だって私のことでしょう？　己の矜持《きょうじ》を国益よりも重んじる者って」

「いえ、それは――」

「わかっているのよ。私が彼の自尊心を傷つけなければ、あんなことにはならなかった。でも――だって腹が立ったのだもの！　あの男、ヴナンを馬鹿にしたわ！　私の騎士を馬鹿にするなんて、許せない！」

怒りにまみれてもなお可憐な声がヴナンの鼓膜をくすぐり、胸を疼《うず》かせた。

「姫様」

「ほら、笑っているじゃない。やっぱり呆れているのでしょう」

「いえ。姫様は、本当におやさしい」

「やさしくないわ」

「いいえ、私のような者のために怒ってくださるのも泣いてくださるのも、姫様だけです」

薄い笑みを浮かべ、ヴナンはフェドフルラージュに語りかけた。

「ですが姫様、亜人は人ではありません。人ではないものが人に紛れていることを恐れ、厭《いと》う感情は人という種族として自然なものです。それを表に出すか出さないかの違いだけで、多かれ少なかれ、私のような存在にたいていの人間は負の感情を抱くものです」

「……だから、いちいち子供のように癇癪《かんしゃく》を起こすなと言いたいのね」

「いえ、そのようなことは」

「いいわよ。どうせ私は、ヴナンから見れば子供だものね」

拗《す》ねたような声音にヴナンは目を細める。

怒っていても笑っていても、フェドフルラージュは愛らしく美しい。

「……ところで、ねえ、ヴナン」

「はい、姫様」

「お父様は、次は、もう少し賢い男性を選ぶと言っていたわね」

「はい」

「……次が、あるのよね」

「……はい」

王家に生まれた健康な娘が、いつまでも未婚のままではいられない。

自身に課された義務を思ってか、あどけない美貌に憂いの色が浮かぶ。

「……ねえ、ヴナン」

「はい、姫様」

「あなたは……どのような男性が私にお似合いだと思う?」

「……そうですね」

彼女の伴侶となる男など想像したくもないが、フェドフルラージュは王女だ。

避けられない婚礼ならば、せめて彼女が幸せになれるような男と結ばれてほしい。

ジッと考え、やがて、ヴナンは口をひらいた。

「……姫様と並び立つのならば、姫様のように美しく聡明で心やさしい男が良いかと。

姫様と年頃の変わらぬ未熟な男よりも、姫様の悪戯《いたずら》や気まぐれも可愛らしいと受けいれられるような、多少は年上の情緒の安定した男が良いでしょうね。また、姫様は少しばかり寂しがりでいらっしゃいますから、陛下のように狩猟や外遊に熱心な外出好きで社交的な男は伴侶に向かないかもしれません。ああ、もちろん、姫様以外の女性に目を向けるような男は論外です。何年何十年でも変わらぬ愛を姫様に捧げられるような誠実な男でなくてはいけません。それから、あまり腕っぷしの弱い男では困りますが……まあ、姫様が伴侶に選んだ者ならば、姫様もろとも私が守りますので、そこはさほど重視しなくても構わないでしょう。ですから、武芸の腕や、家柄よりも、姫様が好ましく思える男かどうか、姫様を支え、守り、生涯にわたって愛しつづけられる男かどうかが肝要かと思います」

「……そんな人間、この世に存在するかしら」

みっちりと想いの詰まった熱弁を聞きおえて、フェドフルラージュは深々と溜め息をついた。

――いないだろうか。さほど難しい条件だとは思わないが。

ヴナンは首を傾げた。

長々と語ったが、要は「フェドフルラージュの幸福を何よりも優先し、彼女のために生きる男」というだけだ。

そのような簡単なことすらできない男を、フェドフルラージュの伴侶の座に就かせる気はない。

俯く主《あるじ》の花のかんばせを見つめ、ヴナンは決意を新たにする。

彼女を悩ませるような縁談は必ず潰そうと。

主《あるじ》の幸福を損ねるようなことは、誰であっても絶対に許さないと。

「……あ」

何かを思いついたように、フェドフルラージュが顔を上げた。

「ねえ、ヴナン」

「はい、姫様」

「あのね、今……その、思いついた、のだけれどね！」

少しだけ口ごもり、それから何かを振りきるようにフェドフルラージュの声が高まる。

「思いついた、ですか？」

「そうよ、思いついたの！」

何を、とヴナンが問う前に、フェドフルラージュは答えを叫んだ。

「結婚相手は！　あなたが良いんじゃないかって！」

「……はい？」

「だって！　ねえ、ヴナン、あなたならば条件にピッタリだもの！　そうでしょう？　どうかしら！　名案じゃない？」

ことさらに明るく問いかけるフェドフルラージュの笑みは、ひどく、ぎこちないものだった。

――ああ、無理をしていらっしゃる。

脳裏に過《よぎ》ってしまった幸福な幻想を振りはらい、ヴナンは苦い笑みを浮かべた。

「……姫様。こんな虫けらに頼ってまで、無理に夫の座を埋める必要などございません」

そうだ。日陰の虫けらが日向の花を望むなどおこがましい。夢は夢のままでいいのだ。

「そのような悲しい妥協はおやめください。姫様が望まぬ結婚などしたくないとおっしゃるのならば、私が何回でも何十回でも潰してさしあげますから。生涯を共に過ごしたいと思えるような相手を、姫様に相応《ふさわ》しい男を、ゆっくりとお選びください。姫様には、誰よりも幸福であってほしいのです。それが、何よりの私の願いです」

ゆったりとあやし諭すようなヴナンの言葉に、フェドフルラージュは何かを言いかえそうとして、そのまま口をつぐみ、しょんぼりと肩を落とした。

――厳しく言いすぎただろうか。

ヴナンが眉を顰《ひそ》めていると、ポツリと小さな声が響いた。

「……では、ヴナン、あなたはどうなの」

「どう、と言いますと」

「どなたかと……結婚を考えたり、なんてことはないのかしら」

予想だにしていなかった問いにヴナンは束の間戸惑った後、「ああ、なるほど」と言うように頷いた。

「……姫様、どうぞ御心配なく。騎士爵は一代限りですので、跡目の心配はございませんし、私は姫様よりも年は上ですが、少しばかり人間よりも頑丈に、生きる時間も長くできております。姫様が天に召されるその日まで、多少のガタがくることはあるかもしれませんが、最期《さいご》まで御守りいたしますから」

「……あなたの後任を心配しているのではないわ」

違う、そうじゃない、とばかりにふるふると首を横に振る主《あるじ》に、ヴナンは首を傾げる。

ならば純粋に、人間で言うところの結婚適齢期である自分を案じてくれたのだろうか。

「……申し訳ございません。ひねくれ者ゆえ、いらぬ勘繰りをしてしまいました」

「いいのよ。……言われて初めて、少し考えたから」

何を――ヴナン以外の騎士に守られることを、だろうか。

ありえないことではない。人間よりも頑丈だといっても、ヴナンの父のように多勢に無勢で重傷を負い、務めを果たせなくなる日がこない、とは言いきれないのだ。

――私以外の騎士が、姫様のおそばに……？

その日がくる可能性はゼロではない。

当然のことだ。そうやってヴナンもフェドフルラージュの騎士の座を父から引きついだのだから。

だが、理解と納得は別だった。

——私以外の騎士が、姫様のおそばに……！

胸に広がる名状しがたい感情にヴナンは目を伏せた。

目は心を映す鏡だ。

今の自分の目を、フェドフルラージュに見られたくはなかった。

「ねえ、ヴナン」

「はい、姫様」

「顔を上げて」

ゆっくりとヴナンは顔を上げた。

視線を合わせることを恐れながら、それでも愛しい主《あるじ》に再び名を呼ばれ、ゆるゆると向きあう。

息を呑むほどに美しい至高の青が、暗澹《あんたん》たる黒を見つめていた。

「……私、あなたの代わりなんていらない。最期《さいご》まで、あなたにそばにいてほしい」

「姫様」

「できるわよね、ヴナン」

問われ、ヴナンは考えるより先に頷いていた。

「はい、姫様の望みとあれば。あなたは私の、ただ一人の主《あるじ》ですから」

「……そう、約束よ」

ふふ、と頷いて、フェドフルラージュが浮かべた笑みは悪戯《いたずら》っぽく、そして、どこか寂しげな色がまじっていた。

第二章　姫様がお望みならば。

隣国の王子との婚約話が潰《つい》えて、十日が過ぎた。

新たな縁談は持ちあがっていないが、いつそれがくるかと気になっているのだろう。ふと考えこんだり、溜め息をついたり。フェドフルラージュは、どこか落ちつかない様子だった。

「――姫様、夜更かしは身体に毒です。そろそろお休みください」

寝台《しんだい》に腰かけ、飲みかけの水の入ったグラスを片手に、ぼんやりと何事かを考えこんでいる主《あるじ》に声をかけ、ヴナンは小さな手に握られていたグラスをそっと取りあげた。

「ねぇ、ヴナン」

鈴を振るようなフェドフルラージュの声に、ヴナンはグラスをナイトテーブルへ置こうとした手をとめる。

「申し訳ございません。お飲みになりますか」

「いいえ、いいわ。大丈夫」

「はい」

かたん、とグラスを置いて、主《あるじ》の前に膝をつく。

「姫様、どうかなさいましたか」

「……あなたは、私の味方よね」

「もちろんです」

「なら……」

俯いていた顔を上げ、フェドフルラージュはヴナンと向きあった。

まっすぐに自分を見つめる深く深く澄んだ青の美しさに何千回目かの感動を覚えながら、ヴナンは主《あるじ》の言葉を、息すら潜めて、待った。

「私の願いを叶えてくれる？」

眠れぬ夜の慰《なぐさ》みにと何度となくかけられた言葉に、返す言葉は決まっている。

ヴナンはいつものように答えた。

「もちろんです、姫様がお望みならば」と。

たわいのない可愛らしい願いを、いつだって叶えてきた。

主《あるじ》のそばを離れるのは心配だったが、彼女の願いは絶対だったから。

春の宵《よい》、「薔薇《ばら》の花びらでいっぱいの寝台《しんだい》で寝てみたい」と乞われ、城の庭園の薔薇《ばら》という薔薇《ばら》を刈りとった。

夏の夜、「妖精にあげる焼きたてのビスケットと搾《しぼ》りたてのミルクが欲しい」とねだられ、城下の菓子屋と牧場の牛を攫《さら》ってきた。

秋の黄昏《たそがれ》、死者が蘇《よみがえ》るとされる日に「お母様に会いたい」と涙ぐむ主《あるじ》のため、流行《はや》り病で世を去った王妃の墓を暴いて、一つかみの灰を持ってきた。

冬の黎明《れいめい》、彼女の誕生を祝う日に「今日は一日ずっと、お父様と一緒にいたい」という愛らしい我がままを叶えるため、王を城から出さぬよう、外へと続く跳ね橋を落とした。

ヴナンはフェドフルラージュの幸せのためならば、少しの犠牲など厭《いと》いはしなかった。

「そう、ありがとう」

今回は何を望まれるのか。何を望まれようと、どのような願いでも叶えてみせる。

そう心に決め、主《あるじ》の言葉を待ちかまえて——

「私ね、好きな人がいるの」

桃色の唇からこぼれた言葉が耳から入り、脳へと届いて。ヴナンの鼓動が大きく跳ねた。

「……好きな人……ですか」

「そうよ、いるの。ヴナン、私ね、その方と……結婚したいの」

フェドフルラージュの口にした願いに、腹の底から名状しがたい激情がこみあげてくるのを、喉を鳴らして呑みこんで、ヴナンは確かめるように尋ねる。

「姫様には、お慕いしている御方がいらっしゃって、姫様は、その御方と結ばれたいのですね？」

「そうよ。……叶えてくれる？」

問われ、まばたき一つの間を置いて、ヴナンは頷いた。

「はい」

「……本当に？」

「はい」

頷いた。それ以外、答えはない。主《あるじ》が望んだのだから。

そう、と頷き、それからフェドフルラージュは、その願いを口にしたことを恐れるように目を伏せた。

「……でもね、きっとお父様は反対するわ。彼は王子様でも貴族でもないから、王女である私には相応《ふさわ》しくないと。……以前にね、一度だけ冗談めかしてお話ししてみたことがあるの。そうしたら、お父様はおっしゃったわ。それほど好きならば愛人にでもすればいいと。愛を捨てろとは言わないが、夫は別に持て……と。それが王女の責務だとわかっているわ。でも嫌よ。私は嫌。愛人にするなんて！　心から愛する人を日陰に置いて、他の男と夫婦になるなんて、不誠実で汚らわしいわ！」

愛らしい声に滲む憂いと憤りにヴナンは眉を顰《ひそ》めた。

「ならば、その御方と結ばれるべきです。それが、姫様の望みなのでしょう？」

「でも、お父様は――」

「それが、姫様の幸福なのでしょう？　ならば、陛下の許しなど不要です」

微塵《みじん》の躊躇《ちゅうちょ》もなく言いきる。

「……そうかしら。でもそうすると私、国を捨てなくてはいけなくなるかもしれないわ。あなた、ついてきてくれる？」

「姫様の望みとあらば、たとえ地獄の果てでも」

「そう」と頷き、ほんのりと躊躇《ためら》ってから、フェドフルラージュは上目遣いにヴナンを見つめた。

「……それで、どこの誰かは聞かないの？　どんな方か気にならない？」

「姫様がお選びになったのならば、どのような男でも反対などいたしません。私は姫様の望みを叶えるために尽力いたします」

「そう……私が、あなた以外の男と逃避行するつもりでも、あなたはそれを手伝ってくれるのね？」

「それが姫様の幸せに繋がるのであれば」

「ふーん、そう」と頷き、フェドフルラージュは唇を噛んだ。

広がる沈黙にヴァナンは焦りを覚える。

――何か、気に障《さわ》ることを言ってしまっただろうか。

姫様、と呼びかける声を遮るようにフェドフルラージュの声が響く。

「でも、どうかしらね！　私が望んでも、彼が同じ気持ちでなければ結婚なんて成り立たないもの。私の独りよがりならば、惨めになるだけだわ！　彼は私のことなんて、女として見ていないかもしれないもの！　全然！　まったく！」

笑う彼女は、ひどく寂しそうな目をしていた。

ヴァナンの胸に怒りの炎が燃えあがる。最愛なる主《あるじ》に、自分を貶《おとし》めるような悲しい顔をさせた男への。

「……そのようなことはございません。姫様に望まれて否を言う男など、この世におりません」

「そうかしら。いるかもしれないわ。ねえ、もしそうなら、あなたはどうするの？　彼が私と結婚したくないと言ったなら。もしかすると、彼、逃げだしてしまうかもしれないわよ？」

「どこの誰であっても、私が連れてまいります。抗うような愚か者ならば、逃げられないよう手足をもいででも。必ずや姫様の前に望みのものをお持ちいたします」

まっすぐに主《あるじ》を見つめ、ヴナンは至高の青に誓いを立てた。

そう、とフェドフルラージュは頷いて、それから、ポツリと「馬鹿ね」と呟いた。

「あなたって本当に、やさしいけれど馬鹿な人だわ」と。


秘めた願いを打ちあけた翌日の夜。寝衣《しんい》の上にガウンを羽織り、寝支度を整えたフェドフルラージュは侍女を下がらせ、背後に立っていたヴナンへ声をかけた。

「……ねぇ、ヴナン。彼の気持ちを確かめたいの。どうすればいいかしら?」

強硬手段に出る前に、フェドフルラージュはまず脈の有無を確かめたいのだろう。

確かに、最初からヴナンが手を出しては、実る恋も砕けてしまう。

「率直に告げるほかないと思いますが……もしもに備えて私の毒をお貸しいたします。お気持ちを伝えて色好《いろよ》い返事があればそれでよし、拒まれそうであればお使いください」

そう言って、ヴナンはフェドフルラージュに小さなガラスの瓶を差しだした。

無色無臭の麻痺毒。針に塗るのでも、供《きょう》したお茶に入れるのでも、頭からかけるのでも。どんな方法でも構わない。摂取するとたちまち相手の手足は痺れる。

効果がなくなるまで動けなくなるが、物理的な刺激への反応は妨げないので、口にピクルスを入れられれば唾液が分泌され、寒ければ鳥肌が立つ。生殖器への刺激も同じだ。フェドフルラージュが上手くできずとも、ヴナンが手を貸せばいい。

「身体を繋げて既成事実さえ作ってしまえば、後はどうとでもなりますから」

「どうとでもなる」のではなく、正確に言えば、「どうとでもする」のだ。

主《あるじ》の純潔を奪った男に責任をとらせるために。

脅して宥《なだ》めて、必ずやフェドフルラージュのものにする。

――まぁ、すんなり恋が実れば、それが一番良いが。

無理に手折《たお》った花は、枯れて腐って土に還るだけだ。そこから愛は芽吹かない。フェドフルラージュが望むのは相手の男の身体だけでなく、心もだろう。

ただ、ヴナンはそれほど案じてはいなかった。

フェドフルラージュに望まれて、潤む瞳で愛を囁《ささや》かれ、心が揺れない男がいるだろうか。

「そう……ありがとう、ヴナン。頑張るわ、私」

にっこりと微笑む主《あるじ》に、胸の奥にある焦げつくような疼《うず》きに気付かぬふりで、微笑み返す。

――姫様が幸せならば、それでいい。

フェドフルラージュの想い人がどこの誰かはわからないが、どうせヴナンはいつでも彼女のそばにいる。そのうちに嫌でも相手がわかるだろう。

こみあげる激情を抑えこむようにグッと奥歯を噛みしめ、頭《こうべ》を垂れた。


それから、わずか数分後。

湯気の立つティーカップを見つめ、ヴナンは首を傾げていた。

――これは……どういうことだろうか。

紅色の液体を湛《たた》えた瀟洒《しょうしゃ》な白いカップから漂ってくるのは、春摘みの茶葉の爽やかな香りだ。それ以外の匂いはしない。

「……どうしたの？　飲んでくれないの？」

「っ、いえ！」

しょんぼりと肩を落とす主《あるじ》の声に、ヴナンは慌ててカップに手を伸ばし持ちあげ、カップの縁に唇を寄せて、躊躇《ためら》う。

――姫様はいったい、何を考えていらっしゃるのだろう。

あの後すぐに「お茶を飲みたい」と言う主《あるじ》のために、ヴナンが運んだティーセット。

それを用いて、フェドフルラージュが手ずから淹れてくれた茶の中に、つい先ほど自分の渡した毒が入っているのはわかっていた。

匂いも味もしなくとも、目の前で入れられたのだ。間違えようがない。

——実験台のつもり、なのだろうか……？

愛しい男に試す前に、どのような効果が出るのかヴァナンで試してみようということか。

主《あるじ》が飲めと言うのならば毒だろうと厭《いと》いはしないが、自分が実験台に相応《ふさわ》しいとは思えない。

毒蛇が噛んだ獲物を毒蛇自身が食べても死なないように、ヴァナンの毒はヴァナンには効かないのだ。

——どうだろう。動けないふりくらいは、してさしあげたほうが良いだろうか。

芝居などしたことがないのだが、と迷いつつ主《あるじ》の様子を窺《うかが》う。

「あの……ヴァナン、無理はしないでね」

目が合った途端、フェドフルラージュは、へにょりと眉尻を下げた。

期待と不安に揺れる少女の可憐な瞳を見つめかえしながら、ヴァナンは脳髄が痺れるような愛しさを覚える。

「……いいえ、いただきます」

しばらく経ったら、効き目が切れたとでも言えばいいだろう。

何であれ、それが主《あるじ》の望みとあらば叶えてみせる。

うっすらと笑みを浮かべて、ヴァナンは一息にカップを呷《あお》った。

「……どう？　ヴァナン、痺れてきた？」

期待に輝く至高の青に見つめられ、ゆったりとヴァナンは首を傾げる。

「……そうですね。何となくですが、そのような気がいたします」

「そう？　それは大変ね！　転んで頭を打ったりしないよう、横になったほうがいいわね！」

声を弾ませ立ちあがり、フェドフルラージュはテーブルを回って騎士のもとへと走りよる。

「さぁ、立って！」

促されてヴァナンは素直に立ちあがる。その足取りの確かさに何ら疑問を抱く様子もなく、彼女はヴァナンのマントをつかみ、早く、と言うように引っぱる。

子犬のような仕草に、ヴァナンの胸は甘く締めつけられた。

「……姫様、足元をよくご覧ください。転びますよ」

リードをひかれる犬のように主《あるじ》の後をついて歩きながら、ヴァナンは溜め息をついた。

――ああ、本当に。どうして、これほど可愛らしいのだろう。

毎日毎日これ以上ないほど愛しいと思うのに、日が変わるたびに昨日より愛しいとも感じる。

ヴァナンのフェドフルラージュへの愛情には果てがない。

果てがないゆえに、どこにも辿りつけない。

ただただ日々、愛情がふくれあがるばかりだ。

それを虚《むな》しいとは思わない。ヴァナンはフェドフルラージュを自分のものにしたいとは願わない。

胸に抱く感情が恋ならば、そう願っただろう。

けれどヴァナンは、フェドフルラージュをただただ愛しているだけなのだ。

――私の想いなどどうでもいい。姫様が、幸せでありさえすれば。

ふわふわと歩みに合わせて揺れる淡い金の髪を眺めていると、いつの間にか寝台《しんだい》の前に辿りついていた。

フェドフルラージュの手が離れ、とことことヴァナンの背後へと歩いていく。

それを追って振りむこうとするのを「だめ」と咎《とが》められ、前を向く。

直後、小さな手のひらがヴァナンの背中をトンと押した。

まっすぐに駆けてきた子猫がぶつかったような可愛らしい衝撃に抗わず、ヴァナンは寝《しん》台《だい》へと倒れこんだ。

「……姫様、お行儀が悪いですよ」

形だけの叱責に「ごめんなさい」と落ちこんだ声が返ってくる。

敷き布へ手をつき、ごろり、と身を起こして、ヴァナンは寝台《しんだい》の傍らに佇《たたず》む主《あるじ》を見上げた。

「……姫様、そのような顔をなさらないでください」

「でも、痛かったんじゃない？」

「いえ、まったく」

「本当に？」

「ええ、お気になさらないでください。姫様にならば、何をされようと構いませんから」

そう笑いかければ、フェドフルラージュはパッと瞳を輝かせて、ヴァナンの胸へと飛びこんできた。

瞬間、ヴァナンは躊躇《ためら》う。

受けとめるべきか否か。受けとめるならばこのままか、それとも、薬が効いていることになっているのだから、押されるままに倒れたほうがいいのか。

すばやく目蓋《まぶた》をひらいて、閉じて、ヴァナンは最後の案を選んだ。

どさりと倒れて背に感じたのは、たっぷりのガチョウの羽根を詰めたマットレスのやわらかさ――ではなく、マントの裏に仕込んだ諸々の異物の硬さ。

ツボ押しよろしく、ごりごりと背に腰に尻に暗器の鞘《さや》やケースが食いこむ。

少しばかり痛みはあったが、ヴナンは呻き声一つ立てることなく、ただ、主《あるじ》の体温と重みを感じながら、自分を見下ろす彼女の顔を見つめていた。

ドクドクと騒々しい音を立てているのは自分の心臓だろうか。

広がる沈黙を破ったのは愛らしい少女の声だった。

「……ヴナン、前から聞きたかったことがあるの」

「はい、何でしょうか」

「……どうして、そんなに私にやさしいの？」

「はい？」

「だって、私のせいで……あなたのお父様は亡くなったのに」

悔いるように唇を引きむすび、フェドフルラージュは目を伏せた。

彼女は、ずっと気にかけてくれていたのだろう。

自分を守って命を落とした一匹の虫けらのことを。

どう答えるかヴナンは迷った。愛しているからという雑な理由では、彼女は納得しないだろう。きっと知りたいのは、その愛の中身だ。

「……幼いころから、父に言いきかされていたことがあります」

「お父様に？」

「はい。……どれほど亜人が人間より強くとも、絶対的に数の少ない私たちは人間社会に寄生して生きる虫けらだと。人間の真似をしても、所詮《しょせん》虫けらは虫けら。私たちは人間とは相容れない歪《いびつ》な生き物だから、人目について駆除されぬよう、ひっそりと陰に隠れて生きていくほかないのだと。……父も祖父から同じように言いきかされて育ったそうです。それが間違っているとは私は思いません」

「そんなこと――」

「――けれど姫様は、そんな父や私に騎士として生きる名誉と居場所を与えてくださいました」

かつて幼いフェドフルラージュが旅先でヴナンの父に助けられ、「私の騎士に」と王に願いでた。

「亜人を騎士になどしてはいけない、きっと恐ろしいことになるぞ」と当然のように却下されたが、フェドフルラージュはそれを受けいれず、その日から一切の食事を拒み、王に抗った。

自分の命を盾にしてまで渋る王を説《と》きふせてくれたからこそ、今、ヴナンはフェドフルラージュのそばにいられるのだ。

「……ですから、姫様を幸せにするためならば、私にできることは何でもしてさしあげたいのです」

うっすらと笑みを浮かべて告白を終えたヴナンを、フェドフルラージュは食いいるように見つめていた。至高の青に、こぼれんばかりの涙を湛《たた》えて。

「そう」

ぱちり、と長い睫毛《まつげ》がまたたいて、白い頬に透明な滴が伝う。

拭ってあげたいと、その頬に手を伸ばしかけ、ヴナンはそっと敷き布へと戻した。

——私のような虫けらが、そんな些細な理由でふれていいわけがない。

非常時にふれるのであれば、まだ許せる。彼女を守るために必要なことだからと。

それ以外は許せない。フェドフルラージュを穢《けが》してしまう気がして。

「……ねえ、ヴナン」

甘えるような縋《すが》るような声で呼ばれ、ヴナンの胸が疼《うず》く。堂々と彼女の横に立つことができる存在だったならば、とすぎた願いが胸を過《よぎ》る。

けれど、そのようなことは許されない。甘い夢想を追いはらい、やさしく声を返す。

「はい、姫様」

「私のことが好きよね？」

「ええ、愛しております」

「そう、そうよね。さっきも言っていたものね」

ふ、と目を伏せ、黙りこみ、再び顔を上げたとき。彼女の瞳には決意の色が灯っていた。

「……私になら、何をされてもいいのでしょう？　だから、するわ。逃げないでね」

震える声が響いて、ふわりとヴァナンの視界が翳《かげ》る。

体温が近付き、二人の唇がふれあう寸前、滑りこんだヴァナンの手がそれを阻んだ。

「……姫様、おやめください」

「ヴァナン、何をされてもいいと言ったでしょう？　手が邪魔よ」

確かに言った。だが、はいそうですね、と受けいれていいことではない。

「姫様」

「どけなさい」

「……ですが」

「お願い、どけてちょうだい」

耳を下げた子犬のような声で乞われ、ヴァナンは渋々と手をどけた。

長年、ヴナンに守られ甘やかされてきたフェドフルラージュは、命令よりも「お願い」のほうが効果があることを知っているのだ。

けれど、ヴナンも大人しく口付けを受けるつもりはない。

生涯一度の初めての口付けを、自分などで済ませてほしくはなかった――のだが。

「……姫様、もっと」

よく考えてほしいと伝える前に、襟首をつかまれ唇を塞がれた。

「……っ」

それは甘い口付けとは遠いものだった。

ただ、真正面から唇を唇に強く押し当てているだけ。ふれあうフェドフルラージュの唇は緊張でこわばり、愛らしい鼻は潰れてしまっている。

おまけに息までとめているようだ。

――ああ、本当に、姫様は男女の睦言《むつごと》の何たるかを、まるで御存知ないのだな。

必死の形相の主《あるじ》を薄目で眺めながら、ヴナンは名状しがたい愛しさを覚えた。

やがて、少女の小さな肺が限界を迎えて。

はぁっ、と大きく息を吐き身体を離した彼女は、何事かをやりきったような顔をしていた。

「どう？」

「……どう、とは」

輝く至高の青に問われ、ヴナンは返答に迷う。

口付けの感想を聞かれているのだろうが「下手ですね」とは、とても言えない。

「……私には勿体ないほどのものをいただきまして、この心を表す言葉が思いつきません」

「……つまり、下手だったってことよね」

「いえ、そのようなことは」

「嘘よ。わかっているんだから。あなたが言葉を濁すときは、私が失敗したときだもの！」

「…………そのようなことは」

「いいわよ！　口付けなんて、別に大して重要なことではないもの！　下手だって構わないわ！　もう二度としてあげないから！」

瞳に涙を浮かべて宣言するフェドフルラージュを宥《なだ》めようと、口をひらきかけたヴナンの視界が翳《かげ》り、ぽふりとやわらかなものに顔を覆われた。

「……男の人は、女性の胸が好きなのでしょう？　ヴナンも好き？　やはり、大きいほうが嬉しいのかしら？」

抱えこまれた頭の上で悪戯《いたずら》っぽい声が響く。

「考えたこともございません」

「そう……」

よかった、と呟くフェドフルラージュの鼓動は、ドクドクと早鐘を打っている。

ヴナンの鼓動も同じく乱れてはいるが、それは不測の事態への動揺によるものだ。

こうして彼女の温もりとやわらかさを感じていても、大きめの猫に乗られているような心地好さがあるだけで、性的興奮とはほど遠い。

むしろ、恐怖に近いものを感じていた。

フェドフルラージュが何を望んでいるのかわからない。ヴナンにとって、そのようなことは初めてだった。

彼女は「好きな人がいるの」と言っていた。

これは、その男を手に入れるための練習なのだろうか。男を知り、男を篭絡するための。

そうだとして、応じてしまっていいものなのだろうか。

いざ愛しい男に迫ったとき、下手に知識や技能があるほうが不利に働くのではないか。

この国の男の多くは、まっさらな乙女を好む。

どこでそのようなことを覚えてきたのかと訝《いぶか》しがられれば、当然、ヴナンが疑われるだろう。

　虫けらに肌を許した女を愛そうとする男など、まずいない。

　──やはり、だめだ。

　主《あるじ》を諌《いさ》めようと上側の腕を動かして、そっとフェドフルラージュの背にふれようとしたところで、びくり、と手をとめた。

　フードの中に潜《もぐ》って髪に沈む細い指の感触に、焦りがこみあげる。

　どうか離れてほしい──ヴァナンの願いに反して、わさわさと髪をかきわけた小さな手が、フードを払いのけ、やがて触肢《しょくし》にふれた。

「……姫様、おやめください。お手が穢《けが》れます」

　焦りを隠して静かに告げれば、触肢《しょくし》の根元をつかんでいた小さな指が離れる。

　ホッと息をついたのも束の間。触肢《しょくし》の先が濡れた熱に包まれ、かり、と歯を立てられて──ヴァナンは反射のように身を起こしていた。

　きゃっ、と可愛らしい悲鳴が上がって視界が明るくなり、ぐらりと落ちてきた小さな身体を六本の腕でしっかりと抱きとめる。

　薬が効いているふりをする余裕などなかった。

　ヴァナンの腕の中で見上げるフェドフルラージュは、嘘をつかれていたことに気付いた様子もなく、「どうして、とめるの？」と不満そうにヴナンの胸を押して、もう一度横になるよう促した。

「……ですが、姫様」

「知っているのよ。そこにあなたの子種が入っているのでしょう？　私、きちんと勉強したのだから！」

得意げに微笑む主《あるじ》を食いいるように見つめながら、じわりとヴナンの背に嫌な汗が滲む。

「どうして、それを……」

蜘蛛《くも》の交接は、人間や犬猫のように下半身にある生殖器を合体させるものではない。

雄が前もって吐精したものを、頭の触肢《しょくし》に仕舞いこんである栓子と呼ばれる細い管で吸いあげ、管の先の生殖球に溜めこんでおく。

そして交接の際には、その溜めこんでおいた精液を、栓子を使って雌の生殖孔に注入するのだ。

蜘蛛《くも》の亜人であるヴナンの触肢《しょくし》にも、それと同じ機能が備わっている。

ヴナンを快く思わない者がそれを知り、陰で「精子脳」と揶揄《やゆ》していることも知っている。

けれど、フェドフルラージュには知られていないと思っていた。

彼女だけには、知られたくなかった。

人間とは違う、虫けらの証を。

誰が教えたのだろう。どこかの令嬢か、あるいは上の王女から聞いたのだろうか。

フェドフルラージュが参加する女性同士の茶会や、仕立て屋を招いてのドレス選びの際には、ヴナンは扉の外で待機していた。

部屋の中で交わされる囁《ささや》きまでは把握していない。このようなことになるのなら――

――いや、そんなことは、今さらどうでもいい。

いつから知られていたのだろう。

三年前、寝台《しんだい》に入った彼女から「護衛の顔も知らないのは寂しいわ。お顔を見せて」とねだられ、ヴナンは躊躇《ためら》いながらも、そう望んでもらえたことが嬉しくてフードを外してしまった。

あの夜から今日まで、この触肢《しょくし》のことを知られた気配、態度の変化は一度も感じなかった。

フードを取れと言われるたびに、素直に従うヴナンのことを彼女はどう思っていたのだろう。

知られていることにも気付かず、醜《みにく》い生殖器官を曝《さら》けだしていた虫けらのことを。

「……お暇《いとま》を」

考えるよりも先に呟いていた。

「え？」

フェドフルラージュの笑みが凍りつく。

「このような汚らわしいものを姫様が知らぬのをいいことに……いえ、知らぬだろうと見くびって、姫様の目に晒していたのです。これ以上、おそばにはいられません。近衛《このえ》の任をお解きください」

羞恥と後悔、罪悪感が胸に渦《うず》まき、ヴナンはきつく目を閉じる。二度とフェドフルラージュの前には顔を見せられない。

「以降、金輪際《こんりんざい》、姫様の前には姿を見せぬようにいたします。ですが――」

陰からでもいい。二度と言葉を交わせなくとも構わない。フェドフルラージュを守りたい。

「姫様を守る役目だけは、続けさせていただけないでしょうか」

そう、願いを口に出そうとして。

「いや！」

ヴァナンの口は小さな手のひらに塞がれていた。

「そんなこと、許さない！」

怒りと嘆きに満ちた高い声が弾ける。

「寝なさい、ヴァナン！」

「っ、姫様」

「横になって！　このまま！　早く！　横になりなさい！　でないと嫌いになるわよ！」

勢いに押されて「はい」と頷き、フェドフルラージュごと仰向けに倒れて、ヴァナンは気付く。

ここは嫌われるべきだったのではないかと。

「姫様、あの……」

「黙って！　認めないから！　あなたは、まだ私の騎士よ！　ならば、命令には従ってもらうわ！」

泣きさけぶように命じられ、ヴァナンは口をつぐんだ。

「……離れるなんて許さない。愛していると言ったのに。最期《さいご》まで守ってくれると約束してくれたのに。どうして離れたいだなんて、ひどいことを言うの？」

至高の青に満ちたものが雨のようにあふれ、白い頬を伝う。

——泣かせてしまった。姫様を。私が。

触肢《しょくし》の意味を知られたときよりも、その事実はヴナンの心を揺さぶった。

「……わっ、私のことが、嫌いになったの？　意味を知っていたくせに、フードを取れだなんて、いやらしいお願いをしたから？　だから、だからっ、もう、一緒にいたくなくなったの？」

しゃくりあげながら問われ、ヴナンは慌てて首を横に振る。

「まさか、姫様を嫌うことなど！　ありえません！」

「……本当、に？」

首を傾げる主《あるじ》にヴナンは迷わずに頷く。

そう、とフェドフルラージュは涙を拭うと、すん、と鼻をすすって命じた。

「なら、今から私がすること、絶対にとめないでね」

ヴナンは即座に頷きかけて思いとどまり、少し迷ってから答えを返した。

「善処いたします」

フェドフルラージュは少しばかり不満げに眉を顰《ひそ》めたが、それでも断られるよりはマシだと思ったのだろう。

「最大限に、お願いね」

ニコリと彼女が微笑んだ拍子に、長い睫毛《まつげ》に絡む涙が組みしかれた騎士の胸にポツリと滴り、染みこんでいった。


「……動かないでね」

はい、と答えるヴナンの声は、与えられた刺激に掠《かす》れて消えた。

そっと唇が押しあてられて、ぺろり、と触肢《しょくし》の先端をなぞる舌の熱さにヴナンが身をすくめると、少しの躊躇《ためら》いの後、かぷり、と小さな口に収められた。

触肢《しょくし》は生殖器官ではあるが、あくまで移精のための器官でしかない。

溜めた精を雌に渡すだけなら、少しの貯蔵場所と注入する管だけで事足りる。

ふくれた先端でさえ小粒のクルミの殻《から》ほどの大きさしかないため、フェドフルラージュでも簡単に口にすることができるのだ。

「ん、……うん、ふ……っ」

つとめて存在を無視してきた器官から脳へと伝わる未知の感覚に、ヴナンは眉を顰《ひそ》める。

それは、むず痒いようで心地好いようで、そして、少しばかり空腹時の吐き気にも似ていた。

交配準備だ。

「……ぅ、……ぐ」

微かな呻きをこぼしながら、ヴァナンは考える。

触肢《しょくし》を舐める、あるいは扱《しご》きあげる行為は、刺激によって栓子を引きずりだすための交配準備だ。

フェドフルラージュは「きちんと勉強した」と言っていた。

ならば、今、自分がしている行為の意味も知っているのだろうか。

「……姫様」

一向に中身が出てこないことに焦れたのか、クルミの殻《から》を齧《かじ》る子リスのように触肢《しょくし》に歯を立てはじめた主《あるじ》を見上げ、声をかける。

「……ごめんなさい、痛かった？」

「いえ」

「そう。ならば、どうしたの？」

「もしや、姫様は、私と生殖行為をなさるおつもりですか？」

「……今ごろ気が付いたの？」

呆れたように問いかえされ、ヴァナンの眉間の皺《しわ》が深まる。

「……姫様、このような虫けらの子供を孕みたいのですか？」

「そうよ」

躊躇《ためら》いもなくフェドフルラージュは頷いた。

「ヴナンの子を産むの」

「……おやめください」

亜人の子を孕んだ王女となれば、どのような下世話な噂が流れるかわからない。

生まれた子供も、どのような目を向けられるか。

フェドフルラージュはヴナンの光だ。

物陰に生きる虫けらのせいで、彼女の幸福が翳《かげ》ることなど許せるはずもない。

そもそも、いったい何のために、どのような理由があって、虫けらの子供など孕む必要があるというのか。

近衛《このえ》を辞したいなどと口にしたせいだろうか。

だが、ヴナンを繋ぎとめるためならば、このようなことをしなくとも命じさえすれば――いや、先ほど「認めない」と言われた時点で、辞めるという選択肢はなくなっているのだ。

「……姫様。そのようなことをなさらなくとも、姫様が望んでくださる限り、私は姫様のおそばを離れません。この命尽きるときまで姫様を御守りいたしますから。ご自分を傷つけるようなことは、どうかおやめください。きっと、後悔なさいます。どうか――」

「しないわ」

まっすぐなまなざしで、ヴァナンの主《あるじ》は言いきった。

「覚悟はできているもの。私、絶対に後悔なんてしない。だって――」

ふ、と言葉を切り、フェドフルラージュはヴァナンの頬をそっと撫でてから続ける。

「あなたを愛しているから」

言葉は耳に届いていた。けれど、ヴァナンの脳は、その意味を理解できなかった。

――姫様が、私を愛している？

護衛としてではなく、子を生す相手、一人の男として。

フェドフルラージュが毒を盛ってでも手に入れたい『好きな人』というのが、ヴァナンだというのか。

「――ありえません」

唇を歪《ゆが》め、ヴァナンは首を横に振った。

「姫様が私を愛するなど、そのようなこと」

「え？」

「私が姫様に愛されるなど、許されるわけがない。私は――」

「人間ではないから？」

そっとヴァナンの言葉を指先で遮り、フェドフルラージュは微笑んだ。

「あなたや他の人が気にしても、そんなこと、私は気にしないわ。だって、あなたほど素敵な人はいないもの」

「……素敵？　どこが？」

呆然と問われたフェドフルラージュは、え、と少し口ごもり、ほんのりと頬を染めながら、それでもしっかりとヴァナンを見つめて答えを返した。

「……全部よ、全部！　あなたの顔も、声も、強さも、やさしさも、怖いくらい私を大切にしてくれるところも、たまに何を考えているのかわからないところも、私のお願いを斜め上に叶えてくれるところも、少しずれた倫理観も、過剰な愛情も！　すべてが愛おしくて仕方がないの」

長所も短所もまとめて愛していると言われ、ヴァナンは胸が震えるほどの喜びと――裏腹な哀しみを覚えた。

「……姫様は私を買いかぶってらっしゃるのです」

「……どういうこと？」

「私が四六時中つきまとって姫様の世界を狭めてしまったせいです。私の行動や存在自体が、姫様と親しくなろうとする方々を退けたせいで、きっと私は、あなたを孤立させてしまった」

亜人であるヴナンが仕えていること自体、フェドフルラージュの枷《かせ》になっていたはずだ。

彼女を守るためならば、彼女に少しの不便をかけても仕方がないと正当化してきたが、その歪《ゆが》みがこのような形で表れたのかもしれない。

「ですから姫様が御存知ないだけで、外の世界には、私よりも姫様に相応《ふさわ》しい優れた男はいくらでもおります」

「……いないわ。絶対にいない」

「姫様」

「馬鹿にしないで！」

フェドフルラージュの声は、つい先刻と同じように怒りと嘆きに満ちていた。

「私はもう何も知らない子供じゃない。あなたに守られながらでも、あなたに会う前だって色々な人間をそれなりに見てきたわ！　善《よ》い人間も悪い人間も。親しくしようと微笑みかけてくる人もたくさんいたわ。あなたの役に立ちたいと願う人も。でも、あなたほど純粋に、私のことだけを想ってくれる人なんていなかった！　一人も！　あなたにだって、この想いが偽物だなんて言わせない！」

自分の言葉が彼女の自尊心を傷つけたことを知り、ヴナンは血の気が引くような後悔の念に駆られる。

「姫様、申し訳ございません、私は――」

「黙って！　もういい。あなた、言ったわよね？　既成事実さえ作ってしまえば、後はどうとでもなると」

「それは――」

「作るわ。だから、邪魔しないで」

きりりとまなじりを上げて宣言し、フェドフルラージュはガウンを脱ぎ捨てた。

小さな手が左の触肢《しょくし》をつかみ、ぐ、と力がかかる。

微かな痛みで細めた視界に、寝衣《しんい》の裾をまくりあげる主《あるじ》の姿が映り、ヴナンはサッと目を閉じた。

きしり、きしり、と寝台《しんだい》が音を立て、肩に小さな爪先がぶつかって、フェドフルラージュがヴナンの顔の両脇――顔を跨《また》ぐように膝をついたのがわかった。

「……目をあけては、だめだからね」

上ずる声に命じられずとも、あけるつもりはない。

それでも、ふわりと感じた塩気を含んだ甘い香りを、意識せずにはいられなかった。

ヴナンにとってフェドフルラージュは尊き光であり主《あるじ》であって、薄汚い雄の欲をぶつけていいような存在ではない。

けれど、こうして生きた女であることを示されれば、否が応でも虫けらの本能が揺りおこされる。

雄として雌と番《つが》い、自分のものにしてしまいたいという原始的な欲望が。

——そのようなこと、していいはずがない。

ばさり、と響く衣ずれ。やわらかな布がヴナンの胸に腕に垂れる。

そろそろと触肢《しょくし》を辿る指の感触に、は、と小さく息を吐いた拍子に、ん、と息を呑む気配。

一拍遅れて、ぽたり、と額に感じた熱い滴が何かを察し、ヴナンは知らず喉を鳴らした。

くちり、と微かな水音。鮮明になる雌の匂い。

愛しい主《あるじ》が自らひらいたその奥を覗きこみたい。そんな下卑た欲望を嫌悪しながらも、心は揺れていた。

ここまでしてもらいながら、このまま寝ているだけでいいのか。さっさと起きて抱いてしまえばいいじゃないか——という雄の本能。

今ならば、まだ間に合う。彼女をとめて、何もなかったことにしてただの護衛と姫に戻ってしまえば、主《あるじ》の人生に傷はつかない——という臆病者の理性。

——姫様の幸せは、どちらだろうか。

どちらを望まれていて、どちらが彼女を幸福にできるのか。大切なのは、それだけだ。ヴァナン自身の欲望など、どうでもいい。

ぐるぐると迷っているうちに、フェドフルラージュが動いた。

寝台《しんだい》が軋み、前に一歩、膝を進める気配。

きゅっと触肢《しょくし》を握られ、近付く熱を感じとり、期待と怯えにヴァナンは息を呑む。

腰を下ろしてほしいのか、やめてほしいのか、自分でもわからなかった。

それ以前に何か肝心なことを忘れているような気もしたが、落ちついて考える余裕などない。

やがて、くちゅり、と響いた水音。

生々しい熱とやわらかな肉の感触が触肢《しょくし》の先から脳へと届いて、反射のようにヴァナンは主《あるじ》に呼びかけていた。

「姫様……！」

「ねえヴァナン、聞いて」

熱を孕んだ愛しい声が呼ぶ。

「……辛いときも悲しいときも、いつだってあなたはそばにいてくれた。あなたがいないと、あなたじゃないと、もうダメなの。私の幸福を作ったのも、守ってくれたのも、あなたなの。だから、このままずっと幸福でいさせて」

「……それが、姫様の幸福だとおっしゃるのですか？」

「そうよ。我がままなのはわかっているわ。王女失格なのも。でも、仕方がないじゃない。あなたじゃないと嫌なの……」

言葉を切り、す、と息を吸いこむ気配。

「あなたのせいよ。あなたが私を甘やかすから、これほど我がままに育ってしまったの。今さらどうにもならないの。だからね、ヴナン。しっかり責任をとってちょうだい！」

最後のほうは告白というよりも、八つ当たりに近いものになっていた。

「あなたが好きなの……本当に。好きなんだから」

すん、と小さく鼻をすする気配に、ヴナンは彼女が泣いているのだと気が付いた。

ここまでされて、それでも自身の生い立ちを盾にして、主《あるじ》の想いに背を向けてしまうのは卑怯だ。

それこそ、フェドフルラージュの騎士ではいられなくなる。

「……姫様、本当に、私でよろしいのですか？」

本当に欲しがっても、手を伸ばしても、手に入れてしまっても、貪《むさぼ》ってしまっても、構わないのだろうか。

ヴナンの問いに返ってきた答えは、期待通りのものだった。

「あなたがいいの。あなたが欲しい。だからあなたにも、私をあげたい」

「……そうですか」

じわりと熱を持つ目蓋《まぶた》に力を入れ、涙を堪《こら》えると、そっとヴナンは目をあけて。

「では、いただきます」

宣言と共にフェドフルラージュの脚をつかんで、ぐるりと身体を入れかえた。

「ヴナン、邪魔しないでっていったでしょう！」

組みしく男の胸を押しのけようとする可憐な手を、そっとつかんで引きはなし、ヴナンは自分の口元へと運ぶ。

「……姫様」

か細い指に唇を押しあて呼びかければ、見上げる至高の青に困惑の色が広がる。

「……ヴナン？」

「ご自分が我がままになったのは私が姫様を甘やかしたからだ、と姫様はおっしゃいましたが、私はこれでも、姫様が立派に王女としての務めを果たせるよう、誠心誠意、お支えしてきたつもりなのですよ」

しみじみとした言葉に、フェドフルラージュは目を伏せる。

「姫様は、この国の王女。王女である姫様の身は、あなただけでなく国のもの。しかるべき相手と縁を結び、国の繁栄のためその身を捧げるのが、王族に生まれた者の気高き務めです。だからこそ、民や家臣は王族を敬い、その暮らしを支え、有事には武器を手に、その身を挺《てい》してあなた方を守ろうとするのです。……私の父のように」

そう言って言葉を切ると、彼女は何事かを言いかけて、きゅっと唇を引きむすんだ。

「その民の期待を、信頼を、王族の義務を、姫様は投げだそうとなさっている。これは陛下や民への裏切りだと思いませんか？　それでも姫様は、その道を選ばれるのですか？」

淡々と問われ、じわじわとフェドフルラージュの瞳にふくれあがった滴が白い頬へとこぼれる。

彼女もわかっているのだ。ヴナンに諭されるまでもなく。

至高の青が迷いに揺れ、きゅっと閉じられて、何かを振りはらうようにパッとひらかれた。

「……そうよ。いけない？」

そのまなざしの強さに、長い睫毛《まつげ》に弾かれて散った涙の滴のきらめきに、ヴァナンは見惚れ、目を細める。

「そうですか……ならば姫様は、この国の王女失格ですね」

不敬な宣告を受けたフェドフルラージュは視線をそらさぬまま、唇を噛みしめ、やがて、小さく頷いた。

「……そうよ、失格だわ。だって……国よりも、あなたのほうが大切になってしまったのだもの。私は王女じゃない。ただの愚かな女だわ」

主《あるじ》の言葉にヴァナンは堪《こら》えきれずに目を閉じた。

国のものでもない、民のものでもない。王女ではなく、ただの一人の女だというのなら。

こみあげる名状しがたい感情を宥《なだ》めるように深々と息を吐きだすと、そっと目をあけ、ヴァナンは主《あるじ》に囁《ささや》いた。

「ならば、もう、私だけの姫様ですね」

国のものでもなく、民のものでもなく、ヴァナンだけのもの。

「もう、どこかの国の誰かのもとへ姫様が嫁ぐ日がくるのを、怖れなくともいいのですね」

もう、主《あるじ》が何を嫌い何を好むのか、どのように育ち生きてきたのかも知らない男に。

もう、フェドフルラージュの他に何もないヴァナンのように、自分よりも家よりも国よりも何よりも彼女のことだけを大切に想い、優先することさえできない男に。

もう、あらゆる病への耐性がなく、ほんの数十年で年老いて彼女を守れなくなるような男に。

そのようなくだらない男などに、彼女を嫁がせる必要はないのだ。

「誰にも渡さず私のものにしてしまっても構わないのですね。ねえ、姫様？」

うっとりと微笑むヴァナンは、さぞひどい顔をしていたのだろう。

見上げるフェドフルラージュの瞳が驚きに見ひらき、じわじわと怯えの色がまざっていく。

――ああ、可哀想に。

ここにきて我に返った主《あるじ》が拒んだところで、もう元の従順な騎士には戻れない。

腹を裂いて飛び出た中身を戻したところで、もう元のように閉じることはできないように、一度吐露してしまった想いをなかったことになどできないのだ。

だから、彼女を怯えさせないよう、もっと上手く振る舞わなくてはならないのに――

わかってはいたが、こみあげる歓喜をヴァナンは抑えられなかった。

しばらくの間、フェドフルラージュはまたたきすら忘れてヴァナンを見つめていたが、やがて、こくり、と喉を鳴らすと、おずおずとその小さな手を伸ばした。

「ヴナン」

真白い指が、執着を剥《む》きだしにした虫けらの頬にふれる。

「はい、姫様」

何を言われるのか、ヴナンは怯えと期待まじりに見つめかえした。

フェドフルラージュは何度か唇をひらいてはつぐんで、やがて、覚悟を決めたように微笑んだ。

「……私をあなたのものにするのなら、名前を呼んでちょうだい」

「え？」

「まだ私の名前、一度も呼んでくれたことないでしょう？　まさか、知らないなんて言わないわよね？　さあ、呼んでみて」

からかうように囁《ささや》かれた言葉に、ヴナンは「はい」と頷いて――次の瞬間、彼女の唇を塞いでいた。

「っ、――っ」

驚きにひらいた隙間に舌を差しいれ、戸惑う舌を絡めとろうとして、ぽかりと肩を叩かれ、身を離す。

「……っ、名前、呼んでって言ったのに……っ」

「フェドフルラージュ」

私のすべて――あふれる想いをこめて、愛の言葉を囁《ささや》くようにその名を口にして――

「呼びましたよ」

小さく笑い、ヴナンは口付けへと戻った。

衝動に駆られ食らいついた先ほどとは違い、今度は、やさしく。拒まれないように、驚かせないように。そっと唇を押し当てて、ゆるめて、角度を変えて淡く食《は》む。

フェドフルラージュの唇から緊張が抜け、互いの舌がなじみはじめたところで、ちろりと舌先で表面をなぞれば、こぼれた吐息がヴナンの唇をくすぐった。

「……ああ、姫様は本当にお可愛らしい」

「っ、ずるい……！」

「ずるい？　何が？」

「私は、初めてなのに……っ、誰と試したの？」

「誰とも。誰に教わらずとも虫は交尾をします。それと同じです」

息を切らしながらの抗議にヴナンは短く返し、再び主《あるじ》の唇を塞ぐ。

半分は嘘だが、もう半分は本当だ。

誰とも試したことはない。ただ、目にする機会は少なくなかった。フェドフルラージュに見出されるまで、ヴナンと父は上品とはいえない世界で生きていたから。

ヴナンの母も一夜の夢を売る女だった。

もっとも、あれを母と呼べるのかはわからない。

種族は知らないが、いくらか亜人の血が混ざっていた彼女は、娼館の中でも最底辺の店で働いていたという。

金を欲しがっていた彼女は、子供を欲しがっていたヴナンの父に腹を貸し、事が終われば、たんまりと礼金をもらって自由の身となり去っていったそうだ。

ヴナンは自分を産んだ女の名前を知らない。そのことを悲しいとも寂しいとも思ったことはない。会いたいと思ったことも。

あちらも虫けらの子供を産んだことなど忘れたいだろうし、きっと忘れているはずだ。

――そんなこと、姫様が知る必要もない。どうでもいいことだ。

そっとフェドフルラージュの頬を手のひらで包んで口付け、彼は心で呟いた。

「……ん、ふっ、嘘でしょ、嘘つき……っ」

「本当ですよ、フェドフルラージュ。亜人とは、そういうものです」

甘く詰《なじ》る声に目元をゆるめながら息をするように嘘をつき、小さな唇に舌をねじこめば、意趣返しのように歯を立てられたが、可愛らしいとしか思わなかった。

拗《す》ねる舌を一撫でして、上顎へと舌を向ける。

子猫の顎をかくように舌先でくすぐると、組みしいた華奢な身体がこわばった。

ぬるりぬるりと繰りかえせば、やめて、というようにヴナンの舌を押しのけようとする舌が喘ぎに震える。

――ああ、やはり、これが好きなのだな。

昔、彼女には少しばかり行儀の悪い癖があった。誰も見ていないときにこっそりと、大粒のブドウやチェリー、飴玉といった丸い食べ物を口に入れ、つるりとした曲面を上顎と舌で味わい、ころころと楽しむ癖が。

当然、ヴナンは見ていた。

咎《とが》めもせず、ふくふくと頬を動かす愛らしい仕草を物陰から見つめ、脳裏に刻みつけていた。

――あのときも今も、いつでも姫様はどうしようもなく可愛らしい。

こみあげる愛しさに口付けを深めれば、フェドフルラージュの手が縋《すが》りつくように、ヴナンの首へと回される。

「ん……っ、ぁふ」

この国の貴族の娘は、将来の夫の楽しみを奪わないように、と閨《ねや》の知識は最低限しか与えられないことが多い。フェドフルラージュも例外ではなく、口付けの際の息の仕方も興奮を逃がす方法も、よくわからないのだろう。

ふすふすと子猫のように鼻を鳴らす仕草も、ヴナンのマントのフードを握りしめる非力な必死さも、それがもたらす息苦しささえも何もかもが愛おしく、ヴナンの胸を熱く満たした。

――誰にも、もう渡さない。渡してなど、やるものか。

滾《たぎ》る想いを抑えることなく、ヴナンは自身の犬歯に舌を這わせ、強く押しあてた。

ちりりとした微かな痛みと共に舌に広がるのは無味無臭の毒。

――私のものにしなくては。姫様の何もかもを。私のものに。

許可ならば出ている。他でもないフェドフルラージュ自身から。この状況で、ヴナンが優先すべきそれ以外のことなどなかった。

「う、ん……ぅっ」

こくり、と細い喉が動き、絡まる唾液をフェドフルラージュが飲みこんで、ヴナンの唇が笑みに歪《ゆが》む。

後は、待つだけ。

やがて、マントをつかむ力が弱まって息苦しさが薄れ、ずるりと滑った少女の指が、すとんと敷き布に投げだされる。

ゆっくりと唇を離して、ヴナンは口内に残った毒を飲みこんだ。

何が起こったのかわからず、ぱちぱちとまたたきをして見上げる主《あるじ》の頬を一撫でし、にっこりと微笑む。

「申し訳ありません。毒を盛らせていただきました」

「え？」

「姫様に私を受けいれていただくためには準備が必要なのですが、どうしても、そこを見ないわけにはいきません。ですが、自ら脚を広げて曝《さら》けだすなど、姫様は、お嫌でしょう？」

薔薇《ばら》色に染まった頬を上側の両手で包みこんだまま、すす、と下側の右手で寝衣《しんい》越しに彼女の膝を撫でれば、フェドフルラージュの唇から震えるような吐息がこぼれる。

「っ、そんな、こと……っ、そんな、はしたないこと、できるわけ……っ」

「ええ、そうでしょう。ですが毒で動けないのならば、どれほどはしたない姿を私に晒したところで、姫様のせいではありません。私が勝手に姫様の身体を暴いて、奪うのです。それならば、安心でしょう？」

「まったくもって、安心じゃないわ……！　本当に、必要なことなの？」

じわりと瞳を潤ませ睨《にら》みつける主《あるじ》を、ヴァナンはやさしく宥《なだ》める。

「私が必要もなしに、あなたの意に沿わぬことをすると思いますか？」

「……絶対に、ない」

悔しげに答え、ふい、とフェドフルラージュは視線をそらす。

「……でも先ほどあなたが邪魔さえしなければ……私、きちんとできたと思うわ」

「できた、と言いますと？」

「あなたを、受けいれられたと思うってこと！」

「……ああ、なるほど」

こみあげる笑いを噛みころし、ゆるゆるとヴァナンは首を横に振った。

「申し訳ありません。伝え忘れておりましたが、姫様に受けいれていただくのは、これではございません」

とん、と触肢《しょくし》を指して告げれば、フェドフルラージュの瞳が驚きに見ひらく。

「え、でも、私、きちんと勉強して……そこを使うのではないの？」

「ええ、本来はここに何回分か精を溜めておいて、交配時に使うのですが……思い返してみれば、溜めた記憶がないな、と。そもそもその必要もありませんでしたから、空っぽなのですよ。ないものが出るはずもありませんよね」

微笑むヴナンの顔を見つめていた主《あるじ》は、ハッと何かに気付いたように視線を下げた。

ヴナンの喉から、胸、垂れ下がるマントの布地に隠れて見えない闇の奥へと。

「……そうです。そちらを使うのです」

ただの移精器官である触肢《しょくし》ならば、さほどの前戯はいらなかった。

けれど、人のように交わるのならば。

「姫様は、とても小さく愛らしくいらっしゃるので……しっかりと準備をしておかなくてはいけませんよね」

「……待って、ヴナン。ちょっと待ってちょうだい。身体の前に、心の準備が……」

フェドフルラージュは触肢《しょくし》を受けいれることしか考えていなかったのだろう。

ヴナンがフードを取るたびに、これならば入るだろうか、と頭の中で模擬訓練でもしていたのかもしれない。健気な努力を台無しにするのは心苦しいが仕方がない。

怯えたように見上げる至高の青に、ヴナンは、うっとりと微笑みかける。

「きっと、孕むには一回分では足りないでしょうから……そうですね、触肢《しょくし》に溜めるのは……まぁ、十回分はないと思いますが。それくらい注げば、充分だと思います」

ひく、と白い喉が鳴るのに目を細め、フェドフルラージュの頬に口付け、囁《ささや》いた。

「……フェドフルラージュ。虫けらに孕まされる覚悟は、できているのですよね？」


いつの間にか、窓の向こうから雨音が響いていた。

ヴァナンはフェドフルラージュの背に手を添え、横たわった小さな身体を起こすと、めくりあげた寝衣《しんい》を頭から抜きさり、そっと元のように横たえた。

背に巻きこまぬようにと淡い金の髪をすくい、ふわりと横に流せば蝶の翅《はね》のように広がる。

とさりと手をつき、覆いかぶさりながら、ヴァナンは視線を動かした。

何千回と見惚れた花のかんばせから、華奢な首、鎖骨——そこから下は初めて目にする。

ヴァナンはフェドフルラージュに狂信じみた執着を抱いてはいたが、彼女の着替えや湯浴《ゆあ》みを盗みみるような真似をしたことはない。

タオルや衣類に危険物が紛れこんでいないか、浴室に何か異常がないかを確認した後、扉の前で待機はするが、それだけだ。

十年。

愛らしい新芽が可憐な蕾に育ち花へとほころんでいく間、衣ずれの音を背で聞き、ときおり戯《たわむ》れに投げつけられるシャボンの泡を後頭部で受けながら、ひたすらヴナンは壁の模様を見つめていた。

想像することすらも不敬に思えて、それでも、いつかどこかの男があの肌を暴く日がくるのだと思うと心が荒れたものだったが、こうして実際に目にして、胸にこみあげたのは欲情よりも感動だった。

――ああ、本当に、妖精のようだ。

静脈が透けて見える、儚いほどに白く輝く肌。

線の細い肢体は現実の女というよりも、絵画に描かれた花の妖精めいていて、本当に自分のような虫けらがふれてしまっていいものか、とヴナンを躊躇《ためら》わせる。

おずおずと上側の右手を伸ばし、ほんのりと色付いたフェドフルラージュの頬にふれれば、吐息めいた声で名を呼ばれ、ヴナンはこわばる頬をゆるめた。

――そうだ。許しなら出ているのだ。躊躇《ためら》うことなどない。

「……フェドフルラージュ、私の姫様」

ひたりひたりと両の頬を両の手で包みこみ、十年分の妄執《もうしゅう》をこめて囁《ささや》いた。

「あなたをください。何もかも、あなたのすべてを」

許されるままに奪ってしまいたい。

全身すべてに口付けて、ドロドロに蕩《とろ》かして繋がって注ぎこんで孕ませたい。

衝動のままに唇を重ねて、ひらいた隙間に舌を差しいれようとして「待って」と響いた声に動きをとめる。

「……どうしました」

問う声に隠しきれない欲が滲む。

どうか今さらやめろなどと言わないでほしい。

「やめて」と一言命じられれば、ヴナンはそれに逆らえない。

ねだるように問うた虫けらに、フェドフルラージュはもぞりと身体を揺らし、答えた。

「……お願いが、あるの」

熱を帯びた瞳で乞われ、ヴナンの頬が安堵と期待にゆるむ。

どのような可愛らしいお願いをしてくれるのだろうか。「はい、何でしょう」と甘く声を返して――

「あなたも、脱いで」

「はい？」

「あなたにふれて、抱きあいたいの」

「……私が服を、脱ぐのですか？」

ヴナンは躊躇《ためら》った。自分の身体の機能性はともかく、形状を美しいと思ったことなど一度もない。

さりとて、主《あるじ》の願いを無下に断ることもできず、もごもごと言葉を濁す。

「……私が脱いでは、姫様を御守りするにあたって問題が発生する恐れがございますので……」

「今までだって、あなたがそばを離れることはあったでしょう？　服を脱ぐくらい大丈夫よ。城の中ですもの」

「ですが……」

「……わかったわ。どうしても武器を手放すのが嫌なら、マントはいいから」

「はい？」

きょとりと目を見ひらいたヴナンに、主《あるじ》は、この上なく愛らしい声で命を下した。

「マント以外、全部脱いでちょうだい」と。

しばしの沈黙の後、ヴナンは「はい」と頷いた。

マントだけ残すくらいならば、いっそ全裸のほうがましだ。けれど武器を手放したくないからと一度断ってしまった以上、受けいれるほかなかった。

——こんなことならば、最初から素直に脱いでおけばよかった。

目を閉じて悔やみながら、ヴァナンはシャツのボタンに手をかけた。

マントの下のすべてを脱ぎさりナイトテーブルに投げ、主《あるじ》に向きなおる。

「ちゃんと見せて」と命じられ、ヴァナンは苦笑いでマントを広げる。

ときたま城下に出没するという変質者にでもなったような気分だった。

ちゃらちゃらと背に当たるケースや鞘《さや》の感触が何とも落ちつかない。興味深げに注がれるフェドフルラージュの視線も、そうだ。

至高の青はヴァナンの顔から逞《たくま》しい首、胸へと下りて、蜘蛛《くも》の証である腕へとずれる。

上側の腕、下側の腕は人間の腕よりも後ろ寄り、中ほどの腕は上下の間、少し前寄りに生えている。

その形状ゆえ、数は多いが、単体で見れば人間よりも可動域は狭い。

上下の腕を同時に動かすのは楽だが、中ほどの腕との兼ねあいがなかなかに難しく、普段は中ほどの腕はほとんど使わず、邪魔にならぬよう前で組んでいることが多かった。

「……きれい」

聞こえた言葉にヴァナンの唇が笑みの形に歪《ゆが》む。

「まさか、御冗談を」

「本当よ」

「姫様は悪趣味でいらっしゃる」

「本当なのに……」

む、と眉を顰《ひそ》めながら、主《あるじ》は目をこらすようにヴナンの上半分に視線を這わせ、ほう、と息をついた。

「傷一つ、ないのね」

幼いころはヴナンの父がヴナンを守っていた。

ある程度育てば、見様見真似で棒きれを振りまわし、自分の身くらいは自分で守れるようになった。

父がフェドフルラージュの騎士となってからは、まともな武芸にふれる機会を得て、人よりも多い腕に磨きをかけることができた。

今この国で、ヴナンに傷をつけられる者はいない。

「小さな傷一つでも重なれば響きます。そうなっては姫様を守れなくなりますから」

誰にもフェドフルラージュを傷つけさせぬためには、誰からも傷つけられぬほど強くあらねばならないのだ。

「そう。……胸は、二つだけなのね」

「蜘蛛《くも》で、雄ですから。猫や犬の血を引く亜人の女であれば、四つある者もおりますよ」

「……見たことがあるの？」

問う声にまじる可愛らしい悋気《りんき》に目を細め、ヴナンは即座に嘘をついた。

「父から聞いた話です」

「そう。なら、いいわ。……ところでヴナン、毒はいつ消えるの？　あなたにふれたいのに、動けないわ」

「……この先、いくらでも機会はございますよ。姫様が望まれるのならば、好きにふれてくださって構いませんから」

このような歪《いびつ》な身体でも、ふれてみたいと思ってくださるのならば――という卑屈な台詞は胸の内だけで呟いて、フェドフルラージュに微笑む。

「……そう、楽しみだわ。好きにしていいのね？」

「ええ、私のどこでも、姫様のお好きなように」

「……そう、どこでも……好きに……」

こくり、と細い喉が鳴り、ヴナンのみぞおちあたりでとまっていたフェドフルラージュの視線が下へと落ちて――

「……ねえ、ヴナン」

「大丈夫、入りますよ」

問われるより先に答えれば、じわりと至高の青が潤む。

「でも、でも……触肢《しょくし》と全然違うわ。あれなら大丈夫かと思ったけれど、それは無理よ。だって、絶対、痛いもの」

「……フェドフルラージュ、私を信じてください。絶対に痛みなど与えませんから」

ヴァナンの言葉に彼女は眉根を寄せ、きゅっと唇を噛みしめながら、渋々と頷いた。

「……信じるわ。あなたの言うことだもの。でも――」

「ありがとうございます」

これ以上、考える時間を与えないようにと、ヴァナンは主《あるじ》に覆いかぶさった。

上側の右手で頬を撫で、上側の左手でうなじをつかみ、捕らえた獲物に食らいつくように口付ける。

躊躇《ためら》う小さな舌を誘うようになぞり、おずおずと応じてきたところでひょいと離れて、上顎をくすぐってやれば、ん、と不満げな喘ぎが耳を楽しませる。

遊んでほしいとじゃれつく舌に応えながら、ヴァナンは中ほどの手をフェドフルラージュの身体に這わせた。

細い首、鎖骨の窪《くぼ》み、まばゆいほどに白い胸へと下りて、なだらかなふくらみの中心で留まる。

薔薇《ばら》の花びらから朝露の滴をはらうように、そっと指の腹で撫でれば、絡む舌が吐息に震える。

そのまま、くるりくるりと焦れったいほどの淡い刺激を重ねていくにつれて、初々しく色付いた頂きが立ちあがっていく。

ころあいを見計らって、百合《ゆり》の花粉を取るように、そっと指の腹で摘まんで引けば、ヴァナンに組みしかれた華奢な身体が揺れた。

「……っ、ふぁ、あ」

ちゅぴり、と可愛らしい音を立てて唇が離れる。

舌と舌を繋ぐ銀糸を舐めとり、ヴァナンは目を細めた。

初めてづくしの快感に戸惑いながらも、ヴァナンを信じて身を任せ、素直に瞳を蕩《とろ》けさせているフェドフルラージュは暴虐的なまでに愛らしい。

じわりと滲む汗、甘さを含んだ女の匂いに、ずきり、と触肢《しょくし》が疼《うず》く。

半ば首をもたげた下肢よりも、触肢《しょくし》の疼《うず》きのほうが強いことに少しの嫌悪を覚える。

やはり私は虫けらだな――とそんなことを考えながら、ヴァナンは胸への刺激はそのままに、フェドフルラージュの下肢へと下側の手を這わせた。

ゆるく閉じていた脚の間に両の手を滑りこませて、しっとりと滑らかな肌の感触を味わうように付け根へと向かう。

腿《もも》の半ばでとまり、やわらかな肉に指を沈ませ、そっと手のひらに力をこめれば、ふわりと蝶が翅《はね》を広げるように少女の膝が左右へと倒れた。

「っ、いや……っ」

響く声にヴナンの手がとまる。

「申し訳ありません。痛みが？」

「それは、ないけれど……」

「けれど、何でしょうか？」

安堵と共に尋ねれば、フェドフルラージュは消えいりそうな声で答えた。

「……カエルみたいで、いや」

「この格好が？」

「そうよ。カエルだわ」

真っ赤に頬を染めて「こんなのひどい！」と詰《なじ》る主《あるじ》に、こみあげる笑みを噛みころしながら、ヴナンは努めて真剣な素振りで言いきかせる。

「男女の営みとは不格好なのが普通ですよ。大丈夫……あなたはどのような格好でも、世界で一番愛らしい、私だけの姫様ですから」

囁《ささや》きながら、やさしく頬を撫でれば、ずるい、ばか、と詰《なじ》られた。

――本当に、本当に、どうしようもなく、お可愛らしい。

ヴナンは愛しさのままにフェドフルラージュの唇を塞ぎ、とめていた下側の手を動かした。

ぱかりとひらいた脚の内側、淡雪の肌を辿って、やがて右の中指の先に感じた熱さ。くちゅりと響いた水音に頬がゆるむ。

やわやわと中ほどの手で胸への愛撫をつづけながら、下側の右手で、ゆっくりゆっくりと割れ目をなぞる。決して強くは押しつけず、潤みを塗りひろげるように。

ひくひくと蠢《うごめ》いて誘う蜜口に今すぐ指を差しいれ、その熱さを、その感触を知りたいという衝動に駆られながらも、ヴナンはいっそ冷めたように淡々とした動きを繰りかえす。

「……ぅ、ヴナン、くすぐったい、わ」

「くすぐったい、だけですか？」

「……それと、変な、感じ」

ふう、と深く息を吐きだして、フェドフルラージュは目を細めた。

「変な感じですか……では、ここは？」

あふれる蜜を指ですくって割れ目をなぞりあげ、小さな突起に塗りつければ、びくん、と少女の身体が揺れた。

「っ、何、今の……びりっと、した」

「ああ、少し強かったかもしれませんね。申し訳ありません」

今度は、もっとやさしくしますから――と宣言をして、ヴナンは小さな花芯に指の腹を添えた。

くにくにと小刻みに揺さぶり、ときおり割れ目をなぞっては蜜をすくって花芯に塗りつける。

快楽の芽が、ぷくりとふくれて芯を持つにつれ、フェドフルラージュの息が上がっていく。

少しだけ指を速めれば、細い脚に力がこもる。

突起を嬲《なぶ》る右の指はそのままに、遊んでいた下側の左手を使って蜜口を浅く掻きまわしてやれば、主《あるじ》の吐息が色を増し、くぷくぷと空気を含んだ粘ついた音が響きはじめる。

「あ、あ、まって――なにか、くる……！　びりびり、して、や、やっ、こわ、こわい……っ、ヴナン……！」

縋《すが》りつくように呼ばれ、ヴナンは指をとめずに答えた。

「大丈夫。ただの絶頂ですよ」

「ぜ、っちょう？」

「そうです。姉君様やご婦人方から習いませんでしたか？」

「ならっ、て、な……っ」

「そうですか。ならば実地で覚えてください。……そのほうが孕みやすくなるそうですから」

　男が精を吐きだすように、女も達することで子供のもとを胎の中に吐きだし、二つが合わさって子が生まれる。

　逆を言えば、身ごもってしまえば、合意の有無を問わず、女性が快感を覚えた証とされるのだとか。

　自身の繁殖方法を本能で理解する亜人にとっては、実に理不尽でくだらない俗信だが、この国の医学ではそれが定説とされている。

「孕みやすく、なるの？」

　息を乱しながらフェドフルラージュに問われて、ヴナンは「はい」と頷いた。

　俗信も使いようだ。折角なので、利用させてもらおう。愛しい主《あるじ》が羞恥を忘れ、抵抗なく快楽に溺れられるように。

「そう聞いています。達すれば達するほど、孕みやすくなるそうですよ」

「そ、ならっ、がんばる、わ……っ」

ぽろりと涙をこぼし、こくりと頷く主《あるじ》の健気な仕草に、ヴナンは噛みつきたくなるような愛しさを覚えながら「はい、頑張ってください」と微笑み、愛撫の指を速めた。

ぐちぐちと響く水音。不規則な痙攣《けいれん》を帯びる内腿《うちもも》、きゅっと丸められた可憐な爪先。きつくつむった目蓋《まぶた》で長い睫毛《まつげ》が震える。

「……ああ、姫様。お可愛らしい」

懸命に初めての絶頂を受けとめようとする愛しい主《あるじ》を見つめて、容赦なく手を動かす。

「っ、ふ、……ぁ、ぁあっ」

やがて、きゅっとフェドフルラージュの眉根が寄り、ん、と華奢な身体がこわばって。

甘い甘い悲鳴がヴナンの鼓膜を揺さぶった。

「〜〜っ、ぁ、ふぁ、――っ、ぁ、っ」

ゆるく押しつけた指の腹の下、ひくんひくんと花芯が脈打つ。

とぷりと蜜を吐きだした源泉に指先を沈めれば、しゃぶりついてくるような熱く柔い肉の感触に、知らず喉を鳴らしていた。

「……姫様、大丈夫ですか?」

「……ん、平気よ」

「それはよかった……」

くったりとした主《あるじ》を労《ねぎら》うように髪を撫でながら、ヴナンは中ほどの右手をマントの中に差しいれる。

裏地に縫いつけられた無数のホルダーから薬品を選び、手探りで取りだした小瓶の栓、コルクの頭を指でなぞる。

――ああ、これだ。

直接目にせずとも選べるよう、コルクには目印を刻んである。

音を立てぬように栓を抜きとって、愛撫に使っていた下側の右手のひらに、ぽとりと一粒中身を落とす。

蜂蜜のように鮮やかな橙色《だいだいいろ》の丸薬《がんやく》はグリーンピースほどの大きさで、指で潰せば、くにゅりと容易に形を変える。

それを中指の先にまとわせるように広げると、ヴナンは彼女の気をそらすように口付けた。

やさしく唇を重ねて食《は》んで淡い快感を与えながら、薬を塗った指を蜜口に這わせて、あふれる蜜と混ぜるように、縁を狭める乙女の証へ蕩《とろ》ける橙色《だいだいいろ》を塗りこんでいく。

「ぁ、ん、んぅ……ふぁぅ」

くちくちと響く音と連動するように、フェドフルラージュの喉から子猫のような鳴き声がこぼれ、ヴナンの耳を楽しませる。

——ああ、本当に。どうして、これほど可愛らしいのだろう。

何万回目かの記録更新をした主《あるじ》への愛しさに目を細めながら、ヴナンは縁をなぞっていた指を蜜口に差しいれた。

第一関節、第二関節、根元まで。

みっちりと指に絡みついてくる熱さに、狂おしいほどの衝動がこみあげ、小さく息を吐く。

——ああ、抱きたい。

けれど、一滴の苦痛もフェドフルラージュには与えたくない。

快楽に蕩《とろ》けた愛らしい顔が苦痛に歪《ゆが》むさまなど見たくない。

乙女の証を自らのモノで破ることに拘《こだわ》る男もいる——この国の多くの男がそうだろう——が、ヴナンにとって大切なのは愛しい主《あるじ》が苦しまないこと、それだけだ。

夜の街ではわざと慣らしもせずに初花を散らし、痛みに泣きさけぶ少女の反応を楽しむ男もいたが、悪趣味だとしか思えなかった。

泣いて叫ばせるのならば、痛みではなく快楽で声を上げさせたい。

そのためには、ただでさえ狭い場所を狭めている膜など、ただの障壁でしかない。

――早く、なくしてしまいたい。

はやる気持ちを押しかくしながら埋めた指を揺らし、ぐるりと小さく弧を描けば、ひくりとフェドフルラージュの薄い腹が震える。

「姫様、苦しくはありませんか？」

「ん、だいじょうぶ、……きもちいいわ」

甘えきった声での申告に「そうですか」とやさしく答え、花芯に親指を添えて転がせば、きゅううと指を柔い肉にしゃぶられた。

瞬間、痛みと錯覚するような疼《うず》きが触肢《しょくし》に走り、ヴナンは眉を顰《ひそ》める。

――早く抱きたい。今すぐにでも。

そろそろ薬が効いただろうか。どうか効いていてほしい。

そう願いながら、ヴナンは埋めた中指を一度抜きとって、くるりと手のひらを上に向け、薬指を添えて蜜口にあてがった。

少しの表情の変化も見逃さぬように、フェドフルラージュの顔を見つめながら、そっと、そうっと指先を埋めていく。

半ばまで沈めたところで、揃えた指を広げる。

みちみちと狭い穴も一緒に広がっていき、やがて、限界まで引きのばされた襞《ひだ》が——ぷつりと裂けた。

ひくり、とフェドフルラージュの腰が揺れ、金気《かなけ》を帯びた微かな血の匂いがヴァナンの鼻に届く。

それでも、彼女の表情は、変わらず蕩《とろ》けたままだった。

「……姫様、痛みはありませんか？」

「ん、指、増やしたのね……大丈夫よ。思っていたよりも、平気みたい」

わずかに身じろぎ、ふふ、と微笑む。痛みを感じている様子はない。

——ああ、よかった。

ヴァナンは安堵の溜め息をもらした。

痛みを緩和し少しの恍惚《こうこつ》をもたらす薬は、もともとは毒だったものを、城の医師の依頼を受けて改良したものだ。

——私が使うことはないだろうと思っていたが……

念のため一瓶だけ持ち歩いていたものが、このような形で役立つ日がくるとは思わなかった。

小さく笑って、ヴナンはフェドフルラージュの唇に、本日何十回目かの口付けを落とした。

ちろりと舌先で唇をなぞれば、餌《えさ》をねだる雛《ひな》のようにひらく。

どうぞとばかりに舌をねじこみ、音を立てて絡めながら、蜜口に差しいれた指を動かす。

はじめのうちは窮屈に締めつけられていたが、何度も出し入れをするうちに、あふれるぬめりが手伝って、スムーズに動けるようになってくる。

効き目が弱ければ薬を追加しようと思っていたが、もう必要ないだろう。

ヴナンは小瓶を握った中ほどの右手をマントに入れて小瓶を元に戻すと、フェドフルラージュの胸にその手を這わせた。

いじらしく立ちあがった桃色の頂きをくすぐり、やさしく摘まんで、掠《かす》めるように爪でなぞれば、甘い喘ぎと共に蜜口に埋めた指が食《は》まれる。

「……姫様、気持ちいいですか？」

ん、と頬を染め、素直に頷くフェドフルラージュに、ヴナンは囁《ささや》く。

「姫様、指もいいですが、舌はもっと気持ちがいいそうですよ」

そっと指で花芯をくすぐると、少女の視線がヴナンの口元へと動く。

ちろりと舌で唇を舐めれば、その感触を想像したのだろう。こくりと小さく喉を鳴らして、フェドフルラージュは目を伏せた。

「でも……汚いわ」

「まさか。姫様の身体に汚いところなどございませんよ」

やめてとも嫌だとも言われないということは、許可が出たも同然だ。

ヴァナンは主《あるじ》の唇に口付けを落とすと、身を起こし、差しこんだ下の指はそのままに、ぎしり、と後ずさった。

しどけなくひらいた脚の間に視線を落とし、背を屈め、上側の手で両の膝裏をすくってつかむ。

中ほどの手の指を割れ目にかけて、左右にひらけば、ふ、とフェドフルラージュが息を詰め、細い脚が緊張を帯びた。恥ずかしいのだろう。

「姫様、力を抜いてください。大丈夫ですから」

やさしく声をかければ、微かに頷く気配と共に、おずおずと少女の身体から緊張が抜ける。

じっくりと眺めたい気持ちもあったが、彼女に嫌がられるのは避けたい。

ヴァナンは、さっさと先に進むことにした。

ちんまりと包皮の陰から顔を覗かせる花芯は、キイチゴの果粒のように小粒で可愛らしい。

自分で弄《いじ》ったこともないのだろう。

驚かせないよう、そうっと包皮の根元を指で押してやれば、くりゅんと花芯が飛びだす。

たったそれだけで息を呑み、乱した主《あるじ》の初々しさに、ヴァナンは口元がにやけてくるのを堪《こら》えつつ、充血した果肉に舌を這わせた。

「っ、――んん、っ、ぅう、ふ、ふぅっ」

やさしく舌を使い、ちろちろと縦に横にと舐めころがし、ときおり、ちゅ、と吸いあげて。

響く嬌声と指に伝わる締めつけ、手のひらに伝わる脚の震え。すべての反応を吟味して、ヴァナンはフェドフルラージュの好む愛し方を探っていく。

やがて、先端よりも根元が弱いことに気が付くと、ころころと弾くのをやめ、軽く吸いあげて、根元をぐるぐるとほじくるように舐めまわすことに専念する。

「あ、あぁ、ま、まって……！　ヴァナン、それ、あ、んんっ、びりびり、する、からぁ……っ」

煮溶けた蜜のような声でとめられたが、ヴァナンは従わなかった。

「うぅ、ふ、やっ、や、やっ、だめ、まって、また、く、さっきの、くる……っ」

達しそうなのだろう。どうぞ、と促すように、ヴァナンはフェドフルラージュの腰を中ほどの手でしっかりと押さえつけた。

まっすぐに逃しようもなく、快感を受けとめられるように。

四本の腕で押さえつけられた細い身体は、身じろぎ一つ満足にできなくなる。

ヴナンの手の内で、やわらかな尻が、脚が、ぶるぶると痙攣《けいれん》を帯びて、やがて、びくんと跳ねあがった。

「――っ、～～っ」

喉をそらして口をあけ、声なく喘ぐ主《あるじ》の姿を、ヴナンはまばたきさえ惜しんで見つめていたが、やがて、かくん、と彼女の身体から力が抜けたところで、埋めた指を引きぬいた。

だがこれで終わりなどではない。再度、中指、薬指、それから人差し指を加えて三本、ぬぷりと差しいれ、花芯に舌を這わせる。

ひぃ、と上がった可愛らしい悲鳴がヴナンの耳をくすぐって、どぷりと粘りの増した蜜が指を伝い、手のひらを濡らす。

仄《ほの》かに漂う血の匂いが甘い雌の匂いと混ざり、ヴナンの脳を揺さぶった。

「く、んん、ぅうぅ、っ、ヴナンっ、ねぇ、だめ、いま、だめなの、ねぇ……！」

「……フェドフルラージュ。大丈夫、慣れれば何度でもいけますよ」

「でも、……でもっ」

「私の子を、産んでくださるのですよね？」

ここから、と、わざとらしく蜜口をかき混ぜてやれば、フェドフルラージュは、ひくり、と喉を震わせた。

「……わかったわ。ヴナンの子を、産めるように、たくさん、きもちよくして――ふぁあ、あぁっ」

涙ぐみながらのお願いを主《あるじ》が言いおえる前に、ヴナンは花芯にしゃぶりついた。

甲高い嬌声に目を細め、淡々と、粛々と、指と舌を使って、主《あるじ》を追いあげていく。

――ああ、姫様は、泣き声もお可愛らしい。

寝台《しんだい》の上で、快楽によってならば、泣かせたところで問題ない。

「っ、あ、あ、やぁ、ひ、ぅ、――ぅう」

蜘蛛《くも》の巣にかかった蝶のように、腕の中で儚くもがく腰と脚をしっかり押さえつけ、ヴナンはフェドフルラージュを三度目の絶頂に押しあげた。

嬌声というよりも悲鳴に近い声を上げ、彼女は果てた。

ヴナンの指を食いちぎらんばかりに締めつけながら、びくん、びくん、と不自然なほどに身体を跳ねさせる主《あるじ》の姿を、ヴナンは闇を煮詰めたような瞳で、ジッと愛おしげに見つめる。

「――っ、……はぁ」

やがて、ぶるると身を震わせて、力尽きたようにフェドフルラージュは敷き布に身を沈めた。

この分では、盛られた薬が切れたところで、まともに立つことはできないだろう。

せわしなく上下する薄い胸を中ほどの手でやさしく撫でながら、ヴナンは埋めっぱなしの下側の指をゆっくりと引きぬいた。

てらりと濡れ光る指に絡む、ひとすじの赤。

女性に痛みを強いるだけの乙女の証など不要だ、とヴナンは思っていたが、それでも嬉しくないわけではない。

自分がフェドフルラージュの初めての男だという証。

そして愛しい主《あるじ》が、自分以外の誰にも嫁げなくなったという証。

湧きあがる仄《ほの》暗い歓喜を悟られぬよう、生涯一度の乙女の証をひそやかに舌で味わって、ヴナンはナイトテーブルの水差しに上側の手を伸ばした。

とくとくとグラスに水を注いで水差しを置き、グラスと小さく畳んだ布を手に取る。

「姫様、喉が渇いたでしょう？」

くてりと伸びた身体を抱きおこし、薄くひらいた唇にグラスをあてがい傾ければ、

「ん……」と、少女は、どこかぼんやりとした表情で喉を鳴らし、眠たげに目を細めた。

「……姫様、あと少しだけ頑張ってください」

せめて身体を繋げるまでは起きていてほしい。

ヴナンの胸にもたれ、ん、と頷く主《あるじ》の口元を布で拭い、ついでに自分の口も拭うと、グラスに残った水を呷《あお》り、ナイトテーブルに戻す。

それからヴナンは、ゆっくりとフェドフルラージュを敷き布に横たえ、ぎしり、と覆いかぶさった。

「…………」

言葉なく見つめあいながら、そうっと下側の手で主《あるじ》の膝裏をすくい、先ほどまで自分の指を咥えこんでいた場所に、自分の雄をあてがう。

ぬちりと切先に感じる熱。ぐ、と腰を押しつければ、熱く蕩《とろ》けた肉のあわいに呑みこまれていく。

初めて味わう感覚は鮮烈で、ヴナンにとっては苦痛よりも耐えがたいもののように思えた。

そして、それを自分に与えているのは他の誰でもない、ただ一人の主《あるじ》であり、想い人である最愛のフェドフルラージュなのだ。

快感などという単純なものではない。ぞくぞくと背すじを這う名状しがたい感覚に、ヴナンは奥歯を噛みしめ、こぼれそうになる呻きを堪《こら》える。

フェドフルラージュはというと、当初の想定以上の質量を受けいれることに必死で、ぎゅっと目をつむり、はあ、ふう、と息を吸ったり吐いたりと忙しく、ヴナンの反応を窺《うかが》う余裕などないようだった。

「……姫様、すべて、入りましたよ」

囁《ささや》かれた言葉に、少女は恐る恐ると目蓋《まぶた》をひらく。

「うう、ヴナン、ねぇ、さ、さけていない？」

ふるふると震えながらの問いかけがあまりにも真剣で、ヴナンは思わず小さく噴きだしてしまった。

「ヴナン！」

「……申し訳ございません。あまりにも姫様がお可愛らしくて、笑みがこぼれてしまいました。大丈夫、裂けてなどおりませんよ」

「本当に？」

「ええ」

確かめてみますか——とヴナンは上側の手で主《あるじ》の肩をつかみ、そっと引きおこした。

「…………嘘……本当に、入ったのね」

結合部を見つめながら呆然と呟き、それから、ゆるゆるとフェドフルラージュの顔に喜びの色が広がっていく。

「ヴナン……！」

「はい、姫様」

「これで私たち、夫婦ね！」

晴れ晴れとした宣言にヴナンは面食らい、それから、小さく微笑んだ。

「……婚礼の許可証が出れば、ですね」

許可証が出なければ、正式な夫婦としては認められない。

この国で亜人であるヴナンがフェドフルラージュと結婚するためには、国王から教会への口利きが必要になる。だが、それは無理な話だろう。

だから、ヴナンはフェドフルラージュを攫《さら》っていくつもりだ。

彼女が王女ではなく、一人の女としていられる場所へ。

「そう、楽しみね」

「……はい」

「ねぇ、ヴナン。私ね、あなたをもう、日陰に置いておきたくないの。夫として隣に立っていてほしい。この国で叶わないと言うのなら、どこに行ったって構わないのよ？　だからずっと、一緒にいましょうね！」

笑いかける主《あるじ》を食いいるように見つめていたヴナンの表情が、不意に、くしゃりと歪《ゆが》む。

「……はい、もちろんです。それがあなたの願いなら、それは私の願いです」

「ありがとう。愛しているわ」

「私も、あなたをこの世の何よりも、愛しています」

万感の思いをこめて囁《ささや》いて、ヴナンはフェドフルラージュに口付けた。

そっと唇を重ねて、離して。

は、と小さく、どちらからともなく息をつき、もう一度、重ねあう。

少しずつ口付けが深まって、甘く締めつけられたのを合図に、ヴナンは腰を動かした。

ゆっくりと引いて、押しこんで、繰りかえすうちに二人の身体がなじんでいく。

控えめな水音に二つの吐息がまじりあう。

ゆるゆると揺さぶりながら、ヴナンはフェドフルラージュの腹に、中ほどの左手を這わし、するりと胸まで滑らせた。

ぴんと主張する胸の先をくすぐり、摘まみ、やさしく掻いてやれば、きゅん、と心地好い締めつけが走り、ヴナンを悦《よろこ》ばせた。

「ん、ん、……はぁ、あ、ヴナン、きもち、いい」

とろりと瞳を潤ませて、口元をゆるめるフェドフルラージュは、つい先ほどまで何も知らぬ乙女だったとは思えぬほど、貪欲に快楽を享受している。

その素直さが、純粋さが愛しいと、ヴナンは心から思った。

そのようなフェドフルラージュだからこそ、心のままに自分を選んでくれたのだ。

「……もっと、気持ち良くなりましょうね」

中ほどの右手を、フェドフルラージュの脚の付け根、先ほどヴナンが散々舐めまわした花芯へと向ける。

繋がる箇所から蜜をすくい、ぷくりと立った粒にまぶして、やさしく親指の腹で捏《こ》ねて、揺らして、押しつぶして。その間も、ゆるやかな律動と胸への愛撫はやめない。

効果は覿面《てきめん》で、フェドフルラージュの息遣いは、またたく間に絶頂寸前まで乱れた。

びくびくと震えはじめた白い腹を見つめ、ヴナンは腰の動きは変えず、花芯と胸への刺激を少しだけ速め、強めた。

やがて、蕩《とろ》けきった甘鳴《かんめい》が響いて、ひときわ強い締めつけが走る。

きゅう、きゅう、と締まってゆるんで、びくびくと断末魔めいた痙攣《けいれん》が走って、そして――ふっ、と少女の身体から力が抜けた。

「……姫様」

フェドフルラージュの意識は夢の世界へと落ちていた。

そっと肩をゆすっても、淡い金の睫毛《まつげ》に縁どられた目蓋《まぶた》がひらくことはない。

「姫様」

もう一度呼びかけ少しだけ強く肩をゆすり、それでも反応がないことを確かめて――

ヴナンの顔から表情が抜けおちていく。

フェドフルラージュに用いた、痛みを緩和し、少しの恍惚《こうこつ》をもたらす薬のもう一つの効果は、深い眠りだ。

しばらくは、主《あるじ》が目を覚ますことはないだろう。

「…………」

無言のまま、ヴナンは上側の手で少女の頬を撫で、耳をくすぐり、小さな頭を抱えこむ。

中ほどの腕は華奢な背中へ。

最後に、下側の手がフェドフルラージュの腰へと抱きつくように回される。

ばさりとマントの布が垂れさがり、少女の身体が覆いかくされた。

決して抱きつぶすことのないように、自らの腕や肘をつかんで加減しながら、ヴナンは六本の腕でしっかりと愛しい主《あるじ》を囲いこむ。

それは、蜘蛛《くも》が獲物を抱えこみ、貪《むさぼ》る姿とよく似ていた。

「……姫様」

恍惚《こうこつ》と囁《ささや》き、ヴナンは軽く腰を引き、押しつけた。

小さな水音が鳴り、腕の中の少女が艶《なま》めかしい吐息をこぼす。

「フェドフルラージュ」

愛しい名を声に乗せ、ぎちりと腕に力をこめる。

ようやく手に入れた獲物を食らうように、腕の中の温もりをじっくりと肌身で感じながら、柔い肉を穿《うが》ち、快感を味わう。

ゆるゆると穏やかだった動きは少しずつ少しずつ速まって、しだいにヴナンの息遣いも荒々しいものに変わっていく。

ぎしぎしと寝台《しんだい》が軋み、肌を打ちつける音が濁った水音と混じって夜に響く。

言葉なく息を荒らげ腰を振るヴナンは、この瞬間、理性ある生き物ではなく、ただ、愛しい雌を貪《むさぼ》るだけの雄だった。

やがて、は、は、は、と切れ切れの呼吸が一瞬途切れ、少女に覆いかぶさった虫けらの身体が、ぶるり、と大きく震える。

「――私の、もの」

はなった。

呪詛《じゅそ》めいた囁《ささや》きと共に、ぐちり、と腰を押しつけて、ヴァンは十年来の妄執《もうしゅう》を解き

数分後。

正気に返って主《あるじ》の身体を清めたヴァンは、自身の腕に刻まれた指の痕を見つめ、深く息を吐いた。

やりとげたという満足感と、やってしまったという清々しい後悔が胸に満ちていた。

――さて、問題はこれからだな……どうするか。

城を――国を出るのは避けられないとして、出た先でどうするべきか。頭の中に地図を広げる。

北に行けば比較的、亜人に友好的な国がある。

南に行けば比較的、制圧しやすい国がある。

フェドフルラージュといずれ生まれる子供たちが幸福に暮らせる場所は、どちらだろうか。

ヴァンは、愛しい主《あるじ》の産む子に、日陰の虫けらの立場を押しつけるつもりなど毛頭なかった。

生きていれば、多少の苦労は避けられないだろう。

けれど、種族という自分ではどうにもならない要素で虐《しいた》げられるのは、本来なら抗うべき理不尽なのだ。

適当な女性に頼んで産ませた自分の子であれば、父に倣《なら》って亜人の境遇を受けいれるよう諭しただろう。

けれどフェドフルラージュの子供が蔑《さげす》まれることなど、許せない。絶対に。

彼女の子供には、彼女と同じ、光輝く日向の生き物として育ち、幸せになってほしいのだ。

──いや、違うな。

なってほしいのではない。

──私が、必ず幸せにする。

今までも、ヴナンはフェドフルラージュの幸福を守ってきた。

これからも、変わらない。

愛しい主《あるじ》とその子の幸福を守っていく。

──何を犠牲にしても、誰を敵に回そうとも、必ず……！

声には出さずに誓いを立てて、ヴナンは眠る花嫁に口付けた。

エピローグ　食われた花が幸せならば。

「陛下」

雨音に紛れた呼びかけに、王は目を覚ました。

叫び声を上げなかったのは王が豪胆だったからではなく、ヴァンの手のひらが王の口を文字通り塞いでいたからだ。

「お暇《いとま》をいただきにまいりました」

夜明け前の訪問を詫びるでもなく、淡々と切りだされた言葉に「ああ、ついにこの日がきたか」と王は早鐘を打つ胸を押さえながら、そっと侵入者の手を外した。

「……フェドフルラージュを、連れていくのだな」

ひそやかに問えば、しっかりとヴァンは頷いた。

「はい、姫様は私を望んでくださいました。姫様の幸福のために、二人で一緒に生きられる場所へ、このまま攫《さら》ってまいります」

「フェドフルラージュは一国の王女だぞ。国のために生きるのが王族としての義務だ」

「それが姫様の幸福に繋がらないのであれば、私はそれを許しません」

おまえが許すことではないだろう、などと文句を言う勇気は王にはなかった。

ヴァナンの主《あるじ》はフェドフルラージュただ一人。

彼にとって、国も王家も、主《あるじ》の付属品でしかないのだ。

それがフェドフルラージュにとって害のあるものだと判断すれば、迷わずそれを滅ぼすだろう。

——この男の愛は、狂っている。

昔からずっと、そうだった。

春の朝。

血相を変えた庭師の報告で庭園に駆けつけてみれば、つい昨日まで咲き乱れていたはずの薔薇《ばら》が一本残らず刈りとられていた。

目撃者の証言を辿ってみれば、フェドフルラージュの寝台《しんだい》が花の寝床と化していて、傍らにははさみを手にしたヴァナンが立っていた。

どういうことかと問いただそうとした王の口をヴァナンは無造作に手で塞ぎ「姫様が起きてしまいます」と部屋の外に引きずりだした。

「……あれは何のつもりだ」

声を潜めて問えば、ヴァンは「姫様が『薔薇《ばら》の花びらでいっぱいの寝台《しんだい》で寝てみたい』とおっしゃったので、集めました」と迷いのない瞳で答えた後、「本当に妖精のようでしょう？」と満足げに笑っていた。

夏の夜。

顔を引きつらせた衛兵の報告で厨房を訪れると、見知らぬ寝間着姿の男が震える手でビスケットを焼いていた。

城下で菓子屋を営んでいるという男から渡されたビスケットを手に、フェドフルラージュの部屋へと向かうと、丸々とした牝牛が絨毯《じゅうたん》に寝転がり、その傍らにはミルクを搾《しぼ》ったボウルを手にしたヴァンが佇《たたず》んでいた。

「ああ、陛下。ビスケットを持ってきてくださったのですね。ありがとうございます」ふざけたことを言いながら薄笑いを浮かべる男を問いただそうとしたが「お父様も、ご一緒にいかがですか」と駆けてきた娘の笑顔に負けて口をつぐんだ。

けれど、後になって「妖精にあげる焼きたてのビスケットと搾《しぼ》りたてのミルクが欲しい」とフェドフルラージュが願ったのだとわかり、王は頭を抱えた。

秋の黄昏《たそがれ》。

死者が蘇《よみがえ》るとされる日、王妃の墓へと花を手向《たむ》けに行った王が目にしたのは、暴かれた墓と石棺《せっかん》、そこから取りだした王妃の灰を収めた壺に手を差しいれるヴァナンの姿だった。

「……な、なあ、ヴァナン、何をしているのか教えてもらえないだろうか」

震える声で問えば、彼は闇を煮詰めたような瞳で王を見つめて「姫様が『お母様に会いたい』とおっしゃったので」と躊躇《ためら》うことなく答えた。

冬の黎明《れいめい》。

怯える門兵の知らせを受け、城門へと駆けつけてみると巨大な跳ね橋が堀へと落ちていた。

仄《ほの》暗い水底へと沈む橋を呆然と見つめていると、いつの間にかヴァナンが王の背後に立っていた。「陛下」と呼ばれた瞬間、心臓がとまるかと思うほど驚いたものだ。

その日、フェドフルラージュの誕生を祝う宴のため、王は狩りに出てウサギを捕ってくるつもりだった。それをヴァナンは知っていたのだろう。

「陛下。姫様が『今日は一日ずっと、お父様と一緒にいたい』とおっしゃいました。ウサギならば私が捕ってまいりますから、陛下は姫様のおそばにいらしてください」

胡乱《うろん》な笑みを浮かべる男を見つめ、王は心の底から震えあがった。

この男はフェドフルラージュの幸せのためならば、何を犠牲にすることも厭《いと》わない。

今回もそうだ。王が反対したところで歯牙にもかけないだろう。

「……城を出て、どうする」

「確かな腕さえあれば後ろ盾などなくとも活計《かっけい》の道には困りません。幸いにして、私には人よりも多くの腕がございますので」

柄にもなく趣味の悪い冗談を口にして、にんまりと闇色の瞳を細める男を見つめつつ、王は頭を巡らせ、やがて渋々と頷いた。

「——わかった。結婚を認めよう」

王の言葉にヴナンの笑みがこわばる。

許されるとは思っていなかったのだろう。

「おまえに所領と爵位を与え、フェドフルラージュを降嫁《こうか》させる。だから、行くな」

「……それで、よろしいのですか」

「他に道はない」

傭兵として他国に雇われ、あるいは夜盗にでもなれば厄介だ。

王は、ヴナンを敵に回すようなことだけは避けたかった。

この、毒でも剣でも殺せない怪物を。

——だから、「亜人を騎士になどしてはいけない、きっと恐ろしいことになるぞ」と言ったのに。

ヴナンの父は騎士とは名ばかりで、正式な訓練を受けてはいなかった。正しい剣の扱い方すらきちんと習ったことがなかったのだ。

それでさえ、十数名の腕利きの刺客《しかく》を単身で葬るほどの力があった。

彼自身も手傷を負い命を落としたが、相手は原形をとどめぬほどに破壊されていたという。

ヴナンは父親譲りの亜人の力に加えて、まともな武芸の鍛練を積んでいる。

正式な騎士としての訓練期間は、父親の役目を継ぐまでの短い期間しかなかったとはいえ、彼には充分だったはずだ。

元来、亜人はすべてにおいて、人間よりも遥かに優れた存在なのだから。

それゆえに人間は彼らを恐れ、厭《いと》い、「おまえたちは人間社会に寄生して生きる社会的弱者なのだ」と言いきかせ、思いこませて、日陰の存在であることを強いているのだ。

彼らを受けいれ、栄えさせ、自分たち人間に取って代わられることのないように。

王はそっと溜め息をこぼしてから、こわばる頬を動かして笑みを作った。

「……言ったはずだ。男として少しばかり難があろうとも、国の役に立つのならば問題はないと。これからも国の役に立ってくれ。フェドフルラージュの愛する国だ。守ってくれるだろう?」

「……はい。この命を懸けて、御守りいたします」

「そうか。それは、頼もしい」

この男ならば確実に国の役に立つ。半端な男に嫁がせるよりも、それは確かだろう。

「……ヴナン、私とて娘の幸福を願っているのだ。あの子を幸せにしてやってくれ」

王の言葉に、ヴナンは呆気にとられたように黒々とした目をみはり、それからきゅっと細めて、首を傾げた。

「陛下が姫様の幸福を願ってくださって嬉しく思います……ですが陛下、姫様は今も御幸せでいらっしゃいますよ? 私が、ずっと、姫様の幸福を御守りしてきたのですから」

闇色の瞳に気圧《けお》され、王は「そうか、そうだな」と逆らうことなく頷いた。

「ええ。そして、これからも永遠に、私が姫様を御守りいたします」

謙虚で傲慢《ごうまん》な蜘蛛《くも》は、底冷えするようなまばゆい笑みで宣言すると、ふと窓の外へと目を向けた。

残してきたフェドフルラージュが気にかかるのだろう。

一瞬でヴナンの興味が自分から失われたのを感じ、王は肩の力を抜いた。

目を伏せ、そっと息をついたところで「では、失礼いたします」と低い声が耳に届いて――顔を上げたときには、闇を煮詰めたような黒い影は消えていた。

耳をそばだてても、足音一つ聞こえない。

降りしきる雨音だけが、ざあざあと響いている。

扉の外に立つ衛兵は、ヴナンの訪問にも退室にも気が付いていないだろう。

誰にも悟られることなく一夜にして王と兄姉を屠《ほふ》り、フェドフルラージュを王位に据えることとすら、あの男ならば躊躇《ためら》うことなくやってのけるだろう。

それを主《あるじ》が望まぬゆえ、実行しないというだけで。

今さらながらに背すじを伝う寒気に、王は身を震わせた。

「……フェドフルラージュ」

雨音の満ちる部屋に、王の呟きが落ちる。

最後に生まれた可愛い娘を「花の妖精」と名付け、慈しみ大切に育ててきたつもりだが、咲いたそばから蜘蛛《くも》に食われてしまった。

けれど、嘆いたところでどうしようもない。

たとえ気の進まぬことでも、心を押しころしてでも国のために耐えねばならぬときがある。それが王族というものだ――そう、ヴナンへ説《と》いたのは他でもない王自身なのだから。

「……まぁ、食われた花が幸せならば、仕方がない」

この先もずっと、フェドフルラージュは幸せでありつづけるだろう。

あの狂信的な騎士——一途な怪物がそばにいる限り。

それならば悪くはない。王とて、娘の幸福を父として喜ばぬわけではないのだ。

「……しかし、あれが義理の息子になるのか……」

想像もできない。ヴァナンに父と呼ばれることなど。

それは、恐ろしいようで、少しばかりだが楽しそうだとも王は思った。

きっと今よりも、少しくらいは、あの男と言葉を交わす機会も増えるだろう。そうなれば、今よりも、少しくらいは王に対する彼の態度がやさしくなる……かもしれない。

——やさしくされたい。切実に。心臓に悪いことはしないでほしい。

老いた王は胸を押さえて呟いた。

「明日から、忙しくなるな」

方々《ほうぼう》への根回しや準備、やるべきことは山ほどあるが、それをヴァナンに任せるわけにはいかない。

彼は地道な交渉や穏やかな説得など、してはくれないだろうから。そのような無駄な時間など、あの男にはないのだ。

文句を言う者がいれば、文句を言えないようにするだけだ。一瞬で、物理的に。

「……本当に、忙しくなるだろうなぁ」

きりり、と胃の腑が痛むのを感じながら、ぼそりと王は独りごち、それから、およそ生涯一番の深い深い溜め息をついた。

今日は水が怖い日

書き下ろし番外編

季節は秋。

クロエがリンクスの妻となって半年ほど経った、ある夜のこと。

その日は朝から空が重暗く、しおしおとした霧雨が風に押されてまとわりついてきて、傘が意味をなさないような肌寒い一日だった。

だから、仕事から帰ってきたリンクスを出迎えたとき。

彼のまとう漆黒の騎士服やビスケット色の髪は、すっかり水気を含んでしまっていた。

「お帰りなさい、リンクス」

「うん。ただいま、クロエ」

リンクスが目を細めて答え、その拍子に、やわらかな被毛に覆われた三角の耳が揺れ、ちょこんと伸びた房毛の先にとどまった雨の滴が燭台の明かりにキラリと輝く。

「今日もおつかれさま。寒かったでしょう?」

クロエが手にしたタオルを広げて微笑みかけると、リンクスは「大丈夫」と答えつつ背を屈め、頭からタオルにつっこむようにクロエの胸に額を寄せると、はあ、と大仰な溜め息をこぼした。

「でも雨は嫌だった。傘差すほどじゃないけど、鬱陶《うっとう》しくてさぁ……！」

子供のように顔をしかめるリンクスに、クロエは思わず頬をゆるめる。

「そう、大変だったわね」

あやすように言いながら、ぐりぐりと頭を押しつけてくるリンクスの髪をタオル越しに撫でると「うん」と喉を鳴らすように彼が頷く。

そのまま濡れた髪を拭こうとしたところで、リンクスはスッと逃げるように顔を上げ、呼びかけてきた。

「……ねぇ、クロエ」

子供っぽい口調から一転、ジワリと甘さを含んだ声音にクロエの鼓動が小さく跳ねる。

「な、なぁに？」

「もう濡れてるし、このままお風呂入っちゃおうかなって思うんだけど……」

「……けど？」

何を言われるのか、いや、ねだられるのか薄々予想はついていた。

けれど、先んじて言うのは恥ずかしくて、おずおずと上目遣いに尋ねると、リンクスは金緑石《クリソベリル》の目を悪戯《いたずら》っぽく細め、ニコリと笑ってねだってきた。

「今日は水が怖い日だから、一緒に入ってくれる？」

クロエは一瞬返事に詰まる。

けれど、小首を傾げたリンクスに「ダメ？」と重ねて問われ、観念したように頷いて。

「……いいわ。一緒に入りましょう」

そっと睫毛《まつげ》を伏せ、ひそやかな溜め息と共に消えいるような声で返した。


それから、十分後。

クロエは燭台が照らす浴室で、金の猫足付きのバスタブの中に腰を下ろし、リンクスに後ろから抱えこまれるような格好で縮こまっていた。

――ああ、やっぱり恥ずかしいわ……！

湯に浸かったばかりだというのに、既にのぼせそうなほど熱い頬を押さえて、そっと溜め息をつく。

リンクスと一緒に湯浴《ゆあ》みをするのは初めてではない。

彼が子供のころにしていたし、夫婦になってからも、もう両手の指では足りないほどの回数をこなしている。

——リンクスは「夫婦になったんだから、恥ずかしがる必要なくない？　王配殿下と女王陛下なんて、もっとイチャイチャしてるよ？」なんて言うけれど……

サンティエ侯爵は女王と湯浴《ゆあ》みを共にはしないが、彼女の湯浴《ゆあ》みを手伝い、身体に傷がないか病の兆候などが出ていないか、リンクス曰《いわ》く「余すところなく隅々まで確かめてる」らしい。

それを「イチャイチャしてる」と言っていいのかは疑問だが、とはいえ、確かにそれに比べたら「一緒に湯に入る」くらい何でもないだろう。

そう頭では思っていても、それでも羞恥を覚えずにはいられないのだ。

——何というか……寝台《しんだい》の上で見られるのとは、また違った恥ずかしさなのよね。

伏せた睫毛《まつげ》を上げて視界に入るのは、ひょろりと伸びた自分の脚と、それを左右から挟むように伸ばされた、しなやかな筋肉をまとった長い脚。

そっと身じろぐと透明な湯が波打ち、二人の輪郭がぼやける。

揺れた脚がさわりとこすれて、くすぐったさにも似た心地好さに、クロエは思わず小さく吐息をこぼした。

——できるなら、ミルクバスにしてしまいたいのだけれど……

リンクスが「そんなことされたら、お湯を舐めたくなっちゃうよ」と言うので、こうして何一つ隠せないまま入るほかない。

その上、彼が「ふふ、あったかいね」などと上機嫌に喉を鳴らしつつ、後ろから脚を絡め、ともすれば左右に広げようとしてくるので気が抜けない。

そんな恥ずかしい思いを堪《こら》えてまで、どうして一緒に入っているのかといえば、それはひとえに彼のためなのだ。


出会った当初。リンクスは湯浴《ゆあ》みを嫌い、浴室に入ることを拒んでいた。

クロエは「猫だから水が嫌いなのかしら？」と深く考えることなく、湯に浸した布で身体を拭いて済ませるのを許していた。

けれど、一緒に暮らして一ケ月ほど過ぎたころ。

土砂降りの雨の日に買い物に出たリンクスが、泥まみれで帰ってきたことがあった。

「別に何でもない！　転んだんだ！」と言いはっていたが、おそらく亜人を厭《いと》う心ない人間に突き飛ばされるかどうかしたのだろう。

真相を聞きだしたいのは山々だったが、泥まみれになった姿に、まずは身体を洗って湯で温まるべきだと思い、クロエはにこやかに告げた。

「そう、お買い物ありがとう、リンクス。仕舞っておくから、お風呂に入ってきなさい」

髪にまでこびりついた泥は、濡らした布で拭くだけでは落としきれないだろう。

そう思い促したのだが、途端にリンクスはキュッと横に倒していた三角耳をへにょりと伏せて、「いやだ」と小さく呟いた。

「……リンクス?」

声をかけたところで彼の肩が震えていることに気付いて、そっと抱きしめると、リンクスは溜め息をこぼすように打ちあけてきた。

「お風呂は……水、怖いから……いやなんだ」

そして、教えてくれた。

かつて香水屋の夫婦から、鬱憤晴《うっぷんば》らしに水責めじみたことをされていたのだと。

「猫は本当に水が嫌いなのか確かめてやる!」などと言いながら、怯え、許しを乞う彼をバスタブに投げこみ、水に顔を沈めて笑っていたと。

それを聞いたクロエは彼を痛ましく思い、同時に「猫だから水が嫌いなのかしら?」などと、夫婦と同じようなことを考えていた自分が恥ずかしくなった。

言葉を失うクロエの様子に何を思ったのか、リンクスはしょんぼりと耳を伏せたまま、顔を俯かせた。

「……でも、姉さんが、汚いのいやなら……がんばって入る」

力なく告げられたクロエは「いえ、無理はしなくていいのよ！」と慌てて声をかけようとして、べったりと泥がついたビスケット色の髪が視界に入り、口をつぐんだ。

やはり、湯には入ったほうがいいだろう。

肌がかぶれたり、砂が目に入って後々感染症にでもかかったら、それこそ可哀想だ。

「いえ、汚いのは嫌ではないわ。でも心配だから……頑張ってくれたら、嬉しいけれど」

「……なら、入るよ」

小さく鼻をすすりながら返され、いじらしさにクロエはキュッと胸が締めつけられる。

だから、少しでもリンクスを安心させるため、浴室は怖い場所ではないのだと教えたくて、提案してみることにしたのだ。

「怖いなら、一緒に入りましょうか？」

えっ、と弾かれたように顔を上げたリンクスは、潤んだ金緑石《クリソベリル》の瞳を輝かせて答えた。

「ホントに？　それなら、がんばれるかも……！」

「そう、よかったわ」

では、頑張りましょうね――クロエは励ますように彼の背を撫で、肩を抱いて浴室に向かった。

その後しばらく湯浴《ゆあ》みを共にしていたが、三ケ月が過ぎたころに「そろそろ、一人でがんばってみる」と言われ、別々に入るようになった。

それでも、ひどい雨の日やリンクスの体調が悪いときなどに「ごめん、姉さん。今日は水が怖い日だから……」と頼まれることもあったが、段々と少なくなっていって。

彼の十一歳の誕生日に「もう子供じゃないし、一人で大丈夫」という可愛らしい宣言を最後に、一緒に湯浴《ゆあ》みをする習慣はなくなった。いや、なくなっていたが……

卒業宣言から八年が経ち、夫婦となってから、また頼まれるようになったのだ。

リンクスと結婚して、一週間ほど経ったころ。

疲れた——というよりはうんざりした——様子で帰ってきた彼は、手のひらのにおいが気になるようで、スンスンと嗅いで顔をしかめた後。

口直しをするようにクロエを抱きしめ、前髪の生え際あたりに鼻先をすりつけてから、甘えるように尋ねてきたのだ。

「ねぇ、クロエ。今日は水が怖い日なんだけど……昔みたいに助けてくれる？」と。

クロエは「えっ」と声を上げ、ついでに顔を上げて、自分より頭二つ分も高くなったかつての弟と向きあった。

「む、昔みたいに……？」

一緒に湯浴《ゆあ》みをしていたころのリンクスはクロエよりも小さく華奢で、少女のように愛らしい少年だった。

だから、それほど抵抗を感じずに入れていたのだが……

──今のリンクスとなんて……無理よ！

散々肌を重ねてきて今さら何を恥じらうのか、と言われそうだが、それでも、恥ずかしいものは恥ずかしい。

とはいえ、無下に断るのも彼を傷つけてしまうかもしれない。

クロエが頬を赤らめて答えに窮していると、リンクスはその葛藤《かっとう》を察したのだろう。大げさなほどに肩を落とし、三角耳をへにょりと伏せて上目遣いに尋ねて──いや、ねだってきた。

「……ダメかな？　今の俺と入るのは嫌？　助けてなんてやりたくない？」

そんな風に聞かれてしまったら、もう断ることなんてできるはずがない。

──ああ、もう。本当に、悪い子に育ててしまったわ……！

心の中で嘆きつつ、クロエは彼の望む通りに「いいえ、嫌ではないわ。一緒に入りましょう」と返したのだった。

以後、月に二度か三度、「水が怖い日」に一緒に入るようになったわけだが……

――でも、考えてみたら、またねだるようになってくれてよかったのかもしれない。

クロエはリンクスが上機嫌に喉を鳴らす振動を後頭部で感じつつ、額に滲む汗を拭い、ふとそんなことを思った。

水に慣れたから、一人でも大丈夫になったのだと安心していた。

けれど、もしかするとクロエに遠慮して言えなかっただけで、これまでも「水が怖い日」があったのではないだろうか。

――そうだとすると、ずっと怖いのを我慢させていたことになるわね……

十一歳の誕生日から夫婦になるまで、八年もの間、ずっと。

夫婦になったことで、ようやく安心して、また甘えられるようになったのだと思えば、喜ばしいと思えなくもない。

――そう考えたら、「頑張って一人で入って」なんて、とても言えないわ。

そっと溜め息をこぼしたところで、クロエは、あ、と小さく息を呑む。

自分を抱くリンクスの手が、不埒《ふらち》な動きを始めたのだ。

――人がしんみりしているときに、もう……！

けれど仕方ない。猫は気まぐれで自由な生き物だから。

そして、クロエは愛しい猫のすることならば、ちょっぴり眉を顰《ひそ》めつつ、たいていのことは許してしまうダメな人間なのだ。

それをリンクスもわかっているのだろう。

ぐるりと喉を鳴らし、手のひらでクロエの胸をすくい、たぷりと揺らしたかと思うと、骨ばった指をふくらみに沈めて、指の間から覗く頂きに爪を這わせる。

そのまま、カリカリとくすぐるように引っかきだす手つきに遠慮や躊躇《ためら》いはない。

こうすると楽しいし、クロエも何だかんだ喜んでくれるだろうと思っているのだ。

——否定できないのが恥ずかしいわ。

ジワリと熱いのは頬だけではない。リンクスの悪戯《いたずら》な手が動くたび、むず痒いような淡い快感が走り、クロエの身の内が熱を帯び、息が乱れていく。

「……ん、……っ、んんっ」

いつの間にか立ち上がっていた胸の先を硬い指の腹で挟まれ、こすられて、やさしく撫でさすられたかと思うと、キュッと潰してひねられる。

ジンとした甘い痺れが広がり、その瞬間、あ、とクロエの唇からこぼれた声は、甘く蕩《とろ》けたものだった。

「……あは、可愛い声出ちゃったね」

耳たぶをくすぐる彼の笑い声。

そこに滲む色めいた、少しばかりの獰猛《どうもう》さを含んだ熱に、クロエがふるりと身を震わせると、それが合図だったようにリンクスの右手が胸から下へと向かう。

薄い腹を撫で、ヘソの横を通って、さらに下りていく。

やがて骨ばった指が脚の間へと潜《もぐ》りこんできたとき。

快感と共に、ぐちゅりと聞こえるはずのない淫らな水音が聞こえた気がして、クロエはまた一つ身を震わせる。

その反応に背後でクスリと笑う気配がしたと思うと、長い指が動きはじめた。

膝を閉じているため、いつもよりも動きにくそうではあるが、その窮屈さが余計に刺激を強めるようにも感じられる。

割れ目をなぞられ、蜜が染みだす穴をくすぐられ、ぬめりをすくってその上へと滑り、すっかりと芯を持った花芯を揺さぶられて。

「ん、ぁ、はっ、……ぁあ」

幻の水音と共に響く快感に、クロエの理性がゆるみ、閉じていた脚がひらいていく。

それに気付いたリンクスが嬉しそうに喉を鳴らす。

「何、クロエ？　脚広げておねだり？」

「え？　あ……っ」

「いいよ、喜んで！」

「やっ、ちがっ、――ぁああっ」

クロエが慌てて膝を閉じるよりも早く、彼は左手もクロエの脚の間に潜《もぐ》りこませると、蜜口に指を差しいれた。

そうして右の指で花芯を嬲《なぶ》りながら、左の指でクロエの中を掻きまわしはじめる。

「っ、ぁっ、く、んんっ、や、ダメっ」

「遠慮しなくていいよ。そのままいって、クロエ」

「や、ダメ……っ」

ふるふるとかぶりを振るクロエのうなじに軽く歯を立てて、手の動きをゆるめぬまま、

「いいから、いってよ」とリンクスが笑う。

「それで、クロエをいかせたら、ご褒美もらうから」

「ご、ご褒美？」

「そう。次は、クロエが俺を気持ちよくして？」

ここで、と示されたのは、今まさに彼の指が抜きさしされている場所だった。

つまり、このまま達したら、指に代わって、彼の雄を受け入れることになるのだ。

「っ、こ、ここで？」

今までも浴室でじゃれつかれることはあったが、最後までしたことはない。

「そう、ここで」

グルリと喉を鳴らしてリンクスが答える。

「今日は寝台《しんだい》まで待てない気分だから……いいよね、クロエ？」

断られるとはまるで思っていない、甘えきった声でねだりながら、いっそう深く指を差しこまれて、クロエは思わず彼の指を締めつけてしまう。

「ん、クロエ。今の、『いいよ』って意味？」

「なっ、違いますっ」

「違うんだ。ああ、でもクロエ。もし、クロエが許してくれたら、風呂場に良い思い出ができて、俺、もっと湯浴《ゆあ》みが好きになると思うんだよね。そうすれば、水も怖くなくなると思うんだけど……ダメ？」

「っ、ず、ずるいわ。そんな風に言われたら、断れないってわかっているくせに……！」

「ふふ、だよね？　断らないよね！」

満足そうに頷くと、リンクスは「じゃあ、いって」と囁《ささや》いて、指の動きを速めた。

「っ、ぁ、まっ、ぁあっ、っ、はぁ、んんっ」

まだ、「いい」と言っていないのに――思いながらも、クロエは抗議の言葉を口にすることはできなかった。

外と内から響く刺激に乱され、唇からこぼれるのは荒れた吐息と喘ぎばかり。

そのまま腹の底からせり上がる快感に呑みこまれるまで、時間はかからなかった。

「ぁ、っ、やっ、～～っ」

グッと身をこわばらせて、ぶわりと全身を吹きぬけていく絶頂の波に酔いしれる間もなく、後ろから膝を抱えられ、持ちあげられる。そして、次の瞬間。

「っ、ひ」

猛《たけ》る切先をあてがわれ、一思いに引きおろされた。

「ぁあああっ」

ふくれあがり、反りかえった雄が、絶頂の余韻にひくつく柔い肉をこすりあげ、押し広げながら一息に満たす。

その切先が腹の底、胎の入り口をぶちゅりと叩いたとき。

クロエはあられもない嬌声を響かせつつ、二度目の果てに飛ばされていた。

「っ、はは、すごいキュンキュンしてる。クロエ、またいった？」

からかうような彼の声にも、まともな言葉など返せず、ただ首を横に振るだけだ。

「そっか。……じゃあ、次は一緒にいこうね」

リンクスはグルリと喉を鳴らし、爛《ただ》れるように甘い熱を滲ませながら囁《ささや》くと、クロエを抱えなおし――いや、しっかりと捕らえて、貪《むさぼ》りはじめたのだった。


それから小一時間。

彼の気が済むまで愛されつくしたクロエは、息も絶え絶えになりながら、「やっぱり一緒に入らなければよかった」と悔やみつつも思った。

――でも……次も断れないでしょうね。

彼をこうして甘やかしてあげられる、彼がこうして甘えられるのは自分だけなのだ。

その義務めいた特権を、手放すことなどできやしない。

――ああ、今日のことで、本当に水が怖くなるといいのだけれど。

そうすれば、もうこんな恥ずかしい思いをしなくて済む。

そんなことを思い願いつつ、クロエは、先ほどクロエのうなじにつけた自分の歯形に、上機嫌に舌を這わせるリンクスの頬を撫でる。

それから、そっと目蓋《まぶた》を閉じて、愛しい夫の腕に身を委《ゆだ》ねた。

実のところ。

リンクスは、とっくの昔に水への恐怖を克服していて、「今日は水が怖い日」というのは、単にクロエと一緒に湯浴《ゆあ》みをしたいがための誘い文句にすぎないのだが……

その真実にクロエが気付くのは、もうしばらく先。

幾年かのときが経ち、二人の間に子供が生まれて、その子を「今日は水が怖い日～」と鼻歌まじりに湯に入れている彼の姿を目にしてのことになるのだった。

本書は、2022年2月当社より単行本として刊行されたものに書き下ろしを加えて文庫化したものです。


この作品に対する皆様のご意見・ご感想をお待ちしております。

おハガキ・お手紙は以下の宛先にお送りください。

【宛先】

〒150-6019 東京都渋谷区恵比寿4-20-3 恵比寿ｶﾞｰﾃﾞﾝﾌﾟﾚｲｽﾀﾜｰ 19F
（株）アルファポリス　書籍感想係

メールフォームでのご意見・ご感想は右のＱＲコードから、
あるいは以下のワードで検索をかけてください。

アルファポリス　書籍の感想　検索

ご感想はこちらから

Noche BUNKO

ヤンデレ騎士《きし》の執着愛《しゅうちゃくあい》に捕《と》らわれそうです

犬咲《いぬさき》

2024年8月31日初版発行

文庫編集－斧木悠子・森 順子
編集長－倉持真理
発行者－梶本雄介
発行所－株式会社アルファポリス
〒150-6019 東京都渋谷区恵比寿4-20-3 恵比寿ｶﾞｰﾃﾞﾝﾌﾟﾚｲｽﾀﾜｰ19F
TEL 03-6277-1601（営業）　03-6277-1602（編集）
URL https://www.alphapolis.co.jp/
発売元－株式会社星雲社（共同出版社・流通責任出版社）
〒112-0005 東京都文京区水道1-3-30
TEL 03-3868-3275
装丁イラスト－緋いろ
装丁デザイン－AFTERGLOW
（レーベルフォーマットデザイン－團 夢見（imagejack））
印刷－中央精版印刷株式会社

価格はカバーに表示されてあります。

落丁乱丁の場合はアルファポリスまでご連絡ください。

送料は小社負担でお取り替えします。


ISBN978-4-434-34371-1 C0193